Comme une Ombre

GILLES LEGARDINIER

L'exil des anges, Fleuve Éditions, 2009 ; Pocket, 2010.

Nous étions les hommes, Fleuve Éditions, 2011 ; Pocket, 2014.

Demain j'arrête !, Fleuve Éditions, 2011 ; Pocket, 2012.

Complètement cramé !, Fleuve Éditions, 2012 ; Pocket, 2014.

Et soudain tout change, Fleuve Éditions, 2013 ; Pocket, 2014.

Ça peut pas rater !, Fleuve Éditions, 2014 ; Pocket, 2016.

Quelqu'un pour qui trembler, Fleuve Éditions, 2015 ; Pocket, 2017.

Le premier miracle, Flammarion, 2016 ; J'ai lu, 2017.

Une fois dans ma vie, Flammarion, 2017 ; J'ai lu, 2018.

Vaut-il mieux être toute petite ou abandonné à la naissance ?, avec Mimie Mathy, Belfond 2017 ; Le Livre de Poche, 2018.

Comme une ombre, avec Pascale Legardinier, J'ai lu, 2018, 2020.

J'ai encore menti !, Flammarion, 2018 ; J'ai lu, 2019.

Les phrases interdites si vous voulez rester en couple, avec Pascale Legardinier, J'ai lu, 2019.

Pour un instant d'éternité, Flammarion, 2019.

PASCALE & GILLES
LEGARDINIER

Comme une Ombre

ROMAN

J'AI LU

Et pour commencer...

Une fois n'est pas coutume, c'est au début du livre que je vous retrouve avec une démarche particulière. Avant de vous inviter à partager les aventures d'Alexandra et de Tom, je vous propose un petit tour dans les coulisses de leur périple.

Certains romans sont le fruit d'une histoire joyeusement étrange et humainement surprenante. C'est le cas de celui que vous tenez entre les mains. Pour que ce livre existe, il aura fallu la mort tragique d'une célébrité, un pari stupide, et une confiance aveugle dans une hypothétique bonne étoile qui me conduira à une humiliation absolue marquant le début d'une expérience inédite émaillée d'innombrables leçons et fous rires... Comme quoi ni le meilleur ni le pire n'arrivent jamais par où on les attend !

Cette improbable conjonction m'a entraîné, seul puis à deux, vers la création de ce modeste roman. Ce livre représente une étape fondatrice dans mon petit parcours : il fut le premier à me révéler la réelle puissance des femmes et leur bienveillance lorsque nous, les hommes, sommes sincères. Cette découverte fut pour moi loin d'être anecdotique.

Je vais d'abord commencer par apaiser les grincheux qui, comme d'habitude, ne manqueront pas de commenter ce qu'ils ne comprennent pas : non, je n'ai pas écrit ce roman avec ma tendre moitié pour essayer de l'imposer dans un métier qui compte déjà bien assez de gens dont on se demande pourquoi ils y sont. Le fait même de supposer que Pascale cosigne ce roman parce qu'elle est mon épouse est un affront à sa valeur, qui n'a nul besoin d'appui pour être reconnue. Pascale s'est embarquée naturellement, positivement, parce qu'elle est apparue comme la solution à mes propres limites. C'est une assez jolie définition de ce qu'un couple peut représenter. Sans le savoir, j'avais besoin d'elle, et nous avons saisi la belle opportunité de vivre une expérience d'écriture à deux. Une sorte d'aventure dans l'aventure. Le fait est que ce projet né dans l'élan a tenu toutes ses promesses ! Pascale a pris une place unique. Elle a été vivante alors que je voulais dormir, intraitable par égard pour vous, lectrices et lecteurs, alors qu'à l'époque, j'acceptais encore quelques raccourcis… Elle m'a poussé à apprendre toujours plus, elle m'a guidé, en se jetant à l'eau avec moi. Un vrai couple pour raconter l'histoire d'un vrai couple. *Comme une ombre* porte l'énergie de cette émulation réciproque, un joyeux mélange de mes idées stupides et de sa capacité d'engagement. J'en ai encore mal aux côtes…

Revenons-en à présent à l'objet du délit. C'est pour Pascale et moi une véritable fête de vous proposer aujourd'hui cette histoire à travers ce livre réécrit, amélioré, actualisé, agrémenté de cette introduction et accompagné d'un cadeau situé à la fin – une nouvelle que j'aime beaucoup et qui n'est plus publiée. Tout est pour vous, en espérant vous distraire.

L'étincelle de ce roman jaillit par une belle journée du mois de mai de l'an 2000, alors que nous venons d'entrer dans le nouveau millénaire. Contrairement aux prophéties des experts chauves qui pontifient à la télé, les voitures ne volent pas, il n'y a pas un humain sur Mars et pas un Martien chez nous, on ne se nourrit pas de simples pilules et les maladies sont malheureusement loin d'être vaincues. On paie encore en francs, les 35 heures deviennent la durée de travail hebdomadaire, Jacques Chirac est président, Lionel Jospin Premier ministre ; le Concorde explose à Roissy, signant la fin injuste de sa carrière. Au cinéma, *Gladiator* et *Moulin Rouge* cartonnent. Sur les radios, on entend tout le temps « Moi Lolita » d'Alizée, « Beautiful Day » de U2 et « L'envie d'aimer » des Dix Commandements. Ce sera nous dès demain... George W. Bush est élu président des États-Unis à l'arrache alors que Vladimir Poutine devient président de la Fédération de Russie avec une forte majorité. Un autre monde. Nos propres enfants avaient 4 ans et 2 ans – je les emmenais à l'école ou chez leur adorable nourrice en les portant sur mes épaules – et je ne savais pas vraiment pourquoi j'écrivais, mais j'en avais envie plus que tout parce que cela me permettait d'aller vers les gens. Et vous ? Qu'est-ce qui a compté pour vous cette année-là ? Peut-être n'étiez-vous même pas né(e) !

S'agissant de ce livre, je m'en souviens très bien, c'était un jeudi ensoleillé, il y avait une panne à la SNCF sur la ligne Franconville – Paris-Nord et j'avais la trouille d'arriver en retard à mon rendez-vous. Avec une ironie réjouie, je mesurais tout l'écart entre une vision de l'an 2000 qui nous faisait rêver lorsque nous étions mômes et une réalité plus pragmatique. Pas de fusées pour se déplacer – pas de trains non plus, d'ailleurs... Ce jour-là, je déjeune avec une éditrice. Dans l'édition, beaucoup de choses se nouent autour d'une table. À cette époque, je suis loin d'être vraiment lu, et n'ayant aucune relation dans le métier, dire que je galère est un euphémisme... Barbara Cartland, icône de la littérature sentimentale décédée quelques jours plus tôt, le 21 mai, est l'un des principaux sujets de conversation du milieu. Avec elle disparaît un chapitre unique de l'histoire de la littérature populaire. Plus de 700 romans écrits, plus de 900 millions d'exemplaires officiellement vendus, en plus de trente langues. Un monument donc, dont je ne connais à l'époque que la caricature, à savoir des tenues que même Barbie aurait trouvées écœurantes d'excentricité et des coiffures choucroutes à vous épouvanter un maquilleur de série brésilienne. À mes yeux d'inculte, cette dame délicieusement rose bonbon se résumait à une image d'adorable mamie se trimbalant partout avec son pékinois en écrivant des histoires pour midinettes. Pardon, Madame. Respect et paix à votre âme.

Alors qu'il est question d'elle et de ses somptueuses funérailles rococo dans son château de princesse du Hertfordshire, j'ose une remarque de freluquet débutant : « Maintenant que la duchesse n'est plus, peut-être allez-vous pouvoir augmenter un peu les petits jeunes qui se lancent... » J'ai depuis appris toute la maladresse de cette remarque. L'éditrice me détrompe : « Même si Barbara Cartland était unanimement méprisée par la critique, ses livres relevaient d'un authentique talent. Écrire des romances à l'eau de rose n'est pas à la portée du premier venu. Elle avait compris le secret des bonnes histoires de cœur... »

En mon for intérieur, j'ai des doutes. N'importe qui connaît le secret des histoires qui font battre le cœur des filles – vu de ma place de mec qui n'a jamais lu un seul de ces livres, c'est toujours la même chose ! On pourrait le résumer ainsi : elle n'a pas encore trouvé l'amour mais le cherche sans relâche, y compris au fond des pots de crème glacée et dans les endroits les plus désolés de la planète. Lui ne sait même pas ce qu'est l'amour, mais il exerce un métier impossible tout en étant très beau. Il sauve des biches dans un parc national (une fois, il a même fait du bouche-à-bouche à l'une d'elles), ou alors il rassure ses hommes sur une plate-forme pétrolière menacée par un cyclone (une fois, il a fait du...), ou encore il apporte de l'eau à des enfants qui, sans son aide, n'auraient pas survécu. Bref, elle est une pauvre créature perdue et lui un mec bien qui s'ignore. Ils se croisent. Lui est habillé simplement mais avec élégance (qui irait sur une plate-forme pétrolière en smoking ?) ; elle n'a pas eu le temps de se coiffer mais déborde quand même de charme (essayez un peu pour voir...). Leur attirance est magnétique, voire nucléaire à ce niveau-là. Leur destin bascule et patati et patata, je t'emballe ça avec de l'exotisme à base de noms de cocktails imbuvables, de larmes qui coulent sur les hublots d'un jet privé, de falaise battue par les vents ou de ranch perdu, le tout nimbé d'une sublime lumière de couchant et le tour est joué. Je vais être franc : j'étais même convaincu que ce genre littéraire véhiculait un bataillon de clichés dégradants pour les femmes qu'il était urgent de décimer. Je devine ce que vous pensez, Votre Honneur, mais l'avocat de la défense plaiderait que je n'étais même pas cynique, seulement inconscient. Je suis en effet le premier à pleurer devant *Coup de foudre à Notting Hill* ou *Love Actually*. Dans la vie, comme dans les livres ou dans les films, j'adore quand les gens finissent par courir l'un vers l'autre en renonçant à tout ce qui les sépare pour se prendre dans les bras. Je crois qu'il n'existe pas de plus belle émotion. Parfois, je me fais peur. Barbara, sors de ce corps ! Mais à qui appartient ce pékinois qui me suit partout ?

Bref, lors de ce déjeuner, égaré par une envie d'écrire frustrée qui ne me conduisait nulle part faute d'avoir trouvé un véritable éditeur, je me suis entendu dire : « Et si je t'écris une romance et qu'elle est bien, est-ce que tu la publieras ? » L'éditrice, qui se croit à l'abri parce qu'elle n'imagine pas que je passerai à l'acte, répond : « Bien sûr, avec plaisir ! » J'achève ce déjeuner avec encore moins d'illusions sur le métier mais avec un but tout neuf sorti de nulle part ! Il faut savoir que je passe toujours à l'acte.

Emballé par ce nouveau pari idiot – je suis un fervent adepte du genre –, je rentre à la maison où je m'empresse de tout raconter à ma moitié, qui elle, a les pieds sur terre. Je lui annonce fièrement que je vais écrire une pure romance, un truc dément qui fera de moi la nouvelle Barbara Cartland (rire diabolique) sauf pour la coiffure, les robes et le clebs. Pascale m'écoute, un petit sourire en coin. Ce n'est pas le premier projet hasardeux dans lequel je me lance. Celui-là a au moins le mérite de ne pas être trop dangereux…

Pascale ne l'avouera que quelques années plus tard, mais elle non plus n'y croyait pas vraiment. Pourtant, je suis un petit gars sérieux et dans le flot de projets que je gère, je compte bien m'accrocher. C'est en secret que j'écris les cinq premiers chapitres d'une aventure dont le titre était en moi depuis très longtemps : *Comme une ombre*. Dès le départ, j'ai voulu une trame narrative dans laquelle la demoiselle ne serait pas une potiche en mal d'amour, mais une jeune femme qui aurait simplement envie de jouer son rôle dans ce monde souvent masculin. L'idée de l'intrigue est née lors d'une randonnée avec mon pote Éric dans le massif du Verdon. C'est lui qui vérifiait la carte, donc nous nous sommes perdus. La nuit n'allait pas tarder à tomber, nous étions complètement paumés dans des paysages magnifiques, et il nous arrivait d'entendre des souffles ou des craquements dans la pénombre, au point que mon imagination d'auteur s'était persuadée que nous étions suivis. C'est là que j'ai envisagé ce personnage de père qui, pour protéger sa fille, lui collerait malgré elle un garde du corps chargé de la suivre discrètement partout où elle irait. Cette base m'a immédiatement emballé. Éric et moi avons fini par retrouver notre chemin et on s'en est sortis morts de rire et les jambes et les bras déchiquetés de partout pour cause de raccourcis pourris à travers les buissons. Au crépuscule, quand nous avons enfin rejoint la route sinueuse située des kilomètres en contrebas, les rares automobilistes perdus sur cette départementale nous regardaient comme des zombies… Les cicatrices ont fini par se refermer, mais l'idée de ce garde du corps qui protège sa « cible » malgré elle ne m'a jamais quitté.

L'épisode suivant se déroule quelque temps plus tard, dans notre maison, où nous vivons toujours aujourd'hui. J'ai soigneusement planifié mon coup. J'ai déjà écrit une trentaine de pages de cette histoire. Le pauvre innocent que je suis en est plutôt content. C'est avec émotion que je les confie à Pascale pour qu'elle les lise et me dise ce qu'elle en pense. Bêtement, je suis vaguement convaincu qu'elle va vivre un moment de littérature extraordinaire et se délecter de ma prose, fascinée par cet homme dont la modestie n'a d'égal que son génie. Éperdue d'admiration, elle ne trouvera pas les mots pour me murmurer tout ce qu'elle éprouve. Soyons honnêtes : avant de vous raconter des histoires à vous, je m'en raconte parfois à moi-même… Pas bien malin, le garçon.

Elle monte s'isoler dans notre chambre et je reste dans notre bureau à tourner comme un lion en cage en attendant le verdict. J'ai beau essayer de m'occuper, rien n'y fait. J'ai peur. Parfois, je l'entends rire. De plus en plus souvent d'ailleurs, ce qui n'est pas bon signe puisque ce n'est pas supposé être drôle…

Lorsque j'entends enfin ses pas dans l'escalier, je me précipite à mon bureau pour faire semblant de travailler. Avoir l'air affairé pour garder contenance. Les hommes, les vrais, n'angoissent pas quand ils ont donné le meilleur d'eux-mêmes. Ben voyons ! Elle apparaît au seuil de notre bureau, hilare. Point de regard éperdu d'admiration et, pire que tout : elle trouve les mots. Elle me balance les pages sur mon bureau comme ma prof de français quand elle me rendait mes rédactions en troisième. Et la femme de ma vie déclare, avec un grand sourire qui fait mal : « Mon pauvre garçon, t'as rien compris aux filles ! » Un choc. Un traumatisme. J'ai huit ans et je suis à la piscine où j'ai perdu mon maillot devant tout le monde.

Il n'y a jamais eu d'ego entre Pascale et moi, et même si ça pique un peu les yeux, je sais que si elle rejette le texte, c'est qu'il y a de bonnes raisons. Et là, tel l'avion qui tente le looping pour échapper à la catastrophe, j'ai l'idée de lui dire : « Si je ne suis pas assez bon, aide-moi et écrivons ce livre à deux. » Son œil pétille, elle n'hésite pas longtemps et dit oui. Nous voilà donc partis pour une écriture à deux. C'est nouveau pour nous. Comment écrit-on à quatre mains sans s'y prendre comme des pieds ? Les modalités s'instaurent naturellement. J'assure la structure, les péripéties ; elle prend le temps d'étoffer, de développer l'aspect psychologie. On construit un équilibre entre action et intériorité, à la mesure de nos modestes capacités mais avec d'authentiques convictions. Au cœur de nos carrières accaparées par le cinéma, travailler sur ce texte devient comme un rendez-vous secret, une échappée belle sur des terres de liberté. En écrivant le même récit avec des points de vue complémentaires, on se découvre encore plus l'un l'autre. On s'explique et on avance. C'est à la fois très formateur et fécond. Elle m'a parfois convaincu qu'il fallait retoucher une scène en me la mimant pour me montrer à quel point elle n'était pas naturelle, et je lui ai souvent déclamé ses répliques pour la convaincre de leur donner plus de spontanéité. Il faut quand même vous imaginer que nous nous sommes joué la plupart des scènes d'action en sautant du canapé du salon... On ne fait pas des boulots faciles ! Très franchement, ce sera à vous de dire ce que vaut notre travail et blague à part, nous n'avons pas la mentalité à penser que nous en sommes sortis meilleurs. Mais un peu moins mauvais, c'est certain.

Nous nous sommes pris au jeu et le résultat nous a bien plu. Alors pourquoi le réécrire aujourd'hui ? me direz-vous. Parce que vingt ans ont passé et qu'au-delà de l'aventure, par respect pour vous, la forme compte. Aujourd'hui, les téléphones portables sont partout, le réseau routier s'est développé, et l'aéroport malgache qui était effectivement un pittoresque bricolage à cette époque-là est aujourd'hui tout à fait moderne. J'adresse ici une fraternelle pensée à tous les peuples dont nous avons emprunté les magnifiques décors, Brésiliens, Marocains, Malgaches... Pascale comme moi respectons toujours ceux chez qui nous entrons, même si c'est pour y situer quelques pages d'un simple livre.

Nous avons achevé notre roman sans autre pression que l'envie de partager le plaisir que nous avions eu à l'écrire. Plus question pour moi d'être un pro de quoi que ce soit. Barbara est inaccessible, et tant mieux. Essayons déjà d'être nous-mêmes !

Nous avons envoyé notre texte à l'éditrice et avons convenu de nous rappeler quand elle l'aurait lu. Nous attendions avec impatience de l'avoir au bout du fil pour connaître son sentiment. Deux mois plus tard, nous avons enfin réussi à la joindre alors que nous étions en Écosse, à Fort William, depuis une cabine rouge typique située au bord de Parade Road, au sud du square. Notre texte l'avait séduite et elle m'en a parlé joliment. Elle a annoncé son intention de le publier. À travers la vitre, j'apercevais Pascale qui jouait avec nos enfants sur la grande pelouse. J'ai eu les larmes aux yeux. Je suis sorti de la cabine, fou de joie, j'ai couru vers ma femme.

À notre retour, il a fallu choisir la couverture, et cette partie-là n'est pas un excellent souvenir. Les services de l'éditeur étaient débordés et on a fini avec une photo sur fond rose, après avoir évité de justesse les pires clichés des images d'agence choisies par un stagiaire myope. Le livre est sorti en juin 2001, dans la collection « Amour et Passion », remportant un joli succès et provoquant l'hilarité de tous nos proches qui, en découvrant la couverture très « Barbara Cartland », se sont bien foutus de moi. D'autant que dans ce genre très codifié, la quatrième de couverture nous attribuait quatre étoiles pour l'aventure mais seulement une pour la sensualité... Pascale et moi sommes pudiques, même si nous savons parfaitement comment on fait les enfants.

Le livre a suivi son chemin, tranquillement, jusqu'à devenir un collector lorsque mon nom est devenu un peu plus connu. Et aujourd'hui, le voilà qui renaît. La cabine de Parade Road n'existe plus, je ne suis plus capable de porter mes gamins sur les épaules et ils s'en passent très bien, mais Dieu merci, Pascale est toujours là, les vrais experts qui pontifient à la télé sont toujours chauves et je vous ai rencontrés. Tout va bien.

Voici donc la même histoire, la même dynamique des personnages, mais sans le côté trop daté de l'époque. Finalement, c'est un peu ce que je fais avec tous mes romans : je ne m'attache qu'aux sentiments.

Alors merci à vous qui nous redonnez notre chance. Merci à J'ai lu, à Jocelyn Rigault et ses équipes, à Anna Pavlowitch et à Gilles Haéri de permettre cette petite renaissance.

Je suis certain qu'à travers les lignes vous percevrez sans doute un peu des échanges qui nous ont animés, Pascale et moi, autour de la meilleure façon d'orchestrer une rencontre entre une femme et un homme.

La dédicace qui ouvrait déjà le livre à l'époque résume parfaitement ce que je dois à la femme de ma vie. Quant à vous, vous le savez, je consacre mon existence aux quelques heures de loisir que vous voudrez bien me confier. Merci pour cela.

Bon voyage,

Je vous embrasse,

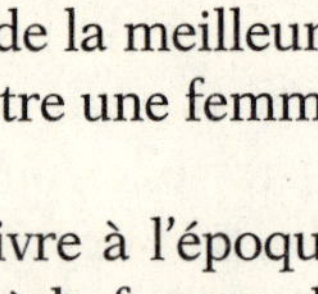

J'ignore ce qu'est l'amour, mais s'il ressemble à tout ce que tu m'offres et à ce qu'il me donne les moyens d'accomplir, alors je comprends que chaque homme en rêve et que chaque femme le cherche depuis la nuit des temps. C'est un trésor qu'il faut découvrir à deux mais qu'il convient de partager avec le monde entier.

Je ne supporterais pas de vivre loin de toi.

Gilles à Pascale

1

Il faisait nuit, un peu froid – une fraîcheur toute relative pour un mois de novembre à Rio. Alors que la moitié du monde grelottait sous l'hiver, Alexandra, dans une robe de coton bleu à fines bretelles, s'appuyait contre la balustrade de pierre encore tiède du soleil de l'après-midi. Depuis l'immense terrasse surplombant la ville, la jeune femme contemplait la vaste cité. La nuit tombait de bonne heure en cette saison. Comme la lumière, le chant des oiseaux déclinait lentement, jusqu'au silence. Alexandra avait vu les derniers rayons du soleil s'évanouir dans l'océan, découpant le Christ du Corcovado dans un contre-jour doré. Toute la baie avait doucement sombré dans l'obscurité bleutée, au gré des ombres grandissantes que les collines découpaient sur les quartiers. La jeune femme était bien trop loin pour percevoir la rumeur des rues. La route qui longeait la plage de Copacabana avait été la première à s'illuminer, dessinant un arc de lumière, puis les immeubles des quartiers riches, et enfin peu à peu, les favelas, ces habitations de fortune qui s'entassaient jusque dans les plus inaccessibles replis du relief.

Alexandra ne se sentait pas vraiment à sa place. L'histoire fantaisiste d'Agnès, l'amie française qui avait proposé de lui prêter pour la soirée cette magnifique villa censée appartenir à son oncle, ne l'avait qu'à moitié convaincue. Mais elle était venue tout de même. Elle était arrivée dans l'après-midi, laissant toutes ses affaires à son petit hôtel du centre.

Le domaine s'étendait sur plusieurs hectares sur les hauteurs de Santa Teresa. À perte de vue, de luxuriants jardins s'étalaient en terrasses, dominant la partie plus bohème et plus animée de ce quartier historique prisé des artistes. À l'énoncé de l'adresse, le taxi avait été impressionné. Le quartier était réputé dans toute la ville, mais ceux d'en bas ne montaient jamais jusque dans cette zone où les plus luxueuses propriétés se dissimulaient dans la verdure. Peut-être l'homme avait-il pensé que la belle touriste solitaire s'y rendait pour admirer les magnifiques grilles des somptueuses résidences, ou apercevoir une célébrité. Mais lorsque la jeune femme s'était annoncée à l'interphone et que les grilles s'étaient ouvertes devant la voiture, l'homme avait changé d'avis. Le front en sueur et les yeux grands ouverts, il avait suivi l'allée serpentant entre les massifs et les impeccables pelouses pour venir garer son tacot devant le perron de l'entrée.

Alexandra était descendue avant même que le majordome en livrée, sorti en hâte, n'ait eu le temps de venir lui ouvrir la portière. Elle avait réglé la course et fait un petit signe de la main au chauffeur. Ce soir, l'homme serait la vedette dans son bar habituel. Il pourrait dire à tous qu'il était entré dans l'un de ces inaccessibles paradis perchés au sommet des collines.

À qui appartenait réellement cette propriété ? s'était d'abord demandé Alexandra. Certainement pas à un oncle d'Agnès, cela paraissait trop invraisemblable. Même en omettant le luxe, les mesures de sécurité étaient très importantes, trop pour une maison que l'on prête à une amie de sa nièce...

Le bâtiment de plain-pied, aux dimensions imposantes et aux lignes d'une élégante sobriété, formait un « U » autour d'une piscine dont les trois bassins descendaient par étages jusqu'à la terrasse où se tenait Alexandra. Partout, la végétation abondait avec une luxuriance maîtrisée.

La jeune femme restait droite, immobile face au panorama exceptionnel. Au loin s'étirait la baie de Guanabara ; le Pain de Sucre se découpait sur les azurs du ciel et de la mer. Depuis ces hauteurs, Rio semblait avoir retrouvé son faste d'antan ; on ne distinguait plus la misère. Alexandra scrutait chaque recoin de la ville, découvrant des lieux autrement depuis ce point de vue unique. Mais son esprit n'était pas complètement absorbé par le fascinant tableau qui s'étalait à ses pieds : ce soir, Alexandra fêtait ses vingt-cinq ans. Pas de fête mondaine malgré son illustre nom, ni aucun de ses vrais amis...

Mais *lui* viendrait, elle le savait. Il n'avait jamais manqué ce rendez-vous. Depuis qu'elle avait onze ans, depuis que sa mère était décédée, le même rituel se répétait immuablement. Quel que soit l'endroit où elle se trouvait dans le monde, elle le voyait toujours arriver pour le dîner de son anniversaire. La première fois, elle faisait ses études dans un pensionnat en Grande-Bretagne et s'apprêtait à passer une des pires soirées de sa jeune existence, fêtant pour la première fois un anniversaire sans sa mère et loin de ce père qui avait de toute façon toujours été absent parce que trop occupé à gérer son empire industriel. Pourtant, ce soir-là, il était venu. Il était apparu, comme un magicien, dans l'embrasure de la porte du dortoir, et l'avait enlevée. Elle lui avait sauté au cou et ensemble, ils s'étaient enfuis. Cette soirée-là lui avait fait tout oublier, les rigueurs de l'internat, le poids d'un nom qui, sur la terre entière, évoquait fortune et pouvoir, l'absence de tendresse, sa solitude. Plus jamais elle n'avait regardé son père de la même façon. Elle savait que sous ses allures de conquérant, sous ses airs distants et ses répliques froides, se cachait son papa.

Depuis, chaque année, elle attendait la surprise qu'il allait lui préparer. Quel nouveau challenge allait-il relever, qu'allait-il inventer pour que, malgré leurs vies si éloignées, ils se sentent si proches ? L'année de ses dix-sept ans, elle avait poussé le vice jusqu'à se trouver au jour J sous une tente au fin fond du désert mauritanien. Malgré les pluies et le vent chargé de sable, il était arrivé à l'heure. À son premier regard, elle avait compris qu'il n'était pas dupe. Il avait relevé le défi, pour elle. Cette soirée restait l'un des plus beaux souvenirs de sa vie. Comme chacun de ses anniversaires.

La brise anima sa longue chevelure châtain clair ; elle passa la main sur ses bras nus comme pour se protéger. On la disait aussi belle que sa mère et aussi intelligente que son père. Elle balayait ce compliment d'un rire léger, détournant le regard en s'efforçant de ne pas rougir.

Elle ferma les yeux et inspira profondément, songeant à sa vie. Aux études d'anthropologie qu'elle avait menées à bien contre les préférences de son père, à ces années de spécialisation dans quelques-unes des plus grandes universités du monde, et puis à cette envie de tout fuir lorsque son père lui avait demandé de travailler à ses côtés. Elle s'était donné deux ans pour parcourir le monde, pour apprendre encore, loin du giron paternel.

Elle avait collaboré à de si nombreux projets, voyagé dans tant de pays, fuyant l'hiver, retrouvant çà et là des amis qui, peu à peu, construisaient leur vie… Alexandra, elle, n'arrivait pas à choisir. Elle ne parvenait pas à prendre ses marques au milieu de celles de son père. Elle parcourait le monde pour enfin découvrir la place qui était la sienne. Toutes ses économies disparaissaient dans son périple. D'ici quelques mois, il lui faudrait se trouver un travail pour conserver son indépendance. Cela ne lui faisait pas peur, mais ne résoudrait pas ses doutes sur ce qu'elle devait devenir pour être enfin elle-même.

Le parfum des jasmins de nuit embaumait la terrasse. Elle aperçut le majordome qui descendait les marches longeant les bassins.

— Mademoiselle souhaite-t-elle boire quelque chose ? s'enquit-il.

— Non, rien, merci, répondit-elle dans un sourire.

Lorsque son amie lui avait proposé cette « fantastique occasion de découvrir Rio comme jamais », Alexandra avait tout de suite senti la manœuvre de son père. Elle aurait peut-être pu compliquer ses plans en refusant, mais à quoi bon ? Elle avait joué le jeu. L'endroit était superbe, peut-être un peu « conventionnel » par rapport à certains de ses autres anniversaires. Elle qui aimait l'imprévu, l'originalité, la démesure, jugeait tout ce luxe bien sage. Depuis son plus jeune âge, elle s'était toujours sentie plus à l'aise à la proue d'un bateau par gros temps que dans le velours et les cuirs des grands palaces.

Dans le crépuscule, elle s'écarta de la balustrade et remonta d'un pas léger vers la maison ; sa silhouette svelte se glissa entre les massifs avec grâce. Les projecteurs sous-marins illuminant les piscines irradiaient une lumière bleutée qui ondoyait sur son visage à peine maquillé.

Elle allait entrer quand elle entendit le vrombissement. D'abord lointain, il se fit peu à peu plus présent. Un hélicoptère approchait, il n'y avait aucun doute. D'où allait-il arriver ? Elle connaissait ce bruit depuis qu'elle était enfant, depuis que son père rentrait deux fois par semaine dans leur vaste propriété du Maine...

Alexandra scruta la nuit, à la recherche des feux rouges clignotants qui signalaient l'appareil. Elle finit par les repérer. L'engin était encore loin au-dessus de la ville, mais se dirigeait droit vers elle.

À l'intérieur de la maison semblait régner une certaine agitation. Le personnel avait dû être averti par radio de l'arrivée imminente de leur prestigieux visiteur. Alexandra ne lâcha pas l'appareil des yeux ; plus il s'approchait, et plus elle distinguait les lumières de Rio qui se reflétaient sur son fuselage d'un noir brillant. Il fut bientôt assez proche pour y discerner nettement le sigle de son père, « Dickinson Industries ». Par moments, la jeune femme se demandait si l'homme qui volait vers elle, probablement en grande conversation téléphonique ou compulsant un interminable rapport technique, n'aurait pas préféré un fils. Elle se souvenait avoir entendu au cours d'un dîner l'un de ses associés faire allusion en s'esclaffant à « Dickinson & Fils »...

L'hélicoptère passa juste au-dessus d'elle dans une tornade de vent et disparut derrière le bâtiment. Il allait se poser sur le parterre de gravier devant la porte principale de la maison. Recoiffant machinalement ses longs cheveux, elle se dirigea vers la maison. Elle traversa sans le voir l'immense hall richement meublé, les yeux fixés sur l'entrée.

Alors que le hurlement du rotor commençait seulement à faiblir, il apparut. Encore une fois, le majordome était arrivé trop tard. Richard Dickinson venait d'ouvrir lui-même d'un geste franc le lourd battant de bois de l'entrée. Impérial dans son costume sombre sur mesure, sa haute stature se découpant sur les illuminations du jardin.

Alexandra se précipita et lui sauta au cou.

— Papa !

— Ma chérie !

Le visage volontaire de l'homme au regard gris acier s'éclaira d'un large sourire. Il étreignit fort sa fille et la fit tournoyer avant de la reposer sur le sol.

— Je suis heureuse de te voir, dit-elle, je t'attends depuis des heures !

— Tu n'es donc pas surprise de me voir, quelqu'un a trahi mon complot ? fit-il, l'air faussement courroucé.

Alexandra éclata de son rire cristallin et l'embrassa à nouveau.

— C'est ton quinzième complot ! Et je suis une victime facile...

— Tu ne l'as pas toujours été, rétorqua-t-il dans un sourire complice.

Elle lui ôta sa veste et l'entraîna vers la terrasse.

— Voilà pourquoi j'exige que nous nous retrouvions seuls et dans le plus grand secret, déclara-t-il. Comment veux-tu que je fasse encore peur à quelqu'un si on me voit me faire mener par le bout du nez de cette façon par ma propre fille ?

Sur la pelouse, au bord de la piscine illuminée, des hommes en livrée dressaient une longue table pour un festin. Chandeliers d'argent, éclatants bouquets de fleurs au parfum exquis, nappe blanche brodée, service d'apparat. Au loin, en contrebas, scintillaient les lumières de Rio.

Alexandra s'assit la première. Son père contemplait la vue lorsque la jeune femme lui demanda :

— Comment as-tu réussi à convaincre Agnès de se faire ta complice ?

— Tu connais mon pouvoir de persuasion...

— Voilà ce que j'appelle une réponse précise ! ironisa Alexandra.

Elle sourit et plongea son regard dans celui de son père. Ils se retrouvaient ; ce soir ils s'isolaient du reste du monde, ensemble. Pour quelques heures, ils n'auraient plus besoin de faire semblant, ils n'auraient plus à faire croire, à porter de masque. Ce soir, ils avaient une famille.

— Tu as l'air en grande forme, commença Richard. Où en es-tu de tes voyages ?

— Je me plais bien ici, mais je ne vais pas rester.

— Tu te plais partout mais tu ne restes nulle part...

— Je cherche, papa, je cherche.

— Tu sais que ta place t'attend dans la société et que si tu voulais...

Alexandra posa doucement sa main sur celle de son père, l'interrompant.

— Papa, je veux y arriver toute seule. Dans ton empire, je ne serai toujours que ta fille. Personne ne me laissera jamais devenir moi-même. Il y aura toujours quelqu'un pour m'ouvrir la porte, pour résoudre les problèmes avant que j'en entende parler, pour faire porter la responsabilité de mes fautes à un innocent. J'ai besoin d'apprendre vraiment.

— Je suis inquiet pour toi. C'est tout.

— Je sais, mais il est temps d'ouvrir les yeux, je suis adulte. Jamais je ne m'éloignerai de toi, mais je dois construire ma propre vie. Je sais que tu règles tout pour moi, mais il faut que tu arrêtes. Laisse-moi prendre mes propres risques. Tu crois que je ne me rends compte de rien ? Tu penses que je ne comprends pas lorsque la note de l'hôtel est divisée par trois simplement « parce que je suis sympathique », tu crois que je ne te soupçonne pas lorsque mes billets d'avion charter sont miraculeusement surclassés en première sous prétexte que l'appareil prévu est en panne ?

Richard Dickinson baissa les yeux. Seule sa fille était capable de l'y obliger.

— Papa, reprit Alexandra, tu dois me laisser me débrouiller seule. Des millions de jeunes femmes le font et s'en sortent très bien.

Elle lui sourit tendrement, puis ajouta brusquement :

— Et puisque nous abordons ce sujet, te serait-il possible de demander au cerbère qui me suit pas à pas de me laisser tranquille ?

— Je ne vois pas de quoi...

— Papa, protesta-t-elle, ne fais pas l'innocent ! Je veux parler de la montagne de muscles qui passe sa vie à quelques mètres derrière moi, prêt à bondir si un pauvre bougre me demande l'heure. Où est-il ce soir, d'ailleurs ? Caché dans un arbre ? Sur la colline d'en face avec une longue-vue ?

— Il ne doit rien t'arriver, laissa tomber laconiquement M. Dickinson.

— Que veux-tu qu'il m'arrive ? Personne ne sait qui je suis ni où je suis.

— Ceux qui pourraient te faire du mal le savent.

— Papa, je comprends tes angoisses, mais elles sont sans fondement. Et puis je ne suis pas seule.

Une lueur d'espoir passa dans le regard de son père. C'est à cet instant que le majordome s'approcha pour demander s'il pouvait servir. D'un mouvement de tête poli où affleurait tout de même un soupçon d'agacement, Richard Dickinson acquiesça. Puis, se retournant vivement vers sa fille, il demanda d'un ton faussement détaché :

— Tu n'es plus seule ?

Comprenant le sous-entendu, Alexandra rectifia aussitôt :

— Non, désolée, ce n'est pas ce que tu crois. Je suis avec Philip, mais ce n'est qu'un ami.

Peu disposé à voir son espérance s'évanouir, Dickinson insista :

— Mais c'est le même Philip que l'année dernière ?

— Je ne change pas d'amis tous les ans ! se moqua la jeune femme.

— Et il est gentil avec toi ?

— Oui, il est gentil avec moi, et même bien plus qu'avec les dizaines de filles qu'il courtise. Philip est un ami idéal, mais certainement pas autre chose. Une seule femme ne lui suffira jamais, c'est un tombeur !

Réprobateur, Dickinson se renfrogna. Alexandra ajouta :

— Soyons raisonnables, comment veux-tu que je trouve l'homme de ma vie facilement ? Entre ceux qui viennent pour ta fortune et ton nom et ceux...

— ... qui te trouvent magnifique...

— Papa, c'est sérieux.

— Mais je suis sérieux.

— Non, vraiment, je ne suis pas près de te ramener ton gendre.

Le visage du père s'assombrit. Le majordome posa délicatement de larges assiettes de fruits de mer devant chacun d'eux, puis servit un vin blanc du nord du pays. D'un geste machinal, Richard saisit un coquillage ressemblant vaguement à une palourde. Encore songeur, il s'apprêtait à le déguster quand il réalisa avec effroi qu'il n'en avait jamais vu de cette couleur. Suspicieux, il le reposa aussitôt pour prendre une crevette, bien plus familière.

Alexandra, à qui la scène n'avait pas échappé, éclata de rire.

— Comment un homme aussi intelligent que toi, qui a bâti un empire à la force de sa volonté, comment celui que tout le monde admire et respecte peut-il se montrer aussi timide avec sa fille et être terrorisé par une palourde ?

Dickinson esquissa un sourire et murmura gravement :

— Je t'aime, Alexandra, j'ai peur de te perdre. Alors je fais tout ce que je peux pour te protéger et te rendre ce monde plus vivable.

L'émotion envahit la jeune femme. Elle sourit et rétorqua, malicieuse :

— Et pour la palourde ?

2

Le chef avait déployé des trésors de talent pour leur concocter un dîner d'exception. Toutes les ressources du continent avaient été mises à contribution pour obtenir des mets aussi rares que succulents. Au fil des plats, Alexandra et son père parlaient, parlaient encore, rattrapant le temps perdu que leurs échanges toujours trop brefs et trop rares rendaient si précieux. Régulièrement, le pauvre majordome faisait son apparition pour servir la suite, presque à chaque fois au mauvais moment. Pour le père comme pour la fille, les heures ne comptaient plus. Elle lui racontait ses récents voyages, les fascinantes coutumes des Oriamas en Afrique ; il lui disait sa nouvelle trouvaille technique, sa dernière conquête industrielle. Pourtant, au-delà des mots, chacun savait que dès qu'ils se sépareraient, ils seraient à nouveau seuls. Ni un empire, ni les plus beaux paysages de la terre n'y pourraient rien. Richard Dickinson resterait éternellement fidèle à la femme qu'il avait adorée, et Alexandra attendrait toujours celui qui l'aimerait pour elle-même.

— Je dois te laisser quelques minutes, dit soudain Richard alors que le dîner touchait à sa fin.

— Un coup de fil pour ton travail ?

— Certainement pas. Quand je suis avec toi, pour une fois, j'éteins mon portable. Notre temps ensemble est sacré.

Sans rien ajouter, il se leva, les yeux brillants, et s'esquiva à grands pas vers la maison. En le regardant s'éloigner, Alexandra songea à tout ce qu'ils venaient de se confier, au bien-être qu'elle éprouvait. Était-ce parce qu'il était son père ? Ou que son esprit était aussi profond que son humanisme ? Elle l'ignorait. L'homme que la presse présentait comme celui qui, partout sur la terre, n'était jamais à plus de deux cents kilomètres d'une de ses usines, était vraiment un être formidable. Elle était probablement la seule à savoir à quel point.

Le jardin fut soudain plongé dans l'obscurité. Peu craintive, Alexandra se contenta de scruter les proches abords. Aucun domestique en vue. Les piscines étaient une succession de lacs noirs, les massifs se découpaient en formes inquiétantes sur fond de nuit étoilée. Le vaste bâtiment se fondait dans les ombres végétales.

Le silence devint pesant. Alexandra s'apprêtait à se lever lorsqu'elle aperçut une lueur sur la terrasse.

— Ne bouge surtout pas ! lui cria son père avec, dans la voix, la malice d'un enfant qui prépare un tour.

Alexandra le vit descendre les pelouses un plat dans une main, l'autre protégeant de petites flammes vacillantes. Le visage de son père était nimbé d'une chaude lumière. À bonne distance, les serviteurs les encerclèrent bientôt avec des torches qu'ils plantèrent dans le sol. Dickinson posa le gâteau qu'il avait lui-même décoré sur la table.

— Joyeux anniversaire, ma chérie. Ce sera la seule fois dans notre existence où tu auras exactement la moitié de mon âge.

Il se pencha et déposa un baiser sur le front de sa fille. À la lueur des bougies, l'homme retrouvait sa petite fille. Pour lui, une fois par an, elle n'avait pas changé. Ce même regard pétillant, ces mêmes fossettes lorsqu'elle souriait, ces mêmes gestes spontanés et charmants. Depuis le premier jour où il l'avait tenue dans ses bras, elle était sa petite, pour l'éternité.

Le visage d'Alexandra rayonnait, ses yeux brillaient. Les flammes ondulant dans la nuit de Rio la rendaient plus belle que jamais.

— Comment as-tu réussi à faire faire un apfelstrudel ici ? demanda-t-elle, stupéfaite.

— Je suis ton père ! répondit-il en forme de boutade, dans une mauvaise imitation de cinéma. Cela reste ton gâteau préféré, même au Brésil ?

— Bien sûr, mais c'est quand même une vieille recette autrichienne. Personne ne connaît ça ici !

— Ce n'est pas un bien grand exploit. Allez, souffle tes bougies !

La jeune femme se pencha en retenant ses cheveux. À l'instant où elle s'apprêtait à souffler, une légère brise vint lui prêter main-forte. Elle éteignit les vingt-cinq petites flammes, aidée par le vent du large.

— Je te promets que je ne suis pour rien dans ce léger coup de vent qui a fait tout le travail ! se défendit Dickinson.

La jeune femme éclata de rire et se leva d'un bond vers son père, prête à l'embrasser.

— Mais ce n'est pas tout ! l'arrêta Richard d'un geste.

Il sortit une enveloppe de sa poche de chemise et la lui tendit. Alexandra l'ouvrit doucement, réprimant son impatience. À la lueur des torches, elle eut quelque difficulté à lire la carte, mais même lorsqu'elle eut parfaitement compris, elle resta incrédule.

— Comment as-tu réussi ? demanda-t-elle, tout excitée.

— C'est mon secret ! répondit-il, tout fier de constater l'effet produit.

— Une accréditation permanente pour la bibliothèque Bodléienne de l'université d'Oxford ! C'est fantastique !

— Tu vas pouvoir aller étudier tous ces vieux manuscrits aussi souvent que tu le voudras, et puis ce n'est pas loin de mon bureau de Londres, nous pourrons peut-être nous voir…

— Ils n'en délivrent qu'une ou deux par an, et il y a une liste d'attente de dix ans !

— Tu n'as pris la place de personne. Disons que cette année, ils en ont octroyé une de plus…

— L'une des plus riches et des plus anciennes bibliothèques du monde ! Par quel moyen as-tu réussi à leur soutirer ce sésame ? insista la jeune fille, ébahie.

— Je leur ai dit que tu en avais très envie et ils…

— Dis-moi la vérité ! supplia-t-elle.

— D'accord. Je les ai menacés avec un fusil, j'en ai abattu deux ou trois, et les survivants ont fini par céder.

Alexandra éclata de rire. Elle savait qu'il ne dirait rien, mais elle était certaine qu'il avait davantage usé de son charme que de son pouvoir.

Elle s'assit en contemplant le précieux document.

— Tu es heureuse ? lui demanda-t-il.

Elle releva le visage, l'émotion noyait ses yeux d'un vert profond. Elle répondit dans un souffle :

— Oui, ce soir, oui. Grâce à toi.

Ils dégustèrent le gâteau dans un silence recueilli. Alexandra laissait parfois échapper un soupir de gourmandise qui amusait bien son père. Lorsqu'ils eurent savouré jusqu'à la dernière miette et récupéré les ultimes particules de sucre glace du bout de leur index, comme leur éducation parfaite ne leur avait certainement pas enseigné à le faire, Dickinson se leva à nouveau et invita sa fille à l'accompagner en lui tendant la main.

— Viens, allons contempler cette vue splendide.

Ensemble, ils s'approchèrent de la balustrade. Il passa un bras autour des épaules de la jeune femme et se pencha pour lui murmurer :

— Ce soir, cette ville n'existe que pour toi…

Alexandra ne comprit d'abord pas le sens de cette phrase. Elle eut un début de réponse lorsqu'un éclair lumineux déchira le ciel dans un coup de tonnerre. Une deuxième explosion résonna dans la nuit. Puis une première gerbe de lumière éclata dans le velours noir du ciel. Rio s'étendait à leurs pieds, et depuis une haute haie située aux limites de la propriété, un feu d'artifice qui s'annonçait puissant fusait, illuminant le ciel. Les unes après les autres, dans un rythme crescendo, les explosions de couleurs emplirent la nuit, faisant pâlir les étoiles. Virevoltantes, sifflantes, fracassantes, des dizaines de fusées s'envolaient pour éclater dans des gerbes multicolores.

Alexandra n'avait jamais eu de feu d'artifice pour son anniversaire. Elle était comme une enfant subjuguée par les lumières, la féerie des couleurs ; effrayée par la puissance des explosions et les crépitements. Soudain, un peu plus loin vers la ville, d'autres fusées décollèrent d'une autre colline, emplissant un peu plus le ciel de lumière. Quelques instants plus tard, ce fut un nouveau relief encore plus éloigné qui, à son tour, se mit à projeter ses artifices. Une par une, les plus hautes collines parsemant Rio devinrent de nouveaux foyers de tir, élargissant le spectacle jusqu'aux limites de l'horizon. Alexandra avait d'abord inconsciemment compté combien elle pouvait voir de points de tir, mais à présent, toute la ville était illuminée par d'incessantes explosions féeriques. Au pied du Christ rédempteur, au sommet du Pain de Sucre, de partout la lumière jaillissait. Cette nuit, les pauvres des favelas et les riches de la côte étaient tous les témoins d'un spectacle qu'un père avait rêvé pour sa fille. Ce soir, Rio écrivait l'un des plus beaux chapitres de sa légende et Alexandra vivait son plus grand souvenir. La tempête de bruit et de lumière semblait ne plus vouloir finir. Le nord répondait au sud, la mer reflétait la multitude de lueurs qui embrasaient le ciel de la baie. Comment ce rêve était-il possible ?

Le feu d'artifice s'intensifia encore, jusqu'à former une voûte de lumière presque aveuglante au-dessus de la ville, un dôme de fleurs de feu qui s'étendait aussi loin que les crêtes situées au-delà du lointain parc de Tijuca.

Puis soudain, ce fut le silence, presque assourdissant après tant de fureur. Et pour le dernier tableau, dans un ensemble parfait, seules quelques collines tirèrent une unique fusée : de vingt-cinq sommets décollèrent vingt-cinq boules de feu. Toutes éclatèrent au même instant, libérant dans un tonnerre de fin du monde leurs milliards d'étincelles éblouissantes d'un argent pur. Puis, enfin, vint le moment qu'Alexandra aimait particulièrement lorsqu'elle était enfant : celui où les dernières étincelles s'évanouissaient dans le ciel, se confondant avec les étoiles.

Lorsqu'elle assistait à un feu d'artifice, juchée sur les épaules de son père, après avoir applaudi de toutes ses forces, elle restait silencieuse, les yeux levés vers le ciel, béate, contemplant les éphémères lueurs qui s'estompaient les unes après les autres, laissant la place à la nuit constellée. Son père lui avait expliqué que les étoiles n'étaient en fait que des éclats de feux d'artifice qui refusaient de mourir...

Alexandra leva le visage vers son père, les yeux emplis de larmes de joie. Ils restèrent un long moment l'un près de l'autre, devant la baie à nouveau silencieuse.

Ils se séparèrent un peu avant l'aube. Ils avaient passé le reste de la nuit à converser dans un patio. Alexandra raccompagna son père à l'hélicoptère. Elle étreignit sa main.

— À l'année prochaine, lui dit-elle, la gorge serrée.

— Nous n'avons pas besoin d'attendre si longtemps. Nous pouvons nous retrouver avant si tu le souhaites.

— J'aimerais tellement…

— Alors, à très bientôt.

Elle l'enlaça.

— Tu me manques déjà, murmura-t-elle, les yeux brillants de tristesse.

— Je ne suis jamais loin, la rassura-t-il.

— C'est une figure poétique ou tu fais allusion à ce garde du corps qui me suit à la trace ?

— Non, mais puisque tu en parles, sois gentille de le laisser faire son travail. Ne lui rends pas la vie impossible.

En guise de réponse, Alexandra eut un sourire espiègle et l'embrassa une dernière fois.

Quelques secondes plus tard, l'hélicoptère décollait. Elle le regarda s'éloigner, se disant qu'elle n'oublierait jamais cette soirée. Elle n'avait même pas une photo pour immortaliser ce magnifique souvenir.

L'homme caché dans le jardin, lui, en avait beaucoup. Il s'était donné du mal pour les obtenir. Il avait eu toutes les difficultés à déjouer les systèmes de sécurité et la surveillance permanente des gardes. Mais le jeu en valait la chandelle. Il avait besoin de tout savoir pour parfaire son plan. Il ne s'intéressait ni aux mets succulents, ni au somptueux feu d'artifice, mais à la très belle fille du richissime Richard Dickinson…

3

Alexandra se réveilla en sursaut. Les coups dans la porte et la voix masculine qui appelait son nom l'avaient tirée d'un sommeil profond. Le soleil inondait sa chambre, l'éblouissant. Les rideaux à grandes fleurs hideuses à demi tirés en avaient presque des allures de vitraux. Le soleil de Rio rendait magnifique tout ce qu'il effleurait.

— Alexandra ! tonitrua la voix. Ouvre ! Je sais que tu es là, le concierge me l'a dit !

Les coups redoublèrent, ébranlant la porte. La jeune femme gémit et se recroquevilla sur elle-même dans son drap.

— Il est plus de midi, reprit la voix de plus belle. C'est l'heure de te lever !

Elle se résigna à ouvrir les yeux pour de bon. Elle connaissait bien cette voix. Si elle n'avait pas si peu dormi, elle aurait même été heureuse de l'entendre. Il lui fallut toute sa volonté pour arriver à s'asseoir au bord du lit.

— J'arrive, dit-elle d'une voix enrouée. Ne défonce pas la porte.

Elle se leva en s'enroulant dans son drap et alla tourner les deux verrous. Philip bondit dans la pièce comme un diable. Grand, athlétique, le jeune homme se retrouva au milieu de la chambre en un seul pas.

— Et alors ? commença-t-il en croisant les bras, l'air boudeur. Je te rappelle qu'on avait rendez-vous ce matin...

Il interrompit sa phrase, bouche bée, et porta la main à son cœur.

— Mon Dieu, dit-il, théâtral, toi, dans ce rayon de soleil, nue dans un drap... C'est beaucoup pour un seul homme !

Alexandra se frotta les yeux, immobile et embrumée.

— Ne commence pas, dit-elle en agitant son index tendu, faussement menaçante. Et d'ailleurs, comment ça s'est passé hier soir avec cette superbe Brésilienne ?

— On a rompu, ça ne pouvait pas coller entre nous.

Alexandra se dirigea presque à tâtons vers la salle de bains.

— Je suis désolée, dit-elle, après une journée de vie commune, c'est une véritable tragédie. J'imagine d'ailleurs que les adieux déchirants n'ont eu lieu qu'après la nuit ?

— On est amis depuis plus de dix ans toi et moi, et voilà toute l'idée que tu te fais de moi ?

— C'est justement parce qu'on se connaît depuis si longtemps que je sais de quoi je parle !

La jeune femme entra dans la pièce carrelée et grimaça en apercevant son reflet dans le miroir.

Elle se passa le visage à l'eau froide. Philip s'appuya contre le chambranle, l'observant. La nuit pourtant courte n'avait pas nui à son charme, et le drap soulignait ses courbes séduisantes. Sans détourner le regard, Philip changea de sujet :

— Toi par contre, il n'y avait pas besoin d'être bien informé pour savoir où tu étais. Toute la ville l'a su, et toute la ville s'en souviendra des années.

— Tu parles du feu d'artifice ?

— Je parle du déluge de feu multicolore qui a embrasé le ciel pendant près de vingt minutes hier soir.

Le visage encore humide, la jeune femme se retourna et lança :

— Joli, n'est-ce pas ?

— Joli ! Tu plaisantes ? Tu peux dire pharaonique, terrifiant, monumental, magnifique ! Tout le monde est sorti regarder, je suis sûr que sur les six millions d'habitants que compte cette ville, cinq millions neuf cent quatre-vingt-dix mille étaient dans la rue !

— Et les autres ?

— Sourds et aveugles ! Il n'y avait qu'eux pour avoir une chance d'échapper au spectacle. Ce matin, tout le monde ne parle que de ça.

Alexandra éclata de rire et, dans un geste gracieux, remonta le drap qui avait légèrement glissé. Philip soupira en la buvant du regard.

— Alex, ma douce Alex, pourquoi n'as-tu jamais voulu me laisser ma chance ?

La jeune femme le dévisagea, étonnée.

— Te laisser ta chance pour quoi ?

Découvrant le regard brûlant de Phil, elle secoua la tête.

— Ah ça non ! Tu es mon ami et je te connais. Je ne serai jamais un trophée de plus à ton tableau de chasse !

Puis elle s'avança vers lui et le saisit affectueusement par les épaules pour le repousser hors de la salle de bains. Le drap recommença à glisser. Elle le rattrapa de justesse.

— Vous avez un vrai problème, mademoiselle ! ironisa Philip. Soit vous me jetez dehors et vous finissez nue, soit je reste et vous passez le reste de votre vie dans ce drap léger qui vous va à ravir...

Le rire d'Alexandra fusa à nouveau, elle se mit à lui envoyer de petits coups de pied dans les tibias. Philip recula en poussant des cris plaintifs.

— Mon pauvre, lui dit-elle, chaque fois que tu me vois en maillot de bain ou en pyjama, c'est la même histoire. Comme avec la moitié des filles de la planète ! Remarque, tu ne m'avais jamais fait le coup du drap. Je vais finir par ne plus accepter de te voir qu'en combinaison de plongée ou en blouson de ski avec moufles et bonnet !

Ayant repoussé le jeune homme, elle referma la porte de la salle de bains d'un geste vif et la verrouilla. Philip, qui n'avait eu le temps d'apercevoir que le drap qui s'affalait, posa son front contre le battant de bois et fit d'une voix dépitée :

— Cruelle, tu es cruelle. Mais je suis incapable de t'en vouloir.

Alexandra finit de se préparer tout en continuant à parler avec son ami à travers la porte.

— Je crois je ne vais pas rester ici bien longtemps, lui dit-elle.

— Tu t'ennuies à Rio ? Les plages, le soleil, la musique et ces fabuleux Cariocas ne te suffisent pas ? Et puis je n'ai pas fini de te faire visiter... Je ne travaille pas jusqu'à lundi, je pourrais te faire découvrir encore beaucoup de choses...

— C'est gentil à toi, mais disons qu'après hier soir je vais avoir du mal à revoir la ville de la même façon.

— Nous allons faire du bateau tout à l'heure, avec des copains. L'un d'eux est anthropologue comme toi, il aimerait te connaître. Tu viens avec nous ?

— Je suis fatiguée, je n'ai pas beaucoup dormi, je crois que je vais simplement aller me balader un peu. J'ai lu qu'il y avait de magnifiques demeures coloniales dans le quartier de Lapa. Je voudrais aller les voir avant de repartir.

— Alors on se retrouve pour dîner ?

— D'accord, passe me prendre, on ira manger un morceau.

— Fantastique !

La porte de la salle de bains s'ouvrit à nouveau. Alexandra apparut, enroulée dans son drap et battant des cils. Philip se figea. La jeune femme laissa choir l'étoffe, dévoilant... sa tenue de promenade, pantalon de toile crème et top d'un joli turquoise vif.

— Et tu joues avec mes nerfs, en plus !

Alexandra déposa un baiser sonore sur la joue de Philip, attrapa son sac et entraîna son ami hors de la chambre. Les deux jeunes gens se séparèrent dans le couloir. Lui retourna chercher ses affaires pour aller naviguer, et elle descendit à pied.

Le hall du petit hôtel était modeste, et calme en ce milieu d'après-midi. Le concierge accueillit Alexandra d'un large sourire.

— Je vous appelle un taxi, mademoiselle ?

— Je crois que ce serait mieux.

— Où souhaitez-vous aller ?

Elle se pencha au-dessus du comptoir et lui dit à voix basse :

— Du côté de Lapa.

— D'autres maisons anciennes à voir ?

— Exactement.

L'homme lui fit un clin d'œil entendu puis ajouta à voix haute :

— Entendu, mademoiselle, un taxi pour les boutiques d'Ipanema.

Alexandra gloussa et se retourna discrètement vers le hall. L'homme qui ne la quittait jamais d'une semelle était là, assis dans un des deux fauteuils fatigués, se dissimulant tant bien que mal derrière un quotidien local. Alexandra s'avança vers lui. Elle se pencha au-dessus du journal et lança un retentissant « Bonjour ! ».

L'homme ne parut même pas interrompre sa lecture. La mâchoire carrée, le regard sombre, il demeura impassible.

— Vous lisez le portugais, maintenant ? ajouta-t-elle.

L'homme resta sans réaction.

— Hier soir, avec mon père, nous avons parlé de vous.

Il tourna la page, sa paupière gauche cligna.

— Personnellement, je serais assez pour que vous preniez des vacances, mais lui refuse. Il dit que vous êtes bon pour ma sécurité.

L'homme se leva et s'excusa d'une courbette, puis se dirigea vers l'extérieur d'une démarche assurée. Une fois debout, sa taille était encore plus impressionnante.

Alexandra se retourna vers le concierge et eut un léger haussement d'épaules.

— C'est toujours comme ça, dit-elle. Il me suit partout depuis six mois mais je n'ai jamais entendu le son de sa voix...

— Il n'a pas l'air commode, constata le concierge.

— Ce n'est pas le plus grave : le pauvre a l'air de vivre mes voyages comme un chemin de croix. On le repère à des kilomètres. Le mois dernier, au Sri Lanka, il tenait son journal à l'envers...

Alexandra s'engouffra dans le taxi. Pas de climatisation. La chaleur y était étouffante. Elle indiqua sa destination et jeta un rapide coup d'œil par la lunette arrière. Son ange gardien venait également de prendre place dans un taxi.

Les rues grouillantes d'une foule colorée défilaient autour d'elle. Pour rallier le quartier de Lapa, elle devait redescendre vers le sud. En se penchant, elle aperçut le Christ rédempteur qui dominait la ville de ses bras grands ouverts. Elle distinguait au loin les éclats de soleil miroitant dans les vitres du petit train qui montait jusqu'au pied de l'immense statue en serpentant dans la végétation du parc national de Tijuca.

Tous ses amis le lui avaient dit : il n'était pas raisonnable pour une jeune femme de se déplacer seule dans Rio. Comme à chaque fois, Alexandra n'en avait fait qu'à sa tête et, par chance, n'avait rencontré aucun problème. Elle évitait les quartiers trop mal famés et ne sortait pas tard dans la nuit, mais pour le reste, elle n'avait découvert que des gens accueillants, chaleureux et débordants de vie.

Le taxi de son garde du corps les suivait toujours. Il devait se douter à présent qu'ils n'allaient pas à Ipanema. Elle sourit, ouvrit son petit sac à dos et en sortit un carnet et un guide de voyage. Elle consulta ses notes et demanda au chauffeur quelques précisions. L'homme répondit approximativement, remplaçant les détails qu'il ignorait par de grands sourires.

Arrivé devant les arches blanches de l'ancien aqueduc, point de repère du quartier, le chauffeur s'arrêta enfin. Alexandra descendit. Elle admira brièvement l'imposante construction et se détourna pour se faufiler dans les petites rues alentour, à la recherche des trésors cachés de l'architecture portugaise d'autrefois.

Le jour, le quartier était paisible, bien éloigné de l'ambiance festive du soir, ce qui laissait le loisir d'admirer les maisons aux couleurs délavées par le soleil, dominées par d'immenses arbres d'où tombaient des multitudes de lianes. Les rares habitations à étages n'en comptaient pas plus de deux ou trois. L'endroit n'était peuplé que d'authentiques Brésiliens. Il n'y avait pas trace de touristes ni d'aménagements à leur intention, aucune de ces petites échoppes de souvenirs criardes. Sans être pauvre, le quartier ne respirait plus la prospérité qu'il avait visiblement connue par le passé.

Alexandra s'engagea d'un pas rapide dans une rue étroite qui, d'après son plan, menait directement à l'une des plus anciennes maisons coloniales du pays. Son garde du corps marchait à une centaine de mètres derrière elle, feignant l'indifférence d'un touriste en promenade – une nonchalance parfaitement démentie par sa tenue. Alexandra eut une pensée émue pour le pauvre bougre qui, par une température de près de quarante degrés sous un soleil de plomb, se promenait l'air de rien dans son impeccable costume bleu nuit à la coupe ringarde.

Les enfants du quartier l'avaient remarqué dès qu'il avait posé un pied hors de son véhicule, et l'homme qui voulait passer inaperçu traînait désormais à sa suite une bonne dizaine de bambins hurlant et riant dans leur langue aussi musicale qu'incompréhensible. Les plus hardis lui touchaient les mains. S'ils avaient réussi à ouvrir sa veste, ils auraient sans doute découvert un revolver ou quelque chose de ce genre.

Alexandra arriva devant le lieu supposé de la bâtisse. Il n'en restait pratiquement rien. Les grands arbres et le perron de pierre correspondaient bien à la gravure du guide, mais le reste avait disparu. Il n'y avait plus trace ni des deux étages de bois, ni des balustrades remarquablement sculptées. Le tout avait dû être recyclé dans les taudis qui s'empilaient un peu partout autour, ou revendu à des collectionneurs peu scrupuleux.

Déçue, la jeune femme voyait s'évanouir le but de sa visite et son unique occupation pour l'après-midi. Elle aurait peut-être dû accompagner Philip.

Elle se sentit soudain bien seule. Elle n'avait finalement pour toute compagnie que cet homme qui la suivait et dont elle ne connaissait même pas le nom. Elle lui aurait bien proposé d'aller boire un verre et de faire quelques pas pour discuter un peu, mais le grand gaillard se serait, comme à chaque contact direct, esquivé sans un mot. Que pouvait-il bien penser d'elle, pourquoi s'enfermait-il dans ce mutisme ?

Alexandra devait bien admettre qu'elle n'avait pas fait grand-chose pour faciliter leurs relations. Elle n'avait jamais manqué une occasion de le placer dans des situations délicates.

Peu à peu, au gré de ses déambulations, elle commença à se trouver un nouveau but pour cette belle journée. Il était bien trop tôt pour rentrer à l'hôtel et après tout, elle n'avait pas formellement promis à son père de ne plus faire l'espiègle avec son garde du corps...

Il lui fallait d'abord trouver un taxi.

4

Cela faisait déjà un moment qu'Alexandra goûtait la verdure du parc de Tijuca, au pied du Corcovado. Elle avait aperçu des toucans, et entendu dans les feuillages épais des singes capucins s'agiter. Elle emplit ses poumons. Odeurs de terre, de poussière, de feuilles. On se serait cru en pleine forêt vierge.

Elle avait trouvé un chemin ombragé à l'écart des allées plus touristiques et, enfin, un banc bienvenu. Ombre parmi les ombres, son garde du corps était toujours là, à distance. Un gorille parmi les capucins… Elle sourit de son jeu de mots et s'assit à l'ombre d'un imposant jacaranda.

Elle déplia sa carte. Il fallait bifurquer en direction de la cascade Cascatinha. Elle savait que plus loin, au pied d'un promontoire d'où tombait la chute d'eau, se trouvait une sorte de labyrinthe où les jeunes de Rio se retrouvaient pour flirter en cachette sous les embruns de la cascade.

Alexandra rassembla ses affaires. Il était temps de mettre son plan à exécution. Elle reprit sa marche et pressa le pas malgré la pente du sentier de plus en plus forte. Le chemin serpentait au gré du relief ; acajous, eucalyptus et espèces continentales s'écartaient parfois pour offrir quelques vues remarquables sur les quartiers maintenant en contrebas. Le parc était immense. Il était difficile de concevoir que cette forêt aux allures de jungle tropicale, par endroits inextricable, était située au cœur même de la cité. Un faible vent agitait les grands arbres. Partout dans cette végétation omniprésente, la vie semblait grouiller, mais les chants des oiseaux couvraient tous les bruits. Des centaines de volatiles aux couleurs étonnantes chantaient et criaient jusque haut dans le ciel, au-delà de la voûte feuillue. Alexandra était tout entière absorbée dans l'observation de cette nature exubérante. Elle ne manquait pas, à chaque virage, de courir quelques pas pour creuser l'écart avec l'homme qui la surveillait toujours, sans que celui-ci s'aperçoive que la manœuvre était intentionnelle.

Alexandra avait chaud, son cerbère devait être en nage. Elle n'était sans doute plus très loin de son but. Le nombre croissant de touristes semblait le confirmer. Lorsque, au détour de l'allée, elle aperçut la première chute d'eau, elle resta stupéfaite devant la beauté du site. Le flot se déversait depuis un repli de falaise de plusieurs dizaines de mètres de hauteur pour s'écraser avec un grondement ininterrompu dans des massifs derrière lesquels les touristes disparaissaient en riant. Les cris de joie se mêlaient au grondement de l'eau. Il faisait frais, la lumière dessinait un arc-en-ciel au-dessus de cet étonnant jardin perdu dans une jungle. Cette manne aquatique avait permis à des espèces rares de pousser dans un rayon assez large pour s'y perdre.

Alexandra s'élança soudain à travers les allées végétales étroites en courant le plus vite possible. L'homme qu'elle avait distancé se mit à courir à son tour, s'engouffrant par une entrée, bousculant des jeunes, ressortant par une autre, cherchant la jeune femme, la panique dans le regard. Peine perdue : elle lui avait échappé.

Dissimulée derrière un fourré, Alexandra le vit passer plusieurs fois. Elle attendit un bon moment avant de sortir de sa cachette et d'aller s'asseoir sur un tronc couché, en bordure de falaise.

Elle était enfin seule. Personne ne se souciait plus d'elle. Elle entendait les rires des filles, les cris des garçons qui chahutaient sous les cascades, mais cette joie de vivre et cette insouciance ne la concernaient pas.

Ainsi libérée de la présence encombrante de son garde du corps, elle sentit le flot de tristesse familier remonter à la surface. Elle que tout le monde voyait si vaillante, si forte, ne supportait plus la solitude. Elle avait réussi à donner le change à son père, mais elle n'avait plus ni la force ni l'envie d'affronter cette vie sans partager ce sentiment si puissant. Cela faisait un moment déjà que le creux grandissait en elle. Une larme roula sur sa joue. D'autres vinrent bientôt, libératrices, apaisantes. Elle resta là longtemps.

Le retour vers l'hôtel fut assez rapide. Alexandra ne se sentait pas très à l'aise après ce qui s'était passé. Lorsqu'elle franchit la grande porte d'entrée, elle vit l'homme assis dans le hall. Il ne tenait ni journal, ni livre. Il fixait la porte en attendant qu'elle revienne. Elle détourna les yeux sous le poids de son regard. Elle n'avait toujours pas entendu le son de sa voix. Perplexe, le concierge les détaillait sans comprendre.

Alexandra monta droit dans sa chambre. En attendant Philip, elle avait du courrier à écrire. Et il fallait qu'elle réfléchisse à sa prochaine destination. Elle était maintenant pressée de quitter Rio.

5

— Je comprends. Je ne vous en veux pas. Nous vous trouverons une nouvelle affectation. Dès que j'ai quelqu'un d'autre, je vous fais relever. Merci de m'avoir prévenu.

Richard Dickinson reposa le combiné de sa ligne directe. Fermant les yeux, il resta immobile dans son grand fauteuil. D'habitude, lorsqu'il avait à penser, il se renversait en arrière et pivotait vers la baie vitrée située derrière lui. Il contemplait alors Manhattan du haut du quarante-cinquième étage de sa tour, tel un aigle immobile au-dessus de la ville.

Peu d'étrangers pénétraient dans ce vaste bureau aux murs recouverts de bibliothèques emplies de livres rares, de souvenirs de voyages et de photos. Dickinson en avait fait une sorte de tanière, un refuge. Cette pièce était en quelque sorte son foyer ; il lui arrivait parfois d'y dormir dans l'un des canapés. Il avait même fait installer une salle de douche. Un système de sonorisation dernière génération diffusait à sa demande la musique qu'il aimait écouter quand il était seul ; il disposait d'une immense télévision écran ultra HD, d'un home cinéma de pointe, il s'était entouré de ses livres préférés. Depuis le départ d'Alexandra, plus rien ne le poussait à rentrer chez lui. Mais pour l'heure, le coup de fil qu'il venait de recevoir lui posait un vrai problème.

Aucune de ses affaires n'avait pu l'empêcher de dormir, jamais aucun des nombreux obstacles professionnels qu'il avait eu à surmonter ne lui avait occasionné de sueurs froides. Mais cette fois-ci, il était question de sa fille. À son front perlaient quelques gouttes. Sentant monter la rage, il abattit soudain son poing fermé sur le large sous-main. Le choc fut tel que son assistante frappa brièvement à la porte et passa la tête.

— Tout va bien, monsieur Dickinson ?

— Pas exactement, Kate, grogna-t-il. Vous allez annuler mes rendez-vous pour les trois prochaines heures.

— Bien, monsieur.

Puis hésitante, elle ajouta :

— Vous êtes certain que ça va aller ?

Il porta la main à son front.

— C'est ma fille.

Kate blêmit. En se rendant compte de ce que cette trop courte phrase et son geste de colère pouvaient laisser penser, Dickinson ajouta aussitôt :

— Ce n'est rien, elle va bien...

Kate était son assistante depuis plus de vingt ans. Elle l'avait vu bâtir son empire, elle l'avait vu pleurer sa femme. Elle était aujourd'hui la seule à oser résister à ses colères, à comprendre ses silences.

Elle lui offrait une cravate à chaque Noël et son amitié fidèle et dévouée le reste du temps.

— Elle a encore poussé à bout un agent de sécurité… devina-t-elle.

Richard se leva et fit nerveusement les cent pas autour de son bureau.

— Qu'est-ce que je peux faire ? Dites-le-moi, Kate. Je ne peux quand même pas la laisser vadrouiller à sa guise dans les coins les plus insensés de la planète sans protection !

Kate connaissait bien son patron, elle savait qu'il ne perdait jamais son sang-froid, sauf lorsqu'il s'agissait d'Alexandra.

— Elle pourrait s'en sortir seule, suggéra-t-elle, mais c'est vous qui n'êtes pas capable de la laisser s'assumer. Vous vous sentez trop responsable d'elle. Vous avez peur que votre nom ne lui pose des problèmes.

— Vous pensez que j'ai tort ?

— Je crois que vous l'aimez beaucoup et qu'elle a énormément de chance d'avoir un père comme vous. Je pense que votre nom ne lui attirera pas que des ennuis, mais je comprends aussi ce que vous ressentez…

Pensif, Dickinson la regarda dans les yeux. Une nouvelle lueur anima soudain ses prunelles.

— Je sais où j'ai une chance de trouver quelqu'un ! s'exclama-t-il.

— Je préfère vous voir réagir comme cela, conclut Kate en se dirigeant vers la porte. Si vous avez besoin de moi, vous savez où me trouver.

Aussitôt seul, Dickinson s'assit et ouvrit le tiroir central de son bureau. Il en tira un petit répertoire bordeaux – il n'avait jamais pu se résoudre à entrer tous ses contacts dans son smartphone, préférant la sécurité d'un bon vieux carnet de papier bouclé dans cette pièce ultra sécurisée. Il le feuilleta fébrilement jusqu'à découvrir le nom qu'il cherchait. Son visage s'illumina. Il composa le numéro rapidement.

— Secrétariat du général McKenna, annonça une voix féminine impersonnelle.

— Je souhaiterais parler au général, s'il vous plaît. De la part de Richard Dickinson.

— Ne quittez pas, je vais voir s'il est là.

Quelle formule stupide, pensa Dickinson. Évidemment qu'il est là, sinon ce serait un abandon de poste...

— Richard ! tonitrua la voix grave dans le combiné. Comment vas-tu ?

— Comme un père, Douglas. Et toi ?

— Comme le père de huit cents soldats, mon vieux.

— Je me demande parfois si je ne préférerais pas ça à une seule fille...

— Allons bon, Alexandra a encore fait des siennes.

— Ta filleule a réussi à mettre hors jeu son garde du corps. Je le voyais pourtant résister quelque temps, celui-là.

— Ce qui porte son score à cinq, si je ne me trompe.

— Six, Douglas. Elle décime les rangs de mon service de sécurité.

— Je comprends que tu en aies assez, mais je crois qu'elle ne changera pas… et pour cause, c'est ta fille !

McKenna éclata d'un rire jovial. Dickinson sourit.

— Douglas, j'ai besoin de toi.

— Tu n'espères pas que je vais chaperonner ma filleule et tout raconter à son père ?

— Non, mais je me suis dit que peut-être parmi tes hommes, il y en aurait un qui ferait l'affaire…

McKenna resta silencieux quelques instants avant de répondre :

— Richard, je forme l'élite des troupes de sécurité de l'armée américaine. Ils sont entraînés pour protéger les présidents et les diplomates contre tous les genres de menace. Je ne fais pas dans la nurse.

— Douglas, je te le demande comme un service personnel.

— Ah non ! protesta le général. Tu n'as pas le droit. On se connaît depuis trente ans et tu sais très bien que dès que l'on fait vibrer cette corde…

— Puisque tu es d'accord, je serai demain matin à huit heures à ton académie. Merci, vieux frère !

6

Dickinson avait volé une bonne partie de la nuit pour rejoindre le massif des Rocheuses. Tout en compulsant quelques dossiers urgents – il n'avait jamais eu besoin de beaucoup dormir –, il avait tout de même trouvé le temps d'admirer le lever de soleil sur les cimes enneigées.

Son hélicoptère fut autorisé à se poser dès qu'il s'annonça dans l'espace aérien de la base de Longcrane. Richard sourit en regardant à travers le hublot. Il venait chercher une solution à son problème, mais il rendait aussi visite à un véritable ami.

L'engin se stabilisa au-dessus de la place du rapport et descendit à la verticale, soulevant un impressionnant nuage de poussière et de neige. Le vent tourbillonnant fit claquer le drapeau déjà hissé au centre de l'espace. Les recrues qui passaient en rangs observaient du coin de l'œil cet appareil civil qui se posait dans leur nid d'aigle.

La base était l'une des plus réputées du monde. Seuls les meilleurs éléments des armées de l'Otan avaient le privilège de venir ici apprendre plus que ce qu'aucun autre corps militaire pouvait enseigner. Les hommes issus de Longcrane étaient attendus dès leur sortie. La plupart intégraient les services de sécurité de la Maison-Blanche ou des délégations diplomatiques.

Escorté d'un aide de camp et de deux soldats, le général McKenna sortit du bâtiment principal, ce qui valut un garde-à-vous général aux abords de la place. Dickinson sauta de l'hélicoptère alors que les pales tournaient encore. Les deux hommes se donnèrent l'accolade.

— Tu ne changes pas, attaqua le général, quand tu as une idée dans la tête, tu ne perds pas de temps...

Les deux hommes s'engouffrèrent dans le bâtiment pour échapper au froid.

— Alors, voici ton domaine, dit Richard.

— Oui, sur quatre cents hectares.

McKenna congédia ses hommes et s'engagea avec son ami dans un long couloir dont les murs étaient tapissés des distinctions reçues par l'unité.

— Quatre cents hectares pour huit cents hommes, c'est du luxe...

— On ne fait pas de l'élevage, Richard, on forme des hommes capables de tout.

— Une sorte d'usine à fabriquer les James Bond ! lança ironiquement Dickinson.

Au fond du corridor, un planton salua et leur ouvrit l'accès d'un étroit sas, qu'ils traversèrent jusqu'à une porte épaisse. Le général la poussa.

— Voici mon bureau, dit-il. Nous allons voir ce que je peux faire. J'ai fait préparer les dossiers des sections de dernière année.

Dickinson tourna sur lui-même pour parcourir la pièce des yeux. Elle n'avait aucun point commun avec son propre bureau. Aucun luxe, peu d'objets personnels, on sentait que le maître des lieux n'était là que jusqu'à la prochaine mutation. Étonné, Dickinson remarqua :

— Il y a peu de portes et de gardes pour te protéger...

Sans cesser de trier les dossiers alignés sur son bureau, McKenna expliqua :

— Une fois entré dans le camp, y circuler est assez facile. Mais si tu n'es pas le bienvenu, c'est presque impossible d'y pénétrer. Si je n'avais pas donné l'autorisation pour ton hélicoptère, tu aurais explosé en vol à vingt kilomètres d'ici...

Il releva la tête en souriant.

— Charmant ! grimaça Richard. Encore merci d'avoir donné ton feu vert...

Le général désigna son fauteuil à son vieil ami en lui tendant les dossiers et s'appuya contre le bureau.

— Peut-être vas-tu trouver ton bonheur...

— Voici donc tes meilleurs hommes, fit Dickinson en attirant à lui la pile de documents.

— Ceux qui seront les plus à même de protéger Alexandra.

— Donc, les meilleurs..., insista Dickinson.

Pendant près de trois heures, les deux hommes étudièrent les dossiers d'une trentaine d'individus. Tous des athlètes complets, capables de survivre dans n'importe quel environnement, à l'aise aussi bien au fond d'une fosse aux serpents que dans un gala à Hollywood. Les profils psychologiques aidaient Dickinson à choisir.

Sur trente, il en sélectionna quatre. Un par un, Dickinson reçut les quatre hommes dans un petit bureau jouxtant celui du général. Le premier mesurait à peine moins de deux mètres, il était taillé comme un bûcheron, avec un regard d'une grande douceur. La machine de guerre avait encore un cœur, pensa Dickinson. Il invita le jeune homme à s'asseoir et le dévisagea : cet homme était potentiellement celui qui allait consacrer ses journées à protéger sa fille. Le soldat était calme, à l'aise dans ses réponses, même s'il ne comprenait pas très bien l'utilité de cet interrogatoire bien peu réglementaire.

Pendant près d'une demi-heure, Dickinson lui posa les questions les plus déconcertantes, les plus directes, puis il le remercia et passa au suivant.

Au troisième entretien, Richard Dickinson se sentait un peu diminué devant ces armoires à glace. Tous étaient de très beaux garçons, à l'évidence intelligents et bien bâtis, mais quelque chose lui disait qu'ils ne feraient pas l'affaire.

Lorsque le dernier s'assit face à lui, Dickinson le regarda avec encore plus d'attention. Il était sa dernière chance, et Richard Dickinson s'en était toujours sorti in extremis...

Le jeune homme brun avait un regard direct que même le puissant industriel eut du mal à soutenir. Ses mains étaient longues, fines, il avait des gestes précis, puissants jusque dans les plus anodins.

Dickinson et le soldat conversèrent un long moment. Tout en l'écoutant, Richard parcourait des yeux ses fiches d'appréciation. Des résultats remarquables. Peut-être tenait-il enfin l'ange gardien rêvé... Avec celui-là, il resta plus d'une heure à poser des questions.

Il n'y avait qu'un seul problème. Dickinson s'en rendit compte peu à peu. Ce soldat d'élite surpassait tous les autres pour une unique raison : un trait de caractère qui s'était dessiné au fur et à mesure. Richard termina l'entretien la mine dépitée et entra sans frapper dans le bureau du général.

— Eh bien, tu en fais une tête, remarqua McKenna.

— Aucun d'eux ne conviendra.

— Même pas le dernier ? Vous aviez l'air de bien accrocher, pourtant.

— Cet homme déteste être humilié. Il ne supporte pas d'être rabaissé, n'est-ce pas ?

Le général se passa la main sur le menton et dit :

— C'est un peu le cas de tous mes hommes, mais il est vrai que c'est particulièrement évident chez ce garçon. C'est vraiment un problème ?

— Alexandra va le traîner plus bas que terre, elle va lui en faire voir de toutes les couleurs. S'il ne lui colle pas son poing dans la figure avant, il démissionnera en trois jours...

— Pour ne rien te cacher, il a déjà démoli pas mal de monde. Il est assez susceptible... Mais d'un autre côté, si j'avais à choisir entre protéger ta fille sur les plages d'Espagne ou le président des États-Unis au Moyen-Orient...

Dickinson se laissa tomber avec lassitude sur une chaise.

— Mon pauvre vieux, plaisanta le général, je crois que tu vas repartir bredouille.

Richard resta silencieux. Le général cherchait quoi dire, lorsqu'il vit son ami relever la tête avec une étrange lueur dans les yeux.

— Fais-moi rencontrer ta pire recrue, fit Dickinson.

— Mais je n'ai que ça ! objecta le général.

— Tu en as forcément un qui n'obéit jamais, qui résiste à tout…

— Nous en avons beaucoup, laisse-moi réfléchir…

— Aux arrêts ! s'écria Dickinson. Je veux voir ceux qui sont aux arrêts, en prison !

Le général pâlit.

— Richard, ce n'est pas sérieux… Et puis je n'ai pas le droit. Tu veux, tu veux… Tu es sur une base de la sécurité nationale, bon sang !

— S'il te plaît, Doug ! insista Richard.

— Et puis le tour serait vite fait, il n'y en a qu'un.

— Tant mieux, comme ça je n'aurai pas l'embarras du choix !

Dickinson se leva. Il avait retrouvé toute son énergie.

— Où est la prison ?

7

Le général peinait à suivre Dickinson, qui courait presque.

— Richard, tu te conduis comme un gosse. Où sont ton flegme et ton sérieux ? Sois raisonnable. Tu as l'air surexcité.

— Doug, si tu m'offres la solution que je cherche depuis trois ans, c'est la fin d'un cauchemar.

— Richard, nous nous dirigeons vers les cellules. Cet homme est un cas difficile que même moi je n'ai pas réussi à mater. Tu crois raisonnablement que ce soldat va te simplifier la vie ?

— Quelque chose me dit que c'est possible.

— Le même quelque chose qui te disait que c'était possible avec ceux que tu viens de rencontrer ? Allons, tu perds ton temps...

Dickinson s'arrêta dans sa course et se retourna.

— Tu as peut-être raison, Doug, mais je ne veux négliger aucune chance.

Les deux hommes arrivèrent dans le quartier de détention. Sur les quatre cellules, trois étaient vides. Au travers de la porte de la quatrième, on entendait un homme siffloter. Le planton se figea dans un impeccable garde-à-vous.

— Ouvrez la cellule, soldat, ordonna le général.

Le militaire s'exécuta aussitôt. Le claquement des imposants verrous n'interrompit pas le sifflotement. Le battant d'acier pivota sur ses gonds en grinçant. Un homme torse nu faisait des pompes en leur tournant le dos.

— J'ai encore six jours à tirer et je n'ai pas l'intention de présenter mes excuses à cet abruti ! annonça-t-il sans s'interrompre.

Le planton pénétra dans la cellule et hurla : « Garde-à-vous ! » L'homme continua ses pompes imperturbablement. Le général franchit le pas de la porte et dit d'une voix sourde :

— Lieutenant Drake, je vous ordonne de vous relever et de saluer, sinon je vais vous mettre la plus grosse dérouillée de toute l'histoire de cette unité !

L'homme se releva d'un bond et se raidit.

— Mes excuses, mon général, je ne savais pas…

— Voilà l'homme que tu voulais voir, fit McKenna à son ami. Tu vois, ça ne valait pas la peine de t'enthousiasmer.

Le général tourna les talons pour ressortir. Mais Dickinson s'approcha du lieutenant en sueur et le fixa dans les yeux.

— Et pourquoi ne présenterez-vous pas vos excuses à cet abruti, jeune homme ?

Drake jeta un coup d'œil dubitatif vers le général. Devait-il répondre à ce civil ? Devant l'absence de réaction de son supérieur, il prit l'initiative.

— Je ne présente pas d'excuses à un homme qui se comporte comme le capitaine Mitchell.

— Et comment se comporte le capitaine Mitchell ? insista Dickinson.

Le général répondit à la place du lieutenant.

— Il avait bu, il est rentré chez lui et a un peu malmené sa femme. Le lieutenant ici présent était son chauffeur et il est intervenu.

— Je vous demande pardon, précisa le lieutenant, il ne l'a pas malmenée, il l'a frappée !

Le général McKenna explosa :

— Comment osez-vous ? Vous êtes aux arrêts avec une menace de procès dans le civil ! Vous n'aviez pas à envoyer votre supérieur à l'hôpital avec deux blessures ouvertes, la mâchoire brisée, et plus assez de dents pour bouffer une compote ! Vous auriez dû m'en parler et j'aurais réglé ça légalement !

Drake resta silencieux. Le général fulminait et Dickinson dévisageait le jeune homme. Moins grand que les géants qu'il avait croisés auparavant sur la base, le lieutenant était quand même un solide gaillard qui le dépassait d'une bonne tête. Son regard bleu affichait une belle confiance en lui. Ses cheveux bruns coupés très court révélaient une structure de visage plutôt fine pour un tel gabarit. Même au fond d'une prison, sale et pas rasé, l'homme ne manquait pas d'allure, et on décelait chez lui une franchise à toute épreuve.

Le général arracha Dickinson à ses pensées.

— Tu viens ? Nous perdons notre temps avec ce forcené.

— Je n'en suis pas certain, répondit Richard sans quitter Drake des yeux.

Puis, après un moment, il ajouta à l'intention du soldat :

— Quel âge avez-vous ?

— Vingt-huit ans, monsieur.

— Idéal, raisonna Dickinson à voix haute. En ayant presque le même âge, vous pourrez mieux la comprendre, anticiper ses pensées, ses comportements. La voilà mon erreur : j'ai pris des gens beaucoup plus âgés qu'elle…

— Richard, intervint McKenna, tu es en train de faire une grosse bêtise. Confier la chair de ta chair à cet excité serait une énorme boulette. Je dois t'en empêcher. Je suis ton ami et le parrain d'Alexandra.

Sans se soucier de ce que disait le général, Dickinson fixa le lieutenant dans les yeux et demanda :

— Ça vous dirait de protéger ma fille partout où elle ira ? Vous verrez du pays, vous aurez des moyens illimités, et je vous promets qu'on effacera cette histoire de procès… Mais attention, s'il lui arrive quelque chose, je vous donne ma parole que toutes les peines de prison du monde seront plus douces que le sort que je vous réserverai personnellement.

Le général blêmit.

— Richard, tu es devenu fou !

Il entraîna Dickinson de force à l'extérieur de la cellule et claqua la porte d'un geste sec, enfermant du même coup le planton et le lieutenant.

— Richard, ce type est dangereux, et tu es fatigué… tenta-t-il d'argumenter.

— Je sens qu'il fera l'affaire, il a l'air de savoir ce qu'il veut, et il comprendra Alexandra.

McKenna se laissa aller contre le mur. Il paraissait soudain exténué.

— Richard, ne me prends pas celui-là, s'il te plaît, supplia-t-il d'une voix caverneuse, la mine défaite.

Dickinson fut stupéfait de ce changement. Le général ajouta, presque implorant :

— C'est le meilleur que j'aie vu de toute ma carrière. Laisse-le-moi…

Dickinson éclata de rire :

— Tu t'étais bien gardé de me le dire, vieux bandit !

— Je l'ai recommandé pour la sécurité personnelle du Président.

— Tu es en train de me dire que tu vas confier la sécurité de l'homme le plus puissant du monde à un excité ?

— Ne plaisante pas, ronchonna le général.

— Tu n'as qu'à dire au Président que ce Drake n'a pas voté pour lui ! Et puis si jamais il ne fait pas l'affaire pour Alexandra, il suffira peut-être au Président…

Dickinson tapota l'épaule de son ami et ouvrit la porte de la cellule. Drake se tenait droit, sa chemise à la main. Il dit simplement :

— Je commence quand ?

8

Il était à peine midi lorsque les roues du petit avion touchèrent la piste de l'aéroport de Mahajanga. Il fallait être doué d'une certaine imagination pour appeler « aéroport international » l'unique piste de cette ville portuaire du nord-ouest de Madagascar. Alexandra avait fait escale dans la capitale avant de reprendre un avion-taxi pour venir jusque-là.

Elle s'étira sur son fauteuil, secouée par les cahots de l'avion qui roulait toujours. L'engin s'immobilisa en bout de piste. Mahajanga était réputée pour son caractère cosmopolite, son ambiance animée et chaleureuse et ses plages de sable fin qui s'étiraient le long de l'océan. Des touristes arrivaient tous les jours pour venir goûter au paradis sur l'une des dernières terres vierges de la planète.

Un Land Rover gris poussiéreux s'approcha de l'appareil. Le pilote libéra la porte et le petit escalier pliant. Alexandra descendit en se protégeant les yeux du soleil. Elle attrapa rapidement ses lunettes noires dans son sac. Ici aussi, il faisait chaud, mais l'humidité semblait encore plus élevée qu'à Rio.

Son visage se barra d'un immense sourire lorsqu'elle vit la petite femme énergique qui sautait du 4 × 4.

— Jenny ! s'écria-t-elle en s'élançant vers son amie.

Les deux jeunes femmes s'étreignirent en riant.

— Bienvenue sur la Grande Île ! l'accueillit Jenny. Je suis tellement heureuse que tu aies pu venir. Je n'y croyais pas. Tu as fait bon voyage ?

— La dernière partie était un peu remuante, mais je ne me plains pas.

Les deux jeunes femmes chargèrent dans le coffre du véhicule les trois sacs de bagages qu'un employé venait de déposer et montèrent à bord. Jenny fit vrombir le moteur et prit une petite route qui les éloigna rapidement de la ville.

— Alors, c'est ici que tu vis ? demanda Alexandra en admirant le paysage noyé de verdure.

— Pour deux ans encore. Tant que les fouilles archéologiques ne seront pas terminées, je ne déménagerai pas.

— Et après ?

— Oh ! je n'y pense pas trop. J'irai là où les trésors de l'histoire humaine voudront bien sortir de terre !

Les deux jeunes femmes éclatèrent de rire. La voiture filait sur ce qui s'était transformé en une piste inégale, laissant derrière elle un long panache de poussière. Alexandra humait les odeurs, ravie de laisser le vent jouer dans ses cheveux après des heures d'un voyage épuisant, heureuse de retrouver une amie d'université qu'elle n'avait pas vue depuis longtemps.

— Je t'emmène sur le site avant de rejoindre l'hôtel. Je vais te présenter toute l'équipe… et David.

Alexandra lui fit un clin d'œil complice.

— Tu files toujours le parfait amour ?

— Ces derniers temps c'est un peu remuant, mais ce n'est pas pour me déplaire !

Ce dernier échange fit oublier un instant à Alexandra sa joyeuse insouciance, et elle se tut, regardant sans les voir les immenses palmiers qui se découpaient sur le ciel d'un bleu pur.

— Et toi ? demanda doucement Jenny, qui avait remarqué le brusque silence de son amie.

— Il y a peu à dire, soupira Alexandra. Je bouge toujours, j'étudie toujours, je cherche toujours…

— Et que trouves-tu ?

— Pas grand-chose pour le moment. J'ai l'impression de chercher ma voie… de me chercher, moi, termina-t-elle d'un ton plus amer.

— Ne t'inquiète pas, lui rétorqua Jenny, à la vitesse où tu voyages, tu ne vas pas tarder à te rattraper !

Lorsqu'elles arrivèrent sur le site des fouilles, toutes les équipes étaient encore au travail malgré le soleil de plomb de ce milieu d'après-midi. Dans cette région reculée, ceux qui ne vivaient pas du tourisme faisaient d'ordinaire la sieste à cette heure-ci, mais les scientifiques et les archéologues avaient engagé une course contre le temps.

Un jeune homme bronzé, torse nu, tenant un dossier dans une main et un maillet dans l'autre, s'avança vers elles.

— Je te présente David Jensen, dit Jenny.

Après avoir embrassé tendrement son compagnon, elle désigna son amie.

— David, voici Alexandra Dickinson.

L'homme s'approcha en souriant et lui fit la bise sans manière.

— Jenny m'a beaucoup parlé de vous, dit-il avec un grand sourire. D'après ce que j'ai compris, vos années d'études n'ont pas été tristes...

— Qu'est-ce que tu as encore été raconter ! lança Alexandra à son amie.

Jenny lui fit visiter toute la zone de recherche. Sur une bande de terre longue de près de deux cents mètres, le terrain avait été divisé en petits carrés d'un mètre de côté grâce à un réseau de fines cordelettes tendues. Une vingtaine de personnes s'affairaient, fouillant le sol par zones en soulevant des volutes de fine poussière, échangeant de rares paroles, s'épongeant le front de temps à autre sous le regard goguenard de quelques enfants du village voisin. La chaleur semblait étouffer le moindre bruit, adoucie cependant par la mer qui, lorsqu'elle était haute, ne s'arrêtait qu'à quelques pas. En bordure de la longue plage de sable fin, les palmiers prodiguaient une ombre rare et précieuse. En contemplant le spectacle de ce cadre exceptionnel, Alexandra songea à ce qu'avaient pu ressentir des naufragés sur une île déserte.

— Profite du calme, lui dit Jenny sur un ton amusé. Ce soir, tu vas découvrir l'autre facette de Mahajanga.

— Tout n'est pas aussi joli qu'ici ?

— Bien sûr que si, c'est magnifique. Il faut faire des heures de vol pour trouver quelque chose de laid dans la région, mais nous logeons à l'hôtel Excelsior…

— C'est le complexe touristique que l'on survole en arrivant ?

— Pas le choix, il n'y a que ça dans toute la région. Nous avons déjà eu beaucoup de mal à obtenir les autorisations de fouilles, mais pour l'hébergement, nous n'avons pas eu d'alternative. Tous les soirs, on réintègre le repaire des T.V.P.B…

— Les T.V.P.B. ?

— Les Touristes Venus Pour Bronzer. Et là, changement d'ambiance : fini le calme, le chant des oiseaux, le vent léger dans les palmeraies, le ressac des vagues ; à toi la musique assourdissante, les concours stupides et les maillots à mille dollars…

Jenny entraîna son amie en riant vers un point précis du site des fouilles.

— En faisant des travaux d'extension pour le resort, expliqua Jenny, les bulldozers ont mis au jour une embarcation enterrée et assez bien conservée.

— De quelle époque ? demanda Alexandra.

— Nous avons du mal à le dire précisément, mais il se peut que ces barques datent des premiers arrivants, des navigateurs venus d'Indonésie il y a près de quatre mille ans…

Fascinée, Alexandra s'approcha de la fosse peu profonde où creusaient minutieusement quatre chercheurs. À l'aide de minuscules truelles et de pinceaux, ils dégageaient de terre ce qui semblait être l'armature d'une coque de canoë à balancier.

— Le problème que nous rencontrons vient de l'air salin, fit observer Jenny. Les bois prennent l'humidité lorsque nous les découvrons et l'air du large les réduit en poussière en quelques heures. Nous devons donc faire très vite pour les sortir complètement et les traiter dans les caissons que tu aperçois là-bas.

La jeune femme désignait de petites casemates recouvertes de tôle ondulée situées un peu à l'écart.

— Nous traitons les pièces de bois par pulvérisation et par injection. Elles sont ensuite répertoriées et nous les rangeons en attendant de pouvoir les étudier.

— On dirait que vous avez trouvé plusieurs embarcations, fit remarquer Alexandra.

— Nous en sommes à quatre.

— Il peut y en avoir d'autres ?

— Qui sait...

Alexandra observait son amie qui continuait à lui détailler son travail avec enthousiasme et méthode. Elle l'écoutait d'une oreille de plus en plus distraite. Doucement, elle s'abandonnait au charme du lieu, à la vision de l'océan d'un bleu lumineux, à la beauté des arbres et à la joie de retrouver Jenny.

« Elle semble heureuse, pensa-t-elle. David est un bel homme et il a l'air très gentil. »

— ... Mais je t'ennuie avec mes histoires de bouts de bois enfouis...

— Pas du tout, je suis juste un peu fatiguée du voyage et impressionnée par tout ce que je découvre.

— On ne va pas tarder à rentrer. Si tu veux, demain, tu nous aideras.

Alexandra accepta avec joie.

9

Son prédécesseur l'avait prévenu, Alexandra Dickinson était une dure à cuire. Et le père avait été très clair : s'il échouait, si quoi que ce soit de fâcheux arrivait à sa fille, il n'aurait pas assez d'une vie pour le payer. Pourtant, Tom Drake ne parvenait pas à s'en faire. Deux jours plus tôt, il était encore à croupir dans une cellule de l'académie militaire de Longcrane et aujourd'hui, il était étendu au bord de la piscine d'un magnifique hôtel dans un trou perdu sur Madagascar. Pour le moment, la situation ne lui paraissait pas si mauvaise. La fille Dickinson n'était sûrement qu'une sale chipie trop gâtée et son père un malheureux accaparé par ses affaires, qui soulageait sa mauvaise conscience à coups de somptueux cadeaux et veillait sur Fifille à distance via ses gardes du corps…

Drake attirait les regards, mais ne semblait pas s'en rendre compte. Probablement parce qu'il était séduisant, athlétique, et seul, mais sans doute aussi parce qu'il était blanc comme un linge, contrairement à tous ceux qui se prélassaient au bord du bassin géant aux eaux turquoise lové dans les magnolias.

Dissimulé derrière ses lunettes noires, le soldat observait ceux – et surtout celles – qui déambulaient sous le soleil. Les jeunes femmes étaient bien trop rares à son goût dans ce paradis pour civils oisifs.

Le choc était rude. Passer d'un moins cinq degrés dans les Rocheuses, sans une seule présence féminine et avec des supérieurs qui vous hurlent dessus, à ce paradisiaque vingt-huit et au lancinant balancement des palmiers dans les rayons du soleil était une expérience surprenante. Drake était certain que cette mission serait un agréable jeu d'enfant, à condition que la fille Dickinson ne décide pas d'aller traîner dans des endroits où il faisait froid et gris.

Il se cala confortablement dans sa chaise longue. Une jolie serveuse en paréo se pencha pour lui proposer un cocktail de fruits. Il n'avait définitivement pas l'habitude de ce luxe, mais il ne lui faudrait pas longtemps pour s'y faire. Elle lui adressa un sourire bien plus appuyé que ne l'exigeait la politesse.

De sa place, Drake apercevait le vaste hall vitré de l'hôtel. Il ne pouvait pas manquer Alexandra Dickinson. Il savait qu'elle était sur un site de fouilles à quelques kilomètres au nord, mais elle ne risquait rien. Il pouvait bien s'offrir quelques heures de détente avant de se mettre au travail...

Une femme l'interrompit dans sa rêverie pour lui demander si elle pouvait s'installer dans le transat voisin. Tom accepta avec un large sourire. La nouvelle venue lui confia aussitôt qu'elle s'appelait

Irena. Elle devait avoir trente-cinq ans et était très belle. Elle s'empressa d'approcher sa chaise de la sienne.

— Vous venez d'arriver ? demanda-t-elle.

« Je crois que je vais adorer ce job », pensa Drake.

10

La piste reliant le site archéologique au complexe hôtelier ne faisait que quelques kilomètres, mais en les parcourant, Alexandra eut l'impression de changer plusieurs fois de planète. Les paisibles palmeraies inondées de soleil avaient peu à peu laissé la place aux habitations de fortune des faubourgs de Mahajanga.

Une rapide traversée de la ville était suffisante pour comprendre comment s'organisait la vie. Le complexe touristique était le seul moteur économique, et ceux qui n'y travaillaient pas directement vivaient encore moins bien que les autres. Jenny expliqua qu'à l'annonce du projet, quelques années plus tôt, nombreux étaient les habitants des régions voisines qui avaient tout abandonné pour se rapprocher de cet eldorado. Les années avaient passé et le complexe de loisirs Excelsior était devenu célèbre dans le monde entier, mais les habitants des villages alentour qui n'abritaient jusqu'alors que des pêcheurs n'y avaient pas vraiment gagné...

Alexandra observait l'étonnant spectacle des petits uniformes bleu et blanc impeccables qui séchaient devant des cahutes crasseuses aux portes et aux fenêtres disjointes.

Le centre-ville n'avait pas changé lui non plus depuis l'ouverture du resort. Pourquoi refaire les bâtiments, pourquoi entretenir les routes puisque les touristes allaient directement de l'aéroport à l'Excelsior sans jamais s'aventurer jusqu'à Mahajanga ?

— Ce qui me révolte le plus, ce sont les enfants..., déclara Jenny avec vigueur. Ils voient tous ces ploucs danser à longueur de nuit et manger sans arrêt. Quelle image ont-ils de nous ? Comment peuvent-ils se faire une idée positive de la vie, eux qui voient leurs parents trimer pour une bouchée de pain pendant que d'autres les envahissent pour ne rien faire à longueur de journée ?

— Certains enfants viennent vous voir, j'en ai vu tout à l'heure, fit remarquer Alexandra.

— Ça n'a pas été simple. Au début, ils étaient franchement hostiles, et je les comprends. Puis peu à peu, nous avons gagné la confiance de quelques-uns. Ils savent que tous ceux qui arrivent par avion ne sont pas comme les clients de l'Excelsior... Certains viennent nous aider parfois, bien qu'ils ne comprennent pas pourquoi on dépense autant d'argent et d'énergie pour extraire quelques morceaux de bois tombant en poussière de leur plage...

À l'autre extrémité du village se dressait une nouvelle palmeraie, plus dense, voulue par les architectes du complexe. Selon leur propre expression, ce rideau végétal « protégeait la vieille ville de la vision anachronique de leur centre flambant neuf »… Ce qui par la même occasion permettait de cacher la pauvre bourgade aux oisifs fortunés qui se prélassaient sur le bar-terrasse coiffant le bâtiment principal.

La piste rejoignait ensuite l'impeccable route bitumée reliant l'aérodrome au resort de luxe. Dès l'entrée de la propriété, tout n'était que constructions prétentieuses, cascades de fleurs et jets d'eau. La route serpentait pour finir en boucle au pied du vaste perron. Dans le hall de réception résonnait le chant d'oiseaux exotiques.

— D'habitude, expliqua Jenny, cinq ou six porteurs se précipitent, mais pour nous, ils ne se déplacent plus. Je crois même que la direction de l'hôtel a un peu honte de nous. Nous ne rentrons que pour dormir, sales et fatigués. Et puis nous retardons leur projet d'extension. Si cela ne dépendait que d'eux, les embarcations millénaires seraient vite noyées dans le béton d'une piste de danse ou d'une rangée de bungalows supplémentaire…

Alexandra aurait bien voulu céder au charme du lieu, mais ce qu'elle venait de découvrir de l'envers du décor l'en empêchait. Elle préférait les plages désertes et sauvages, les maisons bancales devant lesquelles jouaient des enfants rieurs… Dans ce luxe déplacé, tout était à vendre et cela ne lui plaisait pas.

Jenny l'accompagna vers sa chambre.

— Nous sommes logés au bord de la mer, précisa-t-elle.

— Génial ! s'enthousiasma Alexandra.

— C'est vrai que c'est agréable, mais ce n'est pas nous qui avons choisi, fit remarquer la jeune femme. Ils nous ont mis là parce que ça les arrangeait. D'après ce que j'ai compris, les bungalows devaient être à l'origine le nec plus ultra mais les promoteurs ont eu la surprise de voir leur clientèle préférer les chambres du grand bâtiment...

— Pourquoi donc ?

— Tu comprends, les bungalows sont situés loin des restaurants et ne sont pas équipés de la télévision...

— Quel malheur ! s'exclama Alexandra ironiquement. Nous serons donc obligées de passer nos soirées à parler entre amies au bord de l'océan, sans voisins, sans animations touristiques et sans soirée discothèque...

— ... Et sans matchs de foot !

Alexandra et Jenny passèrent au bord de la piscine pour couper vers les jardins. Elles arrivèrent bientôt dans une sorte de village fait de petites constructions de bois qui tenaient plus du chalet suisse que de la paillote malgache.

— Nous voici arrivées, fit Jenny en s'arrêtant devant deux bungalows accolés. Nous sommes voisines.

Puis elle regarda sa montre et ajouta :

— David ne devrait pas tarder.

— Je ne vous dérangerai pas, assura Alexandra.

— Ne sois pas bête, notre porte t'est grande ouverte.

— Je vais me balader un peu, découvrir. On se retrouve pour le dîner, si tu es d'accord.

— Entendu, tu as sûrement beaucoup de choses à nous raconter !

Alexandra prit une longue douche, essora ses longs cheveux dans une serviette et les démêla rapidement puis se changea, troquant sa tenue de voyage pour une jupe légère de toile imprimée et un petit haut à manches courtes. Elle sortit et marcha longtemps au gré des allées fleuries qui serpentaient dans la végétation. L'immense plage s'étendait à perte de vue. Elle était pratiquement déserte. Tous les occupants de l'hôtel semblaient préférer la piscine, et l'heure de l'apéritif approchait. Alexandra repartit sans se presser vers le bâtiment principal. Rien n'y manquait : magasins de luxe, salle de sport, boutique de souvenirs et restaurant panoramique.

Plusieurs fois dans sa promenade, elle s'était retournée sans parvenir à apercevoir le grand gaillard qui la suivait pas à pas depuis des mois. Elle ne l'avait pas vu depuis qu'elle avait quitté Rio. Son père avait-il enfin renoncé à l'oppressante habitude de la faire escorter ? Alexandra n'y croyait pas.

En sortant de l'hôtel pour rejoindre son bungalow, elle se retourna encore. Même si elle refusait de l'admettre, elle aurait bien aimé le voir se cacher maladroitement de ses regards noirs. Elle passa en revue toutes les personnes dans le hall, mais il n'y était pas. Elle décida d'aller s'asseoir dans les jardins et d'attendre.

À mesure que le soleil déclinait, les lumières s'allumèrent, donnant au parc une nouvelle splendeur. Au cœur de chaque massif, des projecteurs savamment orientés diffusaient une douce lueur qui éclairait les allées au ras du sol, laissant admirer les couleurs du couchant sans éblouir. Alexandra scruta les rares silhouettes qu'elle voyait se diriger vers le bâtiment principal. Il lui fallait maintenant l'admettre : elle ne s'était pas assise pour se reposer mais pour laisser une chance supplémentaire à son ange gardien de la rattraper. Elle n'essayait même plus de se cacher la vérité : elle était inquiète.

Peut-être avait-il eu un accident ? Ou bien était-il malade ? Comment savoir ? Elle se voyait mal appeler son père pour lui demander des nouvelles de celui à qui, quelques jours plus tôt, elle avait joué un tour pendable…

Au bout d'un long moment, Alexandra finit par reprendre son chemin, seule.

La soirée se passa dans la quiétude de la belle saison qui s'attardait avant la saison des pluies et sa chaleur étouffante. Comme à son habitude, l'équipe des fouilles se retrouvait pour dîner sur la plage à la lueur de lampes à pétrole. Ils mangeaient assis dans le sable face à l'océan qui, dans la nuit, avait viré au noir d'ébène. Les étoiles envahissaient le ciel, les oiseaux de la journée s'étaient tus. Au loin, un hibou petit duc lançait ses premières notes. Les parfums des fleurs s'exhalaient avec l'obscurité et l'eau, inlassablement, venait s'échouer par petites vagues successives.

Du complexe, on ne percevait que les pulsations assourdies d'une musique électro, et de temps à autre les cris de la foule excitée par les D.J.

Jenny et Alexandra parlèrent beaucoup lors du dîner, évoquant longuement leurs années à Boston. Alexandra avait plaisir à découvrir David, qui était effectivement charmant. Il avait pour elle les attentions que montrent les hommes possédant un certain savoir-vivre envers une jeune femme malheureuse. De temps à autre, Alexandra balayait la plage déserte du regard, scrutant l'ombre des arbres en quête de son ange gardien. Elle n'arrivait pas à oublier cette absence. Demain, elle en parlerait à Jenny.

Drake l'observait depuis un bosquet. Alexandra Dickinson était belle, bien plus que sur les photos. Ses cheveux ondulaient souplement dans le vent du soir, son rire courait sur la plage. Par moments, elle cessait de sourire, son expression se faisait alors plus grave, mais elle restait magnifique. Elle avait beaucoup d'allure, une élégance rare jusque dans ses gestes les plus anodins. Il sourit. Dire qu'il aurait pu assurer la sécurité d'un vieux politicien ou d'un diplomate bedonnant…

Drake ne la quittait pas des yeux. Il aurait dû. En bon professionnel, il aurait alors sûrement remarqué l'autre homme. Celui tapi sous le bungalow de location des jet-skis, qui prenait des photos au téléobjectif, comme à Rio…

11

Le soleil était levé depuis déjà longtemps lorsque Alexandra ouvrit les stores et sortit sur la terrasse de son bungalow. Elle s'étira, contempla l'océan d'une couleur vive et transparente. Elle n'avait pas entendu Jenny et David claquer la porte du chalet voisin lorsqu'ils étaient partis travailler. Les deux amies avaient convenu de se retrouver au déjeuner sur le site des fouilles. Alexandra s'était inscrite avec l'équipe de l'après-midi. Ce matin, elle pouvait se reposer et profiter de la plage.

La jeune femme était heureuse à l'idée de travailler ; elle n'en apprécierait que davantage les quelques heures de farniente qui s'annonçaient. D'autant qu'elle n'avait pas très bien dormi. Elle avait d'abord songé à son introuvable garde du corps, puis au bonheur évident de Jenny et David. Sans en être vraiment envieuse, elle se demandait si elle aussi éprouverait un jour cette innocente euphorie. Est-ce qu'un jour sa course autour du monde, sa course après la vie, s'achèverait ?

Chassant d'un mouvement de tête ces sombres réflexions, elle se prélassa encore un moment dans les chauds rayons du soleil puis alla s'habiller. Elle opta pour un bermuda et un t-shirt, et noua ses cheveux en queue de cheval. Elle enfila une paire d'espadrilles et sortit.

Des millions de reflets aveuglants ondoyaient à la surface de l'eau d'un magnifique bleu de cobalt cristallin. À cette heure pourtant avancée de la matinée, le calme régnait encore sur l'Excelsior. Quelques employés balayaient les feuilles tombées pendant la nuit sur les allées.

Elle décida de se rendre au bar panoramique pour admirer la vue. En remontant vers l'hôtel, elle ne croisa que de rares personnes qu'elle salua d'un grand sourire. Elle ne se retourna que deux fois. Il faut dire que la nuit ne lui avait pas apporté que des idées noires ; elle avait aussi trouvé une possible explication à la disparition de son encombrant suiveur. Elle observait ceux qu'elle croisait avec un œil neuf, convaincue que parmi eux se cachait le nouveau sbire qu'avait certainement dû engager son père.

« Et pourquoi pas une femme ? pensa-t-elle en avisant une sculpturale demoiselle. Impossible, se ravisa-t-elle, papa est bien trop macho sur ce genre de chose, et puis où cacherait-elle un revolver dans un maillot aussi ajusté ? »

Le hall de l'hôtel était bondé, le salon de coiffure affichait complet. Le souffle des séchoirs couvrait même en partie l'insipide musique d'ambiance. Alexandra s'approcha d'une desserte couverte de prospectus touristiques auxquels elle fit semblant de s'intéresser pour étudier sans en avoir l'air les hommes présents dans le hall. Soignés, allant pour la plupart de la proche quarantaine à une large soixantaine, ils arboraient des tenues de vacances plus ou moins seyantes, mais visiblement coûteuses. Un seul d'entre eux attira vraiment son attention, un bel homme très brun qui semblait la regarder discrètement. Il n'était pas très grand pour un garde du corps. Habillé avec décontraction, il tenait un appareil photo à la main. Le zoom était puissant et Alexandra se demanda ce qu'un simple touriste aurait photographié avec un engin pareil. Par jeu, elle s'approcha indirectement de lui. L'homme se décala pour maintenir une distance entre eux. Ce n'était certainement pas le fruit du hasard. Elle décida de passer près de lui en le prenant de vitesse. S'il l'évitait franchement, cela voudrait dire qu'il la surveillait. S'il n'était pas trop stupide, il resterait à sa place et jouerait l'indifférence.

Alexandra se lança ; l'homme hésita visiblement sur la conduite à tenir. Il lui tourna le dos le plus naturellement possible. Alexandra eut seulement le temps de remarquer son regard profond, son teint cuivré et sa fine moustache à la Clark Gable…

La jeune femme avait vu juste. Ce bel étranger était donc son nouvel ange gardien. La facilité avec laquelle elle l'avait démasqué la surprenait un peu mais après tout, elle avait eu de la chance et l'homme ne semblait pas plus doué que ses précédents collègues. Par contre, il était plus âgé…

Alexandra se dirigea vers les ascenseurs. Sa visite sur la terrasse allait peut-être lui permettre de vérifier sa théorie. Les portes de métal s'écartèrent sur une spacieuse cabine qui était néanmoins bondée. Elle entra. L'homme ne la suivit pas.

Arrivée au dernier étage, elle déboucha dans une vaste salle parsemée de petites tables entourant un comptoir central en anneau. On trouvait ce genre de bar dans tous les pays du monde, avec le même mobilier un peu daté, le même agencement fait d'éclairage tamisé et de bacs de plantes vertes. Elle gagna la terrasse. La vue y était saisissante. Alexandra s'approcha de la rambarde et n'en bougea plus. Au large, quelques voiles blanches griffaient le ciel bleu. L'anse prenait d'ici toute sa dimension. À la palmeraie succédait la longue bande de sable d'un rose sombre qui épousait l'océan dans un arc de cercle parfait.

Le vent tiède effleurait sa peau. Alexandra dénoua sa queue de cheval, rassembla ses cheveux et les passa sur son épaule. Elle essaya d'apercevoir le chantier des fouilles, sans succès. Vus du dessus, les palmiers du parc ressemblaient à des fleurs géantes. La piscine d'un bleu pâle se découpait au pied du bâtiment, l'écho des plongeons montait jusqu'à la terrasse. Alexandra se sentit bien, si bien qu'elle en aurait presque oublié de vérifier si l'homme l'avait suivie jusque-là.

Discrètement, elle passa la terrasse et la salle en revue. Elle finit par le repérer, à l'autre extrémité, assis à une table. Un serveur s'approcha pour noter sa commande mais à son geste, Alexandra comprit que l'homme ne prendrait rien. Ses soupçons se confirmaient. Il n'avait plus son appareil photo. Qu'avait-il bien pu en faire entre le hall et la terrasse ?

Alexandra eut soudain une illumination. Ils étaient deux ! Clark Gable avait donné son appareil à son comparse. La jeune femme sourit en se retournant vers la mer. Son père avait trouvé une parade. Il doublait la garde !

« Sacré papa », pensa-t-elle. Puis elle se demanda aussitôt comment faire pour démasquer le second. Elle jeta un coup d'œil circulaire. Il devait bien y avoir une cinquantaine d'hommes à l'étage. L'autre était sûrement là aussi.

Alexandra réfléchit quelques instants, les yeux rivés sur la ligne d'horizon. De sa main droite, elle jouait avec une de ses mèches qu'elle faisait tourner autour de son index. La brise lui caressait le visage, un oiseau voleta juste devant elle mais elle ne fut pas distraite. Lorsqu'elle avait un problème, Alexandra se focalisait dessus sans jamais le lâcher.

Elle eut un léger mouvement de tête, laissa filer ses cheveux et se redressa. Quiconque se serait approché suffisamment aurait pu voir dans ses yeux ce petit éclair de malice, cette intensité qui signifiait qu'elle avait trouvé. Avec le plus grand calme, elle se remit en marche comme si elle déambulait sans but. Puis elle infléchit sa trajectoire vers le bar, s'approcha du comptoir. Elle s'assit sur un tabouret et s'accouda négligemment. Elle étudia les ascenseurs avec attention. Il y en avait deux. Au bout d'un moment, elle remarqua que les portes de celui de droite se refermaient légèrement plus rapidement que l'autre.

Alexandra sirotait son nectar de noix de coco tranquillement. Clark Gable n'avait pas bougé.

Elle avait jaugé avec précision la distance qui la séparait de l'entrée des cabines. Elle attendit que les deux ascenseurs arrivent au même instant et déversent leur flot de curieux et d'assoiffés. Elle compta jusqu'à douze et s'élança d'un bond à travers la salle. Sa fuite surprit et intrigua. Une telle précipitation dans un endroit aussi paisible et par une telle chaleur paraissait incongrue. Elle s'engouffra dans la cabine de droite. Les portes se refermèrent. Personne n'était monté après elle. Alexandra reprit son souffle sous les regards interrogatifs. Lorsque l'ascenseur arriva au rez-de-chaussée, elle sortit calmement, décidée à aller s'asseoir en face pour voir qui seraient les deux énergumènes qui jailliraient de l'autre ascenseur en la cherchant du regard.

Mais elle n'eut pas à attendre aussi longtemps. À peine venait-elle de s'asseoir qu'un homme déboucha en courant de la cage d'escalier située au fond du hall. Il tenta de reprendre une attitude normale, mais la façon dont il avait dévalé les dernières marches l'avait fait remarquer. Alexandra le dévisagea. Il était plutôt grand, solidement charpenté, et jeune pour ce genre de métier. Les cheveux très courts, le teint clair. Alexandra ne pouvait s'empêcher d'être impressionnée. Ce garçon avait tout de même descendu huit étages en presque aussi peu de temps que l'ascenseur, et ne semblait pourtant pas essoufflé. Fallait-il qu'il ait une bonne raison… Clark Gable, avec son âge, n'aurait jamais pu accomplir pareil exploit. Le moustachu avec l'appareil photo devait être le chef, la tête, et celui-ci les jambes. Il était plutôt mignon.

Il passa la main sur son crâne et se dirigea vers la piscine. Alexandra n'était même pas certaine que l'homme l'ait remarquée alors qu'elle était pourtant assise face à lui.

La jeune femme regarda sa montre. Il était temps d'aller chercher ses affaires au bungalow pour rejoindre Jenny. Elle ne vit plus aucun des deux hommes, mais elle était rassurée : son père n'avait pas changé et elle non plus.

L'après-midi fut passionnant. Alexandra se consacra à sa tâche avec une ardeur qui forçait l'admiration de toute l'équipe. Sans relâche, elle portait, creusait, dégageait des poutrelles ou de simples planches avec une vitesse et une précision remarquables. De temps à autre, la jeune femme se relevait et essayait de soulager ses reins en se renversant en arrière. Elle passait le dos de sa main sur son front pour repousser la seule mèche encore libre de ses cheveux attachés. Jenny était heureuse de la voir ainsi. Elle savait que pendant ce temps, son amie échappait un peu à ses soucis. Jenny appréciait aussi l'aide de son ancienne camarade d'études : sa présence lui permettait de se consacrer à autre chose qu'à la fouille proprement dite. C'est ainsi que lorsque l'heure de rentrer arriva, Jenny avait pu répertorier toutes les pièces qui ne l'avaient pas encore été et rattraper le retard de deux semaines.

Alexandra riait au milieu des chercheurs et des ouvriers, le visage et les genoux maculés de boue. Elle s'était dépensée sans compter, ce qui lui avait valu d'être très vite adoptée, y compris par les enfants qui jouaient autour du site. L'un d'eux vint lui offrir une petite figurine représentant une chèvre faite en pousses de bananier. La jeune femme le remercia d'une grosse bise. Le petit, tout ému, resta immobile, hébété, au milieu de ses camarades qui riaient à gorge déployée.

Le soleil descendait vers l'horizon. Alexandra resta quelques instants à contempler les lueurs dorées qui dansaient sur la crête des vagues. Elle avait passé une excellente journée. Elle avait été utile, s'était trouvée en très bonne compagnie et n'avait pas été rongée par ses doutes sur son avenir…

Lorsque la petite troupe rentra à l'Excelsior, le concierge jeta un œil réprobateur sur cette jeune femme qu'il avait trouvée si belle le matin et qui revenait dégoûtante comme une gamine après un après-midi au parc.

Alexandra savoura chaque minute de la longue douche qui lui fut nécessaire pour ôter toute la poussière et la boue de sa journée. Elle réapparut impeccable pour le dîner sur la plage, vêtue d'une robe légère dont les tons orangés rappelaient les dernières lueurs du jour.

Le repas fut tout aussi agréable que la veille – elle connaissait à présent encore mieux toute l'équipe. Lorsqu'ils eurent terminé, Alexandra ne rentra pas se coucher en même temps que les autres : elle devait acheter des cartes postales et prit donc le chemin de l'hôtel. La soirée étant bien avancée, les allées comme la plage étaient désertes. La jeune femme se sentait pleine d'énergie, régénérée par cette journée d'activités aussi intellectuelles que physiques.

Elle ramassa une fleur de magnolia tout juste tombée. Elle ferma les yeux pour mieux en humer la délicate fragrance et inspira profondément. Il lui fallait remonter à longtemps pour se souvenir d'avoir été aussi heureuse. Ce soir, la vie ne lui pesait pas. Elle ne vivait que pour l'instant, et il était agréable.

Elle ne comprit pas comment l'homme s'était matérialisé devant elle aussi vite. Alors qu'elle était perdue dans ses pensées, elle se retrouva soudain nez à nez avec lui et n'eut pas le temps de l'éviter. Elle sursauta, effrayée, et le percuta sans beaucoup d'élan, mais assez pour perdre contenance quelques instants.

— Pardonnez-moi, fit-il en la retenant.

Alexandra se dégagea sèchement et recula de quelques pas, dévisageant celui qui l'avait ainsi surprise, provoquant autant de peur que de colère. Elle en avait lâché sa fleur.

— Je vous prie de m'excuser, fit Tom Drake en s'inclinant respectueusement.

« Voici donc les jambes », pensa Alexandra.

— La méthode n'est pas très élégante, enchaîna Drake, mais voilà des heures que j'attends un moment propice pour me présenter à vous, mademoiselle Dickinson.

Alexandra resta interdite. Ce n'était donc pas par erreur, au hasard de sa surveillance, que cet homme qui l'appelait par son nom l'avait effrayée ? Après les montagnes de muscles impassibles et muettes, son père avait donc décidé de faire dans la protection parlante.

— Je suis le lieutenant Thomas Drake. Je suis envoyé par votre père pour vous accompagner dans vos déplacements et assurer votre sécurité.

Elle le fixait sans répondre. Il ajouta :

— Je souhaite que nos rapports soient les plus cordiaux possible. D'après ce que j'ai compris, cela n'a pas toujours été le cas avec mes prédécesseurs. Je me doute que vous n'aimez pas être suivie à la trace, mais votre père pense que c'est nécessaire, alors essayons de concilier sécurité et bonne entente.

Alexandra laissa juste tomber :

— Et l'autre ?

Drake parut surpris à son tour.

— Il est reparti hier, je ne sais pas à quel poste il a été muté.

— Je ne vous parle pas de l'ancien, je vous demande où est l'autre.

Drake resta silencieux. Quel autre ?

Si quelqu'un était passé sur l'allée fleurie, il aurait découvert les deux jeunes gens se faisant face dans la lumière dorée des lampes suspendues dans les arbres. Bien loin de la douceur du soir, il y avait entre eux une distance et une froideur perceptibles.

— J'ai peur de ne pas vous suivre, mademoiselle, répondit Drake.

— Votre politesse n'est qu'hypocrisie, laissa tomber Alexandra, cassante.

Peu à peu, elle reprenait ses esprits.

— Vous me sautez dessus pour soi-disant vous présenter, mais vous ne jouez pas vraiment franc-jeu.

— Je ne comprends rien à ce que vous dites.

— Je sais que vous êtes deux pour me suivre, je vous ai vus ce matin. Ne faites pas l'innocent.

Drake balbutia et, devant l'assurance de son interlocutrice, se demanda même s'il n'était pas possible que Richard Dickinson ait recruté un autre agent sans le prévenir. À l'évidence, tout ce que lui avait dit le père d'Alexandra prouvait le contraire, et il n'était pas homme à faire ce genre de coup.

— Mademoiselle Dickinson, je peux vous promettre que je suis seul à assurer votre protection.

Alexandra le bombarda de son regard le plus noir ; ses yeux verts prenaient des reflets sombres sous l'effet de la colère. Sa bouche n'était plus qu'un mince trait. Tout son visage manifestait une violente réprobation.

— Écoutez, monsieur le capitaine Crake...

— Drake, Thomas Drake, et je ne suis que lieutenant..., précisa-t-il timidement.

Alexandra croisa les bras en le fixant droit dans les yeux. Il s'interrompit aussitôt.

— L'idée de venir vous présenter est plutôt positive, même si vous m'avez fait une peur bleue. J'aurais été la première à tout faire pour qu'une bonne entente règne, mais votre mensonge sur votre comparse ne me laisse pas le choix.

Alexandra tourna les talons et s'éloigna sans rien ajouter.

— Attendez ! tenta Drake. Je vous assure qu'il n'y a personne d'autre !

Alexandra ne se retourna pas.

— Et je suis désolé de vous avoir effrayée ! lança-t-il.

La jeune femme disparut au détour de l'allée. Drake resta seul, les bras ballants, comme assommé par ce premier contact.

Alexandra avançait d'un pas décidé qui trahissait sa profonde colère. Elle fulminait. Pourquoi ce type ne lui avait-il pas dit la vérité ? Pourquoi s'était-il accroché à son mensonge imbécile ? Pour qui la prenait-il ? Lui dire la vérité aurait été faire preuve d'intelligence et de respect envers elle. Lui cacher ce qu'elle savait déjà relevait de l'affront, cela constituait une marque de mépris qu'elle ne pouvait accepter. Elle lui avait laissé sa chance, elle lui avait donné une occasion d'établir un autre genre de relation, mais il avait préféré garder son air de premier de la classe offusqué et la prendre pour une sotte. Dommage.

La journée finissait vraiment mal. Alexandra ne trouva le sommeil que tard dans la nuit. Elle ne pouvait s'empêcher de songer à ce jeune homme. Une chose était certaine : les relations n'allaient pas être plus simples avec lui qu'avec ses prédécesseurs, bien au contraire...

12

Les consignes lumineuses s'éteignirent. L'avion avait atteint son altitude de croisière. Drake détacha sa ceinture, se leva pour remonter l'allée et rejoindre le fauteuil d'Alexandra. L'hôtesse avait débuté sa distribution de rafraîchissements. Drake la croisa avec difficulté dans l'étroit couloir de la classe touriste. Elle lui adressa un sourire plein de charme auquel le jeune homme ne répondit que machinalement, tant il était préoccupé par ce qu'il avait à dire à Mlle Dickinson.

La semaine qui avait suivi leur orageuse rencontre à Mahajanga avait été pénible. La jeune femme l'avait évité, mais ce n'était pas le plus grave. Elle lui avait compliqué le travail au-delà de ce qu'il aurait pu imaginer. Il avait été formé à protéger des personnalités contre quasiment tous les types de menace potentiels, mais personne ne lui avait enseigné comment remplir sa mission face à une jolie jeune femme au caractère affirmé qui refusait ses services...

Il avait donc passé tout le séjour à simplement essayer de découvrir où se trouvait Alexandra suivant les heures du jour ou de la nuit. En professionnel doué, il savait que cette relation conflictuelle ne lui permettait pas d'assurer sa sécurité. Il parvenait tout au plus à ne pas perdre sa trace. Il avait les traits tirés, l'épuisement nerveux se lisait sur son visage. Lors de son premier rapport téléphonique à Richard Dickinson, il avait présenté la situation sous un jour favorable, ce qui lui avait valu de la part de son puissant interlocuteur des exclamations dubitatives... Il ne lui avait évidemment pas parlé des trois fois où la jeune femme l'avait ridiculisé devant toute l'équipe archéologique, notamment le soir où elle avait jeté une noix de coco dans le fourré d'où il observait leur dîner sur la plage...

Alexandra lisait. La jeune femme était plongée dans un traité d'architecture marocaine. La lumière solaire, si pure au-dessus des nuages, traversait le hublot pour venir s'accrocher dans ses cheveux lâchés. Ses mains fines reposaient sur le livre ouvert. Ainsi perdue dans sa lecture, elle paraissait fragile, douce... et toujours aussi belle.

Elle n'avait pas remarqué Drake, debout au bord de sa travée presque vide. Il profita de ces quelques instants pour l'observer. « Surtout ne pas se laisser émouvoir par cette apparente candeur, se dit-il. C'est une tigresse. »

— Mademoiselle Dickinson..., hasarda le jeune homme.

Avant de relever la tête, Alexandra referma son ouvrage d'un geste lent où pointait la lassitude.

— Que voulez-vous ? demanda-t-elle en le regardant finalement dans les yeux.

— Vous parler. Puis-je m'asseoir ? demanda-t-il en se glissant sur le fauteuil voisin.

Alexandra se cala autant qu'elle le put au fond du sien pour s'éloigner.

— Puisque vous me laissez le choix..., ironisa-t-elle.

— Je crois que nous devrions parler, commença-t-il sans oser la regarder. Nous ne nous sommes pas adressé la parole depuis le soir où j'ai voulu me présenter...

— Vous m'avez menti.

Drake releva les yeux, lui faisant face.

— Non, mademoiselle. Je ne vous ai pas menti. Et j'ai vérifié auprès de votre père. Je suis le seul à assurer votre sécurité.

Alexandra ne broncha pas. Elle soutint son regard avec quelque difficulté. Ce type mentait avec un aplomb rare, mais il avait des yeux magnifiques.

— Pourquoi venez-vous m'importuner ? demanda-t-elle. Votre job est de me protéger. Mon père est convaincu que je risque quelque chose et vous paie, c'est votre problème, mais je ne vois pas en quoi votre « mission » vous oblige à venir me déranger maintenant.

— Justement parce que je ne suis pas à même d'assurer votre protection si vous passez votre temps à me compliquer la tâche. Avec un certain talent, je dois bien le reconnaître.

Alexandra eut un léger sourire.

— Afin d'être le plus efficace possible, précisa Drake, j'ai besoin de savoir ce que vous faites, quels sont vos projets. J'ai besoin d'avoir votre confiance, mademoiselle Dickinson.

— Commencez par ne pas me mentir. Et n'essayez pas de me faire croire que je n'ai pas vu l'homme qui me surveillait avec vous à l'Excelsior.

Drake devait bien admettre que la jeune femme semblait terriblement sincère en parlant de son fantomatique comparse. Peut-être n'était-elle pas complètement folle, comme il l'avait d'abord envisagé. Il décida de ne pas insister. Alexandra resta silencieuse un moment.

Drake observait son profil, sa peau veloutée, ses longs cils et ses lèvres délicatement dessinées. Elle ne portait jamais beaucoup de maquillage, et ce naturel lui allait bien. Il se sentit comme pendant une accalmie avant la tempête, dans l'œil du cyclone. Lui qui avait eu si peur de venir lui parler, lui qui redoutait les conséquences de sa démarche, se trouvait à présent assis à ses côtés, sans hurlements, sans regards assassins. Il se doutait que ça n'allait pas durer, mais il ne put s'empêcher d'apprécier cet instant de paix entre eux deux.

Alexandra rompit le silence et Drake devina au ton de sa voix que la tempête n'allait pas tarder à reprendre.

— Écoutez-moi, lieutenant, je veux bien y mettre du mien. Je me rends au Maroc, à Marrakech.

— Étant donné que c'est la destination de cet avion, je m'en doutais un peu, fit remarquer Drake.

Alexandra le fusilla du regard, puis reprit :

— Je vais descendre à l'hôtel Muhammad-V, et rendre visite au professeur Ben Haddif, le conservateur du Musée royal des manuscrits du Maroc.

Je pense rester deux semaines environ. Et maintenant, je vous demande de me laisser lire ce bouquin, faute de quoi je ne comprendrai rien à ce que l'on va m'expliquer en arrivant.

Drake se détendit à nouveau. L'orage était passé. Le ton avait été dur, mais elle avait accepté de répondre à sa demande. Il tenta de pousser son avantage :

— Vous trouvez logique que nous prenions deux taxis séparés en arrivant à l'aéroport ?

— Retournez à votre place ou je hurle...

13

En cette saison, Marrakech reprenait vie. Les rues grouillaient de cyclistes qui, dans un joyeux fouillis, cernaient les voitures de toutes parts et les obligeaient à rouler au pas. L'appel du muezzin résonnait encore sur la grande cité lorsque Alexandra, franchissant les arches arabisantes de l'entrée, pénétra dans l'hôtel Muhammad-V. L'établissement ne se trouvait qu'à une centaine de mètres de la place Jemaa el-Fna, point de rendez-vous de tous les touristes de la ville.

Drake ne tarda pas à arriver. Les maigres révélations que lui avait consenties Alexandra lui avaient épargné de nombreuses énigmes à résoudre et beaucoup de stress. Il ne lui faudrait pas longtemps pour découvrir le numéro de sa chambre, et pour la suite, il n'aurait qu'à attendre dans le hall climatisé que la demoiselle sorte.

Lorsque, à la nuit tombée, Alexandra traversa le hall de l'hôtel, elle fit sensation, et pas seulement sur son garde du corps. Elle avait relevé ses cheveux, son maquillage légèrement accentué soulignait à la perfection le vert lumineux de ses yeux.

Elle avait revêtu une robe longue bleu nuit qui lui donnait l'allure d'une star. L'élégant fourreau mettait parfaitement en valeur sa fine silhouette, mais le charme venait davantage de son maintien, de l'élégance de ses gestes et de sa démarche. Même dans cette tenue sophistiquée, elle ne perdait ni sa fraîcheur, ni son chaleureux sourire.

Lorsqu'elle fut sortie, il fallut quelques instants pour que les conversations reprennent normalement. Drake la vit monter dans une calèche-taxi et n'eut que le temps de se précipiter à sa poursuite.

Le petit attelage vert aux hautes roues crème tiré par un pauvre cheval fatigué progressait lentement dans le trafic dense. La place Jemaa el-Fna était, comme chaque nuit, magnifique. En bordure des souks, les dizaines de stands en plein air s'alignaient, proposant aux badauds une foule de plats traditionnels dont les effluves embaumaient. Seules les petites lampes à gaz de chaque échoppe éclairaient le vaste espace dans les fumées des cuisines improvisées.

Alexandra admirait cette vision hors du temps, goûtant le rythme nonchalant de la promenade dans la douceur du soir. Elle jeta un rapide coup d'œil en arrière pour constater que son ange gardien était bien là.

La calèche traversa plus de la moitié de la ville pour arriver dans le quartier de la résidence royale. Non loin des remparts protégeant le palais d'hiver, se dressaient quelques-unes des propriétés les plus luxueuses. La calèche fut bientôt arrêtée par un policier qui, après vérification, la laissa entrer et n'arrêta même pas celle de Drake.

Alexandra descendit devant une belle maison de quatre étages aux nombreux balcons illuminés de tous leurs feux. Devant le bâtiment étaient garées quelques berlines de luxe immatriculées au Maroc et portant l'emblème royal.

Drake comprit qu'il n'irait pas loin sans carton d'invitation et vêtu de son pantalon de toile et de sa chemisette...

Avec une grâce infinie, Alexandra gravit le perron et entra dans la luxueuse demeure sans même se retourner.

Drake s'approcha à pied. On entendait de la musique. La réception semblait se dérouler dans les jardins situés à l'arrière. Drake savait que sa place n'était pas dehors, debout à côté du chasseur qui garait les voitures des derniers arrivants. Il repéra deux serviteurs qui empruntèrent une porte située sur le côté de la maison. Il s'apprêtait à les imiter lorsqu'une BMW rouge se rangea brutalement le long du trottoir, manquant le heurter au passage. Un homme en sortit, grand et mince, les cheveux sombres coiffés en arrière, convaincu de son irrésistible élégance.

— Eh toi, lui cria celui-ci en lui jetant les clefs, gare-la et prends-en soin !

Drake attrapa les clefs au vol d'un geste vif et se contenta de les remettre au chasseur. Il se dirigea vers la maison et entra par la porte de service.

Il se retrouva dans ce qui semblait être la réserve des boissons destinées à la soirée. Un vieux Marocain à la peau burinée et aux traits plissés le héla et l'attrapa par la manche. Tom ne comprenait pas un traître mot de ce que lui disait le vieil homme. Un autre, plus jeune, arriva et tenta de le faire sortir. Tom eut juste le temps de remarquer les cintres alignés sur lesquels pendaient plusieurs vestes noires et chemises blanches : des tenues de serveur. Il ressortit en faisant des gestes d'excuse.

Il attendit quelques minutes puis poussa à nouveau la porte. La réserve était déserte. Il se faufila sans bruit jusqu'aux uniformes et en repéra un qui semblait à sa taille. Il l'attrapa prestement et ressortit aussitôt. Le plus naturellement possible, son ballot de vêtements volés roulé sous le bras, il repassa le porche d'entrée de la propriété et se dirigea vers le jardin d'une demeure voisine, à contresens des invités qui continuaient d'arriver.

Une fois la grille franchie, il se cacha derrière un imposant buisson et se changea. La chemise, légèrement trop étroite, était tendue sur son torse. Par contre, la veste lui allait parfaitement. Il serra le nœud papillon. Ainsi vêtu, il pourrait passer pour un invité – si l'on n'y regardait pas de trop près. Le tout était de montrer suffisamment d'assurance pour que personne ne lui pose de question.

Il dissimula ses propres affaires sous le feuillage et se dirigea vers le mur mitoyen. Il parvint à l'escalader en se servant d'un arbre, puis se laissa retomber avec souplesse dans le parc de la fête, derrière un massif de cactus. Il longea le mur pour sortir de la plate-bande et se retrouva en pleine lumière. D'un geste rapide, il épousseta ses manches et ses revers, et rajusta son col. Il était dans la place.

Partout dans le vaste jardin, de petites tentes de réception avaient été disséminées et garnies de tables et de chaises. Les chandelles et les éclairages indirects donnaient à la réunion une noblesse indéniable.

À en juger par la diversité des tenues de soirée, tous les continents étaient représentés. Tom se fraya un chemin parmi les invités, attrapa une flûte sur le plateau d'un serveur pour parfaire son « déguisement » et se mit à la recherche d'Alexandra. Il ne lui fallut que quelques minutes pour passer les jardins au peigne fin. Elle ne s'y trouvait pas. L'absence de réaction des convives qu'il croisait le rassura. Personne ne remarquait qu'il portait un uniforme de serveur. Sa carrure, sa prestance aussi, lui valaient effectivement d'être considéré comme un invité.

Soudain, il l'aperçut. Alexandra sortait de la maison et descendait l'escalier menant aux jardins. Elle s'avança vers un homme d'une trentaine d'années, très entouré et qui semblait très sollicité.

— Youssef ! s'écria-t-elle dans un radieux sourire. Que je suis heureuse de te voir. Et fière de toi !

L'homme eut un grand sourire en l'apercevant et, délaissant avec un mot d'excuse les invités qui faisaient cercle autour de lui, vint l'enlacer chaleureusement. Ils discutèrent ensemble quelques instants. Drake ne se trouvait pas très loin d'eux, mais le brouhaha et la musique l'empêchaient de saisir leurs propos. La jeune femme souriait, radieuse. Peu après Alexandra, Drake vit apparaître en haut des marches le bellâtre qui lui avait jeté ses clefs. L'homme fondit droit sur le couple qui lui tournait le dos. Il s'exclama bruyamment en saisissant cavalièrement la jeune femme par la taille.

— Alex chérie ! Et ce vieux YouYou !

La jeune femme se dégagea vivement. Elle et Youssef parurent gênés de cette bruyante familiarité.

— Toujours aussi discret, Lionel, fit Alexandra avec réprobation.

— Avec votre manie de la discrétion et vos attitudes coincées, vous n'arriverez jamais à rien ! s'esclaffa le sans-gêne.

— Il est vrai que si ce sont là les seuls critères pour réussir sa vie, tu as de grandes chances de nous surpasser tous, rétorqua Youssef.

— Ne fais pas la tête, monsieur le professeur ! Je ne voulais pas rater ta petite sauterie, alors comme je n'avais toujours pas reçu le carton d'invitation, j'ai pris les devants, et me voilà.

— Tu n'étais pas invité, répondit sèchement l'interpellé.

Lionel ne prêta aucune attention à la remarque et se rua sur une autre connaissance.

Drake avait suivi la scène avec attention. Plus il la découvrait, plus il trouvait que, finalement, la fille Dickinson n'avait rien d'une gamine capricieuse et trop gâtée, comme il se l'était d'abord imaginé. Il songea à la mine qu'elle ferait si elle apprenait qu'il s'était glissé parmi les invités. Après tout, ne s'était-elle pas offert le luxe de lui démontrer ses talents dans l'art de lui pourrir la vie ? Il pouvait bien lui donner l'occasion de découvrir ses talents à lui...

Drake évoluait dans la foule des invités, à bonne distance d'Alexandra. Au détour des conversations, il comprit que ce soir, tout ce beau monde célébrait la dernière distinction du très estimé et très précoce professeur Ben Haddif : le fameux Youssef. Il écouta le discours en deux langues des officiels et assista à la remise de la décoration à quelques pas de sa protégée.

Après le cérémonial, la soirée changea progressivement d'ambiance. Beaucoup de convives s'étaient attablés et dînaient en effectuant des allers-retours réguliers aux buffets. D'autres dansaient dans la nuit marocaine au son des mélodies rythmées.

Alexandra s'approcha seule d'une longue table jonchée de plats somptueusement présentés. Elle prit une assiette et s'apprêtait à y poser des petites brochettes grillées qui semblaient succulentes lorsqu'un grand type en smoking de mauvaise qualité vint se poster tout près d'elle, la bousculant presque. Elle leva la tête. Elle reconnut d'abord les beaux yeux bleus un peu rieurs, puis cette bouche aux lèvres fines qui souriait de toutes ses dents immaculées : Tom Drake lui faisait face.

— Bonsoir, mademoiselle, fit-il à voix basse en s'inclinant légèrement.

La jeune femme étouffa un cri de surprise. Le sourire de Drake s'élargit.

— Vous ne risquez rien, je veille sur vous.

Sans rien ajouter, il s'éloigna, la démarche calme et le pas assuré. Alexandra resta interdite, incapable du moindre mouvement. Elle le vit s'évanouir au milieu des convives, osant même adresser la parole à la conservatrice du pavillon des antiquités du British Museum.

Alexandra passa le reste de la soirée tendue comme un arc. Elle avait souvent le regard absent avec ses interlocuteurs et scrutait parfois l'assistance d'un œil furieux, comme si elle cherchait quelqu'un dans la foule sans le trouver.

Il était très tard quand elle rentra. Elle prit rapidement congé de Youssef, qu'elle devait revoir le lendemain. Drake, de son côté, récupéra ses vêtements et décida que s'il n'y avait plus ni calèche ni taxi en raison de l'heure tardive, ce n'était pas une raison suffisante pour revenir à l'hôtel à pied. Il rentra donc en berline, et pas n'importe laquelle : une BMW rouge, qu'il n'eut aucun mal à faire démarrer sans la clef...

14

La salle de fitness était située au sous-sol de l'hôtel. Alexandra ouvrit la porte avec une violence qui faillit coûter deux dents au malheureux qui se trouvait derrière. Elle entra comme une tornade et promena son regard furieux sur les sportifs en sueur qui s'échinaient sur des machines plus ou moins étranges. Tous les regards – surtout ceux des hommes – convergèrent sur la frêle jeune femme dont l'expression sévère contrastait avec son allure et sa tenue décontractée.

N'ayant pas trouvé l'objet de sa traque, Alexandra ressortit en claquant la porte, laissant perplexes tous ces gens transpirants.

Elle remonta jusqu'à la réception où elle apostropha le responsable de l'accueil, qui eut bien du mal à reconnaître dans cette furie la jeune beauté qui l'avait ébloui la veille au soir.

— Où est l'homme à qui vous avez donné mon numéro de chambre ?

L'employé blêmit et feignit de ne pas comprendre.

— Où est-il ? insista Alexandra. Où se trouve sa chambre ?

Après quelques remarques peu amènes grommelées sur un ton réprobateur, le concierge finit par avouer le numéro de la chambre de Drake. Le renseignement qui lui avait rapporté quelques dirhams la veille avait failli lui coûter sa place ce matin...

Alexandra monta les marches quatre à quatre. L'impudent s'était installé à son étage, à deux numéros d'elle. Lorsqu'elle arriva, la porte était ouverte et une femme passait l'aspirateur dans la pièce déserte. Elle lui demanda où se trouvait l'occupant. L'employée lui répondit à moitié par gestes que le monsieur était à la piscine. Alexandra redescendit par le même chemin. Il n'était que huit heures du matin et à cette heure-ci, il ne devait pas y avoir beaucoup de monde pour patauger dans la piscine extérieure qui n'était chaude qu'après des heures de soleil...

Drake y nageait, seul, bien au milieu, enchaînant les longueurs sans répit, visiblement habitué à des bassins plus longs. La jeune femme l'observa : elle avait enfin trouvé l'objet de sa colère. Il lui avait gâché sa soirée. À cause de lui, elle n'avait pas dormi. Et lui nageait tranquillement. Son crawl était puissant, ses mouvements réguliers, harmonieux. Il fendait l'eau avec l'aisance d'une longue pratique. Alexandra ne put s'empêcher de noter l'élégance et la fluidité de son style. Ainsi dévêtu, Drake révélait une carrure impressionnante et une musculature solide, mais elle n'était pas là pour admirer la plastique de son garde du corps. Elle se planta à une extrémité du bassin et attendit. Il finit par reprendre son souffle à ses pieds. Sortant la tête de l'eau, il l'aperçut. Il agrippa le bord et s'essuya le visage de la main.

— Bonjour ! lui lança-t-il d'une voix à peine essoufflée malgré l'effort.

Alexandra bouillait. Elle ne savait pas par quoi commencer – elle avait tant à dire. Elle aurait voulu lui jeter quelque chose à la figure. Il était là, goguenard dans l'eau glacée, à la dévisager en souriant.

— Je n'ai pas apprécié le tour que vous m'avez joué hier soir, dit-elle sèchement.

— Ce n'était pas méchant, je ne faisais que mon travail. Je ne dois pas rester dehors lorsque vous êtes…

— Vous vous êtes payé ma tête ! coupa-t-elle.

— C'était bien mon tour, rétorqua-t-il. Vous devriez venir nager, ça détend.

Les pauvres résidents qui avaient cru obtenir un avantage en choisissant une chambre qui donnait sur la piscine en furent pour leurs frais ce matin-là. Alexandra cria :

— Drake, vous m'énervez !

Il se remit à nager, entamant une brasse impeccable. Alexandra marcha le long du bassin pour se maintenir à sa hauteur.

— Avec vos airs de séducteur, votre assurance, vos discours, vous n'êtes qu'un boy-scout !

— Je suis censé me sentir insulté ? lui demanda-t-il dans un souffle.

Il nagea vers elle et s'accrocha au rebord tout proche.

— Vous devriez cesser de crier, mademoiselle Dickinson, vous allez réveiller tout l'hôtel.

Alexandra ne savait plus que dire. Elle était venue pour l'humilier, pour l'écraser, et voilà qu'elle le regardait, incapable de quoi que ce soit. Elle n'était plus seulement en colère contre Drake, mais contre elle-même. Comment ce garçon pouvait-il lui faire perdre ses moyens à ce point ?

Drake nagea jusqu'au bord opposé et sortit de l'eau. Il ramassa son peignoir en un mouvement souple et l'enfila. Il contourna le bassin et s'approcha d'Alexandra. D'une voix posée, tout à fait calme, il demanda :

— Est-il possible de connaître le programme du jour ?

Alexandra était troublée. Elle n'avait jamais remarqué qu'il était si grand. Maintenant qu'il approchait, refermant le peignoir sur ses pectoraux visiblement faits pour servir et non pour épater, elle se sentait toute petite. Elle se souvint de la première fois où elle l'avait rencontré, lorsqu'elle l'avait percuté dans les jardins de l'Excelsior. Elle avait déjà éprouvé cette impression de puissance tranquille.

Drake s'arrêta à quelques pas. Alexandra hésitait. Elle aurait voulu pouvoir s'en sortir la tête haute, avoir le dessus. Après tout, elle était venue pour lui dire ce qu'elle avait sur le cœur. Mais tout ce qui lui vint fut :

— Mon père ne vous paie pas pour aller à la piscine dans des hôtels de luxe.

Immédiatement, elle regretta ce qu'elle venait de dire. Elle aurait voulu pouvoir lui faire comprendre à quel point cette remarque ne lui ressemblait pas.

— Même lorsque je fais ces longueurs, répliqua-t-il d'une voix égale, je travaille pour vous, mademoiselle Dickinson. Je m'entretiens pour être prêt à réagir en cas de nécessité.

Elle ne trouva rien à répondre et lui tourna le dos.

Une fois revenue dans sa chambre, elle se laissa tomber sur son lit. Elle se sentait en colère, honteuse. Elle ne s'aimait pas quand elle réagissait ainsi, mais elle n'avait jamais supporté qu'on la protège trop, qu'on l'envahisse. Elle ne parvenait pas à chasser l'image de Drake. Il se dressait, souriant, la fixant imperturbablement.

Peu à peu, un autre sentiment s'immisça lentement dans l'esprit d'Alexandra. Elle se surprit à espérer que malgré la colère qu'elle venait de lui opposer, Thomas Drake n'allait pas laisser tomber et se faire remplacer comme les autres...

Lorsque plus tard dans la matinée, elle le découvrit assis dans le hall de l'hôtel, elle en fut soulagée. À son approche, le responsable de l'accueil disparut sous son comptoir, à la recherche de quoi que ce soit qui le soustrairait au regard furibond de la jeune femme. Ce qu'Alexandra apprécia moins, ce fut la jeune et ravissante touriste qui était assise tout près de Drake et lui faisait la conversation. Ils avaient l'air de bien s'amuser. En la voyant arriver, Drake s'excusa de devoir quitter la jeune femme, mais il sembla quand même à Alexandra qu'il lui donnait rendez-vous pour le soir.

Elle se rendit au bureau de Youssef, Drake sur ses talons. Un peu à l'écart du centre, le ministère avait octroyé au jeune professeur un demi-étage dans un ancien bâtiment officiel. C'est dans une ambiance assez surréaliste qu'il étudiait des fragments de manuscrits découverts dans le Moyen Atlas.

Cette fois-ci, Drake ne chercha pas à entrer, il se contenta de faire le tour du bâtiment pour s'assurer que celui-ci ne comportait qu'une seule issue.

Youssef et Alexandra prirent le temps de discuter plus calmement autour d'un thé à la menthe. L'exceptionnel parcours universitaire de Youssef lui avait permis d'approcher quelques-uns des documents écrits les plus précieux de l'humanité. Il avait toujours une foule de connaissances à faire partager et sa passion lui permettait de rendre son savoir aussi palpitant qu'un roman. Plusieurs fois au cours de ses études, puis de ses recherches sur des civilisations anciennes, Alexandra avait été amenée à travailler avec lui, et peu à peu leur estime mutuelle s'était changée en une amitié solide. Ils passèrent ainsi la plus grande partie de la journée à lire ensemble et à travailler sur la traduction de plaques berbères datant de près de deux siècles.

Pour Drake, la journée fut moins agréable. Son interminable attente faillit lui coûter une insolation et une sérieuse déshydratation. Il n'ignorait plus rien du quartier. De son poste d'observation, il n'avait eu en effet rien d'autre à faire que de détailler les habitants et leurs déplacements.

Alexandra avait bien essayé de l'apercevoir par une des fenêtres de l'étage au cours de la journée, mais elle n'avait rien vu. Elle ne lui adressa même pas un regard lorsqu'en fin d'après-midi elle ressortit avec Youssef pour se rendre au Musée royal après l'heure de fermeture.

Drake les suivit et se posta devant les immenses portes du très beau bâtiment qu'on aurait dit tout droit sorti d'un conte des *Mille et Une Nuits*. Alexandra et le jeune conservateur y pénétrèrent pour une visite privée. Dans un calme absolu, Youssef fit découvrir à la jeune femme les magnifiques collections d'art accumulées par le souverain du Maroc et exposées dans une mise en scène fastueuse. La visite dura plus de trois heures, qu'Alexandra ne vit pas passer. Elle allait d'émerveillement en émerveillement, guidée par son éminent ami. Lorsqu'ils quittèrent le musée, Drake n'était plus là. Alexandra rentra seule à l'hôtel après avoir rapidement dîné avec Youssef.

Elle était fatiguée, mais la passionnante journée avait apaisé sa colère matinale. Pourtant, lorsqu'elle passa devant les baies du restaurant de l'hôtel, ce qu'elle vit ranima instantanément sa fureur. Drake dînait en compagnie de la jeune et pulpeuse beauté aperçue le matin. Il ne la remarqua même pas. Alexandra se dissimula derrière un des panneaux ouvragés et les observa au travers des dentelles de bois.

La jeune fille était penchée vers Drake et l'écoutait en buvant ses paroles. Elle portait une robe au décolleté profond. Elle se renversa en arrière, passant voluptueusement ses mains dans ses cheveux, dévorant du regard celui qui continuait de lui parler. Ils avaient l'air de parfaits tourtereaux, ainsi attablés face à face, seulement séparés par une petite bougie qui éclairait leurs visages radieux. Alexandra serra les poings. « Quel frimeur ! pensa-t-elle. Il n'aura pas mis longtemps à dévoiler sa vraie personnalité. »

Puis, le plus discrètement possible, elle s'en alla et remonta à sa chambre. Elle referma sa porte, mit la chaîne de sécurité et alla se passer de l'eau sur le visage. Elle avait chaud. Elle ne savait pas vraiment pourquoi, ou plutôt elle ne voulait pas le savoir… Probablement la colère de voir ce type faire autre chose que son travail, se dit-elle. Mais elle n'en était pas tout à fait convaincue.

Alexandra gagna le salon et alluma la télé machinalement. Elle s'écroula dans un fauteuil et fixa l'écran sans le voir. Elle les imaginait tous les deux, en bas. Elle resta ainsi un temps indéterminé, immobile, comme prostrée devant les images sans son. Il l'avait laissée tomber pour un rendez-vous galant.

Peu à peu, une idée germa dans son esprit : elle comptait bien le lui faire payer…

15

« Vous ne reverrez la fille Dickinson vivante que contre une rançon de deux millions de dollars. Instructions suivent. »

Drake fixait toujours sans y croire le mot déposé quelques heures plus tôt à la réception de l'hôtel. Dans un petit salon, les policiers et les agents de la Sûreté marocaine allaient et venaient. Drake restait assis, sous le choc. Un type maigre à moustache, aux mouvements énergiques, s'installa face à lui et lui adressa un sourire compatissant.

— Commissaire Chedami, se présenta-t-il. Je dirige les recherches et l'enquête.

Il lui tendit la main et précisa :

— C'est toujours mieux quand il y a une demande de rançon. Cela veut dire qu'elle est encore en vie.

Drake demeura muet.

— Avez-vous prévenu le père ? demanda Chedami.

Tom fit un gros effort de concentration pour arriver à répondre.

— Non, pas encore, j'attends ce soir. D'ici là, j'aurai peut-être autre chose que ce bout de papier à lui lire.

— Je peux vous assurer que nous faisons tout ce qui est en notre pouvoir pour retrouver Mlle Dickinson. Tous nos hommes sont sur l'affaire.

— Je vous remercie.

— Mais je dois aussi vous prévenir, monsieur Drake : Marrakech est une vaste cité avec un nombre infini d'endroits où se cacher. Ne vous attendez pas à un miracle en quelques heures.

Drake accusa le coup.

— J'aimerais que vous me racontiez comment cela s'est passé, reprit le commissaire.

— J'ai déjà tout dit à vos hommes.

— Je suis le chef de la police du district, et je préfère toujours entendre directement ce que les personnes liées aux affaires que je traite ont à dire.

Le ton était cordial, mais le message très clair. Drake se redressa et commença le récit de la matinée.

— Elle est sortie de sa chambre vers huit heures hier matin, elle a pris son petit déjeuner au restaurant de l'hôtel.

— Vous étiez avec elle ?

— Non, Mlle Dickinson est allergique à ses gardes du corps. Ensuite, elle s'est rendue à pied chez un professeur. Il s'appelle Youssef Ben Haddif. Il étudie des vieux bouquins.

— Vous la suiviez ?

— Bien sûr, à une vingtaine de mètres. Elle est restée dans son immeuble toute la journée. Ils ne sont sortis qu'en fin d'après-midi. Ils sont allés visiter un musée. J'ai attendu qu'elle sorte pendant deux heures et puis j'ai abandonné.

— Vous avez abandonné, monsieur Drake ?

— J'avais un dîner avec une cousine hôtesse de l'air qui fait escale ici en ce moment. J'ai laissé Miss Dickinson avec son ami et je suis rentré à l'hôtel.

— Vous la laissez souvent comme cela ?

— C'était la première fois.

— Vous pourrez me donner le nom de votre cousine ?

— Sans aucun problème.

— Et donc ce matin, vous vous êtes dit…

— Que je la retrouverais à l'hôtel.

— Et on vous a remis la demande de rançon en arrivant.

— À onze heures trente-sept, c'est cela.

— Pourquoi n'avez-vous prévenu la police que plus d'une heure après, monsieur Drake ?

Tom hésita. Il se passa la main dans les cheveux, embarrassé, et répondit :

— J'ai d'abord cru qu'elle m'avait joué un tour, qu'elle s'était vengée.

Le policier posa les mains sur la table, très intéressé.

— Une vengeance… Mais pourquoi cette jeune femme se serait-elle vengée de son garde du corps ?

— Mlle Dickinson a un sacré caractère. Nous nous sommes légèrement accrochés hier matin.

— Nous verrons pourquoi plus tard. Mais dites-moi, monsieur Drake, vous vous « accrochez » souvent avec votre cliente ?

— Disons plutôt que c'est elle qui s'accroche souvent avec ses gardes du corps. Et moi, je ne suis en poste que depuis neuf jours...

Chedami leva les yeux au ciel avec une expression entendue.

— Et pourquoi avez-vous décidé de nous appeler, finalement ?

— Parce que j'ai téléphoné à son ami, le professeur Ben Haddif. Ils avaient rendez-vous ce midi et elle n'était pas arrivée. Il était mort d'inquiétude. Là, je me suis dit que c'était sérieux.

— Vous nous avez fait perdre un temps précieux. Les ravisseurs ont peut-être quitté la ville et nous devrons donc étendre notre zone de recherche à toute la région. Cela n'améliore pas nos chances.

Drake était mortifié. Il se sentait responsable de tout. La colère du père d'Alexandra ne lui faisait pas peur, sa propre conscience le torturait bien plus. Non seulement il avait failli à sa mission, mais il s'inquiétait vraiment pour la jeune femme.

— Je peux servir à quelque chose ? demanda-t-il.

— Pas pour le moment. Mais restez dans les parages.

Le commissaire se leva et s'adressa en arabe à deux de ses hommes en civil. Ses subordonnés lui emboîtèrent le pas.

Dans le hall de l'hôtel régnait une confusion indescriptible. Les policiers allaient et venaient en tous sens au milieu du personnel affolé. Un kidnapping était une affaire sérieuse ; celui d'une jeune fille que la rumeur présentait déjà comme l'héritière d'un vaste empire industriel l'était encore davantage.

Voir tous ces hommes au travail ne rassurait pas Drake. Il savait que ce genre de cas était complexe, que la recherche d'un otage demandait de gros moyens, et il connaissait ceux mis en place. Que pouvaient une cinquantaine d'hommes et quelques voitures contre des ravisseurs qui avaient plusieurs heures d'avance, dans un pays où il est si facile de disparaître ?

Les heures passèrent. Drake faisait des allers-retours entre le hall et le poste de coordination installé près du restaurant. L'hôtel retrouvait peu à peu son calme. Pas lui. Il aurait voulu être dehors, avec une des équipes de recherche.

À chaque sonnerie de téléphone, Tom se précipitait et attendait, fébrile, que la conversation en arabe s'achève. Il ne comprenait rien, imaginait n'importe quoi. Chaque appel le laissait dans un état de nerfs inhabituel pour quelqu'un ayant été formé à Longcrane.

Il faisait chaud, Drake ne tenait pas en place. Chedami ne revint qu'en début de soirée. Il n'avait rien de neuf. Pour Tom, il était maintenant l'heure d'avertir Richard Dickinson de la disparition de sa fille.

Il remonta seul dans sa chambre et s'y enferma. Il se laissa tomber dans un fauteuil et tira son portable de sa poche. Ses gestes étaient précis, mécaniques. Il manipulait son téléphone comme on désamorce une bombe. Il prit une profonde inspiration et appela la ligne directe du père d'Alexandra.

— Bureau de Richard Dickinson, j'écoute.

— Je suis Thomas Drake, je souhaite lui parler.

— Ne quittez pas, je vais voir s'il peut vous prendre.

L'assistante de Dickinson le mit en attente. Une musique, classique, neutre, à laquelle Tom ne prêta pas attention. Il n'entendait que ses tempes qui battaient. Son cerveau tournait à plein régime. Il ne s'agissait ni d'un exercice ni d'une hypothèse d'école. Au moment où il entendit la voix du père d'Alexandra, il déglutit, tous ses muscles tendus à se rompre.

— Bonjour, Drake, ou plutôt bonsoir ! Je n'attendais pas votre appel si tôt, nous nous étions mis d'accord pour nous parler une fois par semaine. Quel temps avez-vous au Maroc ? Ici il fait un froid de canard...

— Il fait beau, monsieur, il fait très beau.

Sa voix blanche contrastait avec le ton enjoué de Dickinson.

— Alors dites-moi, comment va ma fille ?

L'hôtel était désormais désert. Les touristes dormaient et la plupart des policiers étaient rentrés se reposer vers deux heures du matin. Drake se tenait debout devant les tables, détaillant les cartes bariolées d'inscriptions rouges.

— Ce sont les barrages et les points de contrôle. Nous les multiplierons encore demain.

La voix fit sursauter Tom. Chedami se tenait derrière lui. Il ne l'avait pas entendu entrer.

— Que faites-vous encore ici à cette heure, commissaire ?

— Que voudriez-vous que je fasse ? Que je dorme ? Ce n'est pas à vous que je vais expliquer notre problème...

Drake s'appuya sur la table en soupirant.

— J'ai prévenu le père, lâcha-t-il.

— Je sais. Notre ministre de la Sûreté m'a appelé il y a deux heures.

Drake blêmit.

— Il doit avoir le bras long, le papa de votre protégée, pour faire réveiller un ministre à plus de minuit. Comment a-t-il réagi ?

— Mieux que je ne l'aurais cru. Il n'a pas hurlé, il n'a pas menacé. Il a gardé son calme. Des questions brèves, de longs silences – chose inhabituelle pour lui – mais il est resté courtois. Il nous laisse jusqu'à demain matin. Je dois le rappeler à neuf heures. S'il n'y a rien de nouveau, il débarque...

— C'est ce que l'on m'a dit aussi, et d'après ce que j'ai compris, le terme « débarquer » est bien celui qui convient. Il est question qu'il vienne avec un avion plein à craquer de personnel de sécurité, du matériel de recherche satellite et même des agents du FBI...

Tom sembla se voûter sous le poids de la nouvelle.

— Je vais être franc avec vous, déclara Chedami en posant la main sur l'épaule de Drake. Au début, je vous ai pris pour un amateur. J'ai même envisagé que vous ayez quelque chose à voir avec cet enlèvement.

Tom leva les yeux.

— Ne me regardez pas comme cela, lui fit Chedami. À ma place, vous auriez réagi exactement de la même façon. Un jeune homme spécialiste de la sécurité qui perd sa proie à la porte d'un musée, ça ne fait pas très sérieux...

Drake hocha tristement la tête.

— Allez, venez, lui dit le policier en l'entraînant, on va boire quelque chose.

Assis face à face dans les canapés du hall désert, les deux hommes étaient plongés dans leurs réflexions. Drake regardait Chedami verser leur thé à la menthe dans un mouvement aérien. La boisson fumante se déversait du col effilé de la théière d'argent tendue à bout de bras dans les petits gobelets de verre.

— Il n'y a pas d'heure pour servir le thé, chez nous. Et puis, je n'ai trouvé que ça.

Il jeta un coup d'œil amusé à la triste mine du jeune garde du corps et ajouta en souriant :

— Vous auriez besoin d'un remontant plus fort, mais nous autres, musulmans, nous ne prenons pas d'alcool.

— De toute façon, je suis en service, fit remarquer Drake.

— Alors disons que lorsqu'ils sont en service, tous les flics de la terre sont musulmans !

La remarque arracha un sourire à Tom. Chedami changea brusquement de ton.

— Il y a quand même quelque chose que je n'arrive pas à comprendre dans cette histoire...

— Quoi donc ?

— Il n'y avait que trois personnes pour savoir où elle irait ce matin : elle-même, vous et Ben Haddif.

— Je n'en savais rien, elle ne m'avait pas donné son emploi du temps. J'ignorais qu'elle devait déjeuner avec Ben Haddif. Je ne l'ai appris que lorsque je lui ai téléphoné.

— Il va falloir creuser dans cette direction...

— Je ne crois pas que ce professeur puisse être impliqué dans tout ça. Ils sont amis et ça ne lui ressemble pas.

— Vous n'êtes en poste que depuis neuf jours, monsieur Drake...

Ce furent les cireuses mécaniques qui réveillèrent Drake. Chedami ne se trouvait plus dans le canapé d'en face. Les premiers rayons du soleil traversaient le hall et illuminaient les plantes séparant la réception du salon d'entrée. Un homme poussait une imposante machine dont les disques rotatifs nettoyaient le sol de marbre sombre.

Drake eut un frisson et regarda sa montre. Cinq heures et quelques minutes. Il ne se souvenait pas s'être endormi, il n'avait pas voulu remonter à sa chambre. L'expression de Chedami lui revint en mémoire : amateur. Décidément, cette histoire le minait. Il s'extirpa de son siège et fit un saut à la salle de coordination. Chedami était déjà là – s'était-il seulement absenté ? Sans doute brièvement : il s'était changé et paraissait rasé de frais.

— Alors, Drake, reposé ? lui lança-t-il.

— Si on veut. Rien de neuf ? demanda Tom.

— Non, rien. Les contrôles de la nuit n'ont rien donné, ni routiers ni à l'aéroport, et nous n'avons pas reçu d'instructions nouvelles pour la rançon.

— Les barrages vont devenir inutiles : je pense que les ravisseurs se sont cachés, ils ne se déplaceront plus pour le moment.

— Je suis d'accord avec vous, mais j'ai des ordres. Le ministre veut multiplier les contrôles, il fait envoyer des renforts...

Drake soupira en pensant à ce que la situation allait devenir si Dickinson s'en mêlait directement.

Chedami se pencha et lui glissa à voix basse :

— Si rien ne bouge avant votre rendez-vous téléphonique, je crois que M. Dickinson va nous déclencher une guerre...

— J'ai peur que vous n'ayez raison.

— Eh bien, avant que cette guerre n'éclate, vous devriez mettre à profit l'heure qui nous reste pour monter à votre chambre et prendre une douche. Vous avez une sale tête.

Drake opina et s'éclipsa.

L'eau chaude coulait sur sa nuque et son dos. Drake ne cessait de penser à Alexandra. Si les types qui l'avaient enlevée voulaient leur rançon, ils ne prendraient peut-être pas le risque de la maltraiter, mais elle devait être morte de peur. Il n'aimait pas ça du tout. Décidément, cette fille lui en faisait voir de toutes les couleurs... Il devait bien admettre qu'il n'arrivait pas à considérer tout cela uniquement sous un angle professionnel. La peur qu'il ressentait, cette crainte sourde qu'il ne lui soit arrivé malgré tout quelque chose de grave, ne ressemblait pas à l'homme rationnel et efficace qu'il pensait être. Durant tout son entraînement à Longcrane, rien n'avait jamais entamé son sang-froid... un sang-froid qu'il sentait bel et bien ébranlé à l'idée que la jeune fille courait un vrai risque.

Malgré les manières directes et le caractère difficile d'Alexandra, Drake devinait en elle autre chose de plus profond. Il se souvenait de rares moments, toujours fugaces, où il avait décelé sous cette carapace une autre personnalité, plus fragile, plus sensible, et tellement plus chaleureuse. La façon dont elle se tenait pour lire dans l'avion, son regard quand il s'était approché tout près d'elle au bord de la piscine… Drake secoua la tête. Il souhaitait vraiment qu'il ne lui arrive rien.

Il s'habilla rapidement. Il ne restait qu'une demi-heure avant l'appel. Après, tout irait vite. Dickinson et ses équipes arriveraient dans l'après-midi, il serait écarté du dossier, comme Chedami probablement, et il aurait sur la conscience l'échec de cette première mission pour le reste de ses jours. Mais, au-delà de cela, ce qui le gênait le plus était ce que pouvait penser Alexandra. Qu'elle puisse se dire qu'il l'avait laissée tomber le révoltait.

Il redescendit avec le secret espoir qu'en dépit de sa courte absence il y aurait du nouveau. Il n'avait aucune idée de ce qui l'attendait…

16

Alexandra s'appuya nonchalamment au comptoir de la réception de l'hôtel. Souriante, elle demanda la clef de sa chambre. L'employé ne réagit pas. Il ne soupçonna même pas que la jeune femme radieuse qui s'adressait à lui pouvait être la cause du remue-ménage qui durait depuis maintenant vingt-quatre heures.

Drake la vit de loin. Il était le seul à la connaître physiquement. Les policiers n'avaient vu d'elle que des photos, et personne ne s'attendait à la voir réapparaître de sitôt... et qui plus est libre comme l'air. Incrédule, Tom s'approcha d'elle. Elle faillit le bousculer en se détournant du comptoir.

— Alors, Drake, fit-elle, enjouée, bien dormi ?

Elle fit un pas de côté et poursuivit son chemin, laissant son interlocuteur pantois. Drake eut un sursaut, comme s'il se réveillait, et rattrapa la jeune femme par le bras.

— Où étiez-vous ?

— En voilà des manières, rétorqua-t-elle en se dégageant. Vous sembliez moins préoccupé de mon sort l'autre soir, lorsque vous dîniez avec cette superbe créature…

— Quelle créature ? De quoi parlez-vous ? balbutia-t-il. Vous n'avez pas été enlevée ?

Pour toute réponse, la jeune femme lui adressa un sourire moqueur. Elle consommait sa vengeance. En voyant son garde du corps se liquéfier, elle comprit ce qu'avaient été ses dernières vingt-quatre heures. Il était loin, l'athlète crâneur sortant de sa piscine…

— Et la demande de rançon, c'était quoi ? frémit Drake.

Alexandra fit mine de réfléchir et lui lança d'une voix dure et ironique :

— Il n'y a pas que vous pour faire de bonnes blagues, lieutenant. Un partout. Nous sommes quittes.

Elle tourna les talons et disparut dans les salons. Drake resta sans voix, immobile. Il sentit la rage monter. Soudain, il eut envie d'aller lui coller une gifle, une vraie, de celles qu'on donne pour se défouler lorsque l'on est à bout ou que l'on a eu trop peur…

Il parvint à se ressaisir et courut jusqu'à la salle de coordination. Chedami était au téléphone. Drake se planta face à lui et dit simplement :

— Raccrochez.

Devant l'attitude péremptoire du jeune homme, le commissaire abrégea et reposa le combiné.

— Que se passe-t-il ?

— Elle est rentrée.

— Qui ça ? demanda Chedami.

Il avait peur de comprendre.

— La fille Dickinson, elle est revenue. Tout ça n'était qu'une plaisanterie.

Chedami se laissa tomber sur une chaise.

— Je vous avais dit qu'elle était spéciale avec ses gardes du corps ! Elle n'a pas supporté que je dîne avec ma cousine, alors elle m'a joué un vilain tour.

Le commissaire pâlissait à vue d'œil. La colère se lisait sur son visage.

— Où est-elle, cette charmante demoiselle ? grinça-t-il.

— Je ne crois pas que vous devriez la voir maintenant. Et puis je dois d'abord appeler son père.

Chedami se leva et se dirigea vers la porte. Drake lui coupa la route et lui posa la main sur l'épaule.

— Ne faites pas ça, nous aurions tous des ennuis. De toute façon, je ne vous laisserai pas faire : je suis son garde du corps, ne l'oubliez pas.

Le ton était posé mais ferme. Le policier jaugea le jeune homme. Ils faisaient la même taille, mais Drake n'aurait aucun mal à neutraliser un commissaire cinquantenaire. Et ses hommes ne comprendraient pas, ils les regardaient déjà d'une drôle de façon.

— Qu'elle décide de vous faire une petite blague, laissa tomber Chedami, c'est votre problème. Mais faire une blague à plusieurs centaines de policiers, faire réveiller un ministre, mettre une région sens dessus dessous, ça n'amuse personne dans ce pays. Alors je vais vous dire, Drake : la petite Dickinson et son puissant papa peuvent...

— Taisez-vous, commissaire, je ne veux pas entendre. Je suis d'accord avec vous. Laissez-moi faire. Je vous ai fait confiance, je vous demande d'en faire autant, s'il vous plaît. Elle présentera ses excuses, et je suis sûr que M. Dickinson fera quelque chose.

— Il n'est pas question d'argent, mais de respect.

— Je sais. Laissez-moi appeler son père.

Jamais Drake ne s'était fait hurler dessus comme cela. Même dans ses pires souvenirs, dans ses entraînements les plus durs à Longcrane, jamais aucun sergent instructeur ne lui avait passé un savon pareil. Il avait beau se dire que Richard Dickinson décompressait d'une peur légitime et que c'était sa manière à lui d'évacuer le stress, Tom avait dû parfois écarter le combiné de son oreille. Il n'avait même pas essayé d'apaiser sa colère ou de se défendre, il savait que cette phase était nécessaire avant un retour à un discours normal et pondéré.

Lorsqu'il redescendit, la pièce qui avait été utilisée comme QG pour les recherches avait presque retrouvé son allure ordinaire. Chedami en sortait, des rouleaux de cartes sous le bras. Il n'avait pas l'air calmé.

— Commissaire !

L'homme s'arrêta à contrecœur.

— Que voulez-vous encore, monsieur Drake ?

— Votre ministre recevra les excuses officielles et les remerciements de Richard Dickinson d'ici vingt minutes. Il demande aussi à régler la note de toutes les opérations engagées pour retrouver sa fille. Pour ma part, je vous remercie de votre aide et je vous promets des excuses de Mlle Dickinson.

Chedami sembla décolérer un peu. Il se gratta la tête d'un geste qui trahissait encore son énervement.

— Ce monsieur aurait mieux fait de coller quelques fessées à sa fille quand elle était gamine, on n'en serait pas là aujourd'hui.

— Ce n'est pas la question. Commissaire, vous avez fait votre travail. Si j'avais fait le mien aussi bien, nous n'en serions effectivement pas là.

— Vous êtes gentil de la défendre. Je ne sais pas si elle le mérite. Est-elle au courant de ce que sa petite farce a déclenché ?

— Non, je voulais vous saluer d'abord. Je compte y aller dès maintenant.

Chedami tendit la main et sourit.

— Alors bonne chance, Drake, vous m'avez l'air d'un type bien.

— Merci, monsieur, j'ai été content de vous connaître.

— Je crois que vous n'en avez pas fini avec elle…

Drake opina et lui serra la main. Il resta un moment à regarder le commissaire s'éloigner.

Il devait avoir une petite discussion avec Alexandra, et tout de suite.

17

— Ouvrez, je sais que vous êtes là !

Son poing martela à nouveau la porte fermée. Toujours aucune réponse. Quelques instants plus tard, il lui sembla entendre le bruit de la douche. Drake jura sourdement et regagna sa chambre, sous le regard goguenard d'une femme d'étage qui devait croire à une scène entre amoureux.

Il ferma la porte derrière lui et se dirigea droit sur la fenêtre, qu'il ouvrit. Il se pencha pour étudier la façade. La fenêtre d'Alexandra n'était qu'à quelques mètres sur sa gauche. Il enjamba le rebord et s'agrippa à l'encadrement en saillie sur l'édifice. Il était au quatrième étage, une chute ne le tuerait pas. De toute façon, il voulait en découdre le plus vite possible.

Avec des mouvements calculés, il se plaqua le long de la façade. À pas glissés, il se mit à avancer lentement sur l'étroite corniche. Il passa devant la fenêtre de la chambre voisine, déserte. Chaque main cherchant une prise, les talons dans le vide, il progressa encore et dépassa la suivante. La fenêtre d'Alexandra était entrouverte. Il l'ouvrit en grand et sauta dans sa chambre avec la discrétion et l'agilité d'un félin.

Elle était dans la salle de bains, probablement sous la douche qui coulait toujours. Tom s'assit confortablement dans un fauteuil et attendit. Le bruit de l'eau cessa. Il entendit des mouvements à travers la porte, puis la jeune femme apparut, enroulée dans une serviette, ses longs cheveux encore emmêlés laissant goutter de l'eau jusque sur le sol. Sans remarquer Tom, elle s'avança droit vers le lit pour prendre ses vêtements, tout en tendant l'oreille vers d'éventuels bruits venus du couloir.

— Alors, on n'ouvre pas à son garde du corps ?

La jeune femme hurla de surprise et en lâcha sa serviette, qui tomba par terre. Prise de panique, elle courut se réfugier dans la salle de bains, claquant la porte derrière elle. Drake se leva et s'approcha, lui parlant à travers le battant.

— Si vous m'aviez ouvert, je n'aurais pas été obligé d'entrer par la fenêtre, fit-il d'une voix égale.

Il entendait la jeune femme reprendre son souffle.

— Sortez de ma chambre ou j'appelle !

— Le téléphone est à côté de moi, chère mademoiselle, et je doute fort que vous ayez votre portable avec vous pour vous doucher. Vous n'échapperez pas à une petite conversation.

— Sortez ! hurla-t-elle de nouveau.

Drake essaya de se contenir mais cette fois, ne put y arriver. Il frappa la porte de toutes ses forces, poing fermé, une seule fois. Le coup portait tout le poids de sa colère et de sa frustration. Sous le choc, le panneau de bois se fêla et le mur vibra.

Alexandra perdit instantanément toute irritation et se figea, pétrifiée de peur, fixant la porte fendue. Elle entendit la voix de Tom, froide, cadencée.

— Vous allez sortir de cette salle de bains immédiatement et nous allons parler comme des adultes. Je compte jusqu'à dix ; si vous n'êtes pas là, je vais vous chercher. Je pense avoir été clair.

Le ton ne laissait place à aucune argumentation. Prise de panique, Alexandra saisit un autre drap de bain et s'en enveloppa aussi décemment et aussi solidement que possible. Elle s'approcha, tremblante, poussa le battant abîmé d'une main hésitante et découvrit Tom qui, assis, la fixait d'un regard comme elle ne lui en avait jamais vu. Alexandra avait déjà eu affaire à des hommes en colère, souvent à cause d'elle, mais aucun n'avait dans les yeux cette intensité ni cette détermination… Elle frissonna.

— Vous avez fait le bon choix, dit-il sèchement. Asseyez-vous.

La jeune femme s'assit sur le lit et se glissa jusqu'au milieu du matelas, recroquevillée, la tête basse. Elle n'osait pas lever les yeux. Elle n'avait plus rien de fier ni de hautain. Si elle avait croisé son regard, Tom aurait peut-être baissé la garde, mais cette fois il en avait trop sur le cœur.

— J'ai plusieurs choses à vous dire, mademoiselle Dickinson, et vous allez m'écouter. Pour commencer, avant-hier soir, je n'ai pas dîné avec une « créature » mais avec une cousine hôtesse de l'air en escale. Je ne vous ai pas abandonnée au musée avec votre ami, mais j'en ai eu plus qu'assez de poireauter sous un soleil de plomb pendant que vous preniez tout votre temps pour vous payer tranquillement ma tête alors que je suis là pour vous servir. Et pour finir, n'allez pas croire que j'ai mal dormi : je n'ai pas dormi du tout. Tout comme les quelques centaines de policiers déployés pour arrêter vos ravisseurs, comme les personnels des aéroports sur le qui-vive, le ministre de la Sûreté marocaine alerté au beau milieu de la nuit, comme votre père mort d'inquiétude et prêt à mettre la région à feu et à sang pour vous retrouver. Votre petite plaisanterie n'a amusé personne.

Alexandra ouvrit la bouche, stupéfaite. Elle découvrait brutalement tout ce que son comportement avait entraîné.

— Mais j'ai cru que..., balbutia-t-elle.

— Vous avez eu tort. À votre petit jeu stupide, nous ne sommes pas à un partout, il n'y a pas égalité du tout : vous menez, et de loin. Je suis entré comme j'ai pu à la soirée de votre ami parce que mon rôle est de vous suivre, et que vous avez fait en sorte que je n'aie pas d'autre choix. Et pour mettre les choses au point définitivement : je ne vous ai jamais menti, j'ai toujours été seul à vous protéger.

— Je suis pourtant bien certaine d'avoir vu l'autre, se défendit la jeune femme. D'ailleurs, il était dans le hall hier matin à quelques mètres de vous et...

Drake se leva, menaçant. Il ne prononça pas un mot. Alexandra baissa les yeux et se tut. Il se mit à faire les cent pas au pied du lit. La jeune femme le suivit du regard.

— Vous dites n'importe quoi, finit-il par lâcher, la mâchoire crispée.

Alexandra ne savait comment réagir : le moindre mot risquait de renforcer la colère de Drake et cela, elle ne le voulait sous aucun prétexte. Même son père ne lui avait jamais parlé sur ce ton. Pourtant, elle était sûre de ne pas se faire des idées. Mais ce n'était pas le moment d'insister. Et inutile de demander confirmation à son père : sur ce chapitre, il ne voudrait rien entendre et serait capable de ne jamais avouer le dispositif mis en place pour sa sécurité.

Drake se frictionna le cou nerveusement puis passa la main sur sa nuque.

— Mon père vous a renvoyé ? demanda-t-elle timidement.

— Non. Il a été très bien. Au début, lorsqu'il vous a crue en danger, il s'est entièrement consacré à ce qui pouvait vous sauver. Il ne m'a fait aucun reproche. Par contre, ce matin, lorsque je lui ai annoncé que vous étiez revenue et que toute cette affaire n'était qu'une vengeance stupide de gamine, il m'a fait partager son stress... très explicitement.

Alexandra se sentit rougir malgré elle. Ils avaient quasiment le même âge, et il venait de la traiter de gamine. Et de parler de stupidité. Tout à coup, elle avait honte. Elle avait agi sur un coup de tête, parce qu'elle s'était sentie abandonnée en sortant du musée. Elle lui en avait voulu de dîner avec cette très belle demoiselle alors qu'elle-même était seule. Par jalousie, peut-être. Alexandra se rendait compte à présent de la puérilité de son comportement. Mais une chose était certaine : elle n'aurait jamais joué un tour pareil à un de ses précédents gardes du corps. Avec ce lieutenant, tout était différent.

Drake continuait à marcher comme un fauve en cage. Elle risqua une nouvelle question.

— Vous allez faire comme les autres, démissionner ?

Drake s'arrêta instantanément et la fixa.

— Non, mademoiselle. Vous n'allez pas vous débarrasser de moi comme ça.

Alexandra eut le plus grand mal du monde à cacher son soulagement.

— Mais les choses vont changer.

Attentive, Alexandra le regardait au travers de ses mèches tombantes. Elle guettait le moindre signe qu'elle aurait pu interpréter.

— Dorénavant, reprit-il, nous nous verrons tous les matins, et vous me détaillerez précisément ce que vous comptez faire dans la journée.

Alexandra acquiesça aussitôt d'un rapide mouvement de tête. Elle n'avait qu'une envie : que cette fureur s'apaise. Mais Drake pointa sur elle un doigt menaçant.

— Et plus de mensonges ni de petits tours à votre façon, compris ?

La jeune femme fit non de la tête avec énergie. Drake enchaîna :

— Nous voyagerons côte à côte, nous prendrons nos repas aux mêmes heures, et toujours dans un endroit où je pourrai vous voir.

Cette fois, la jeune femme réagit avec moins de docilité. Drake, qui ne la quittait pas du regard, remarqua sa réticence. Il continua sans fléchir.

— Vos changements de pays doivent m'être communiqués au minimum deux jours à l'avance...

Alexandra ne réussit plus à se taire :

— Et si je voulais...

— Tous ces points ne sont pas négociables, trancha-t-il. Il en va de votre sécurité... et de mon confort de travail.

Il avait répondu d'une traite, d'une voix forte, autoritaire. La jeune femme n'osa plus répliquer. Elle aurait voulu résister, le contredire, lui imposer sa volonté, sa liberté, mais elle n'en avait plus l'énergie. Toutes ces choses qu'elle avait si farouchement défendues n'avaient soudain plus la même importance.

Alexandra écoutait en silence ; désormais, elle observait Drake mais ne le redoutait plus. Il continuait à parler de sa voix assurée, grave. Il se tenait droit, sûr de lui et déterminé. C'était la première fois que quelqu'un lui dictait sa conduite et curieusement, cela ne lui semblait plus si insupportable. Elle le trouvait impressionnant et elle éprouva soudain un sentiment étrange, nouveau pour elle : avec cet homme, elle se sentait en sécurité.

— Nous sommes d'accord, mademoiselle Dickinson ?

Elle acquiesça d'un rapide mouvement de tête et lui sourit. Tom eut beaucoup de mal à ne pas lui rendre son sourire.

— Et maintenant, habillez-vous. Marrakech est une ville merveilleuse et nous perdons notre temps, enfermés dans cette chambre.

Elle se leva d'un bond, attrapa ses vêtements et se précipita dans la salle de bains. Drake s'approcha de la porte fermée et contempla la fissure qu'il avait faite dans le bois.

Alexandra s'habilla aussi vite qu'elle le put. Elle se coiffa rapidement et se maquilla légèrement en quelques instants. Elle ne s'était jamais vue aussi pressée de sortir.

Drake ajouta au travers de la porte :

— Vous allez aussi me faire le plaisir de rédiger une lettre d'excuses des plus émouvantes à tous ceux que vous avez fait courir pour rien...

18

Il faisait un temps magnifique au-dehors, et dans les étroites allées des souks, la lumière filtrait par les trous des tôles faisant office de plafond, tachetant l'atmosphère de lucioles de poussière dansante. Alexandra et Drake marchaient côte à côte. La jeune femme allait d'une échoppe à l'autre, découvrant à chaque fois des objets étranges, souvenirs d'un passé glorieux ou témoins de traditions encore bien présentes. Partout, la couleur attirait l'œil, des poteries vernissées des tagines aux teintes vives des tissus, rehaussées par la lueur des innombrables lanternes, l'éclat des miroirs et des métaux travaillés ; et les parfums mêlés d'épices et de pâtisseries orientales étourdissaient les sens.

Tom suivait à quelques pas derrière. Il ne prêtait qu'une attention relative à ce qui lui apparaissait comme un bric-à-brac futile mais spectaculaire. Ses inquiétudes de la veille semblaient bien lointaines. Ce matin, tout était en ordre. Alexandra avait écrit sa lettre d'excuses, il avait rappelé Dickinson qui lui avait semblé calmé, et voilà qu'il déambulait dans un endroit étonnant et plein de charme, avec sa protégée qui n'avait pas l'air décidée à lui fausser compagnie. La mise au point lui avait peut-être épargné des semaines d'efforts et d'adaptation.

Alexandra pénétra dans un minuscule magasin aux murs entièrement tapissés d'objets de cuivre qui luisaient doucement dans une semi-pénombre. Le vendeur, aussi affable qu'accrocheur, l'entreprit aussitôt sur les nombreuses possibilités d'achat. La jeune femme écouta son boniment, hochant la tête, souriante, effleurant les pots et les théières avec admiration et répondant aux insistances mercantiles d'un rire léger et sans appel...

Elle ressortit néanmoins avec un bracelet finement ciselé qu'elle destinait à Agnès. Elle s'approcha de Drake pour le lui montrer. Alors qu'elle lui détaillait avec entrain les scènes rurales entrelacées de versets du Coran, il ne put s'empêcher de ressentir une certaine stupéfaction. La veille encore elle et lui étaient en guerre, et aujourd'hui, la jeune femme venait lui montrer ses emplettes.

Alexandra remarqua la mine absente de Drake.

— Mais j'imagine que ces ornements féminins n'intéressent pas un guerrier comme vous, n'est-ce pas, lieutenant ?

— Disons que je ne suis pas spécialiste.

— Vous n'offrez donc jamais aucun bijou à votre petite amie ?

— Dès que j'en aurai une, je le ferai certainement.

Alexandra rangea le bracelet dans le morceau de papier journal qui faisait office d'emballage cadeau.

Ils continuèrent ainsi à se promener au gré des allées et finirent par quitter le quartier des bibelots, très fréquenté par les touristes, pour s'enfoncer dans celui, plus authentique, des tanneurs et des tisserands.

Dans une lumière filtrée par des canisses et des toiles tendues, les hommes s'affairaient au milieu de leurs outils pendant que les femmes tissaient. L'heure du déjeuner approchant, les colonnes de fumée se multipliaient, transportant partout alentour les odeurs alléchantes des épices et du mouton grillé. Au loin résonnait l'appel du muezzin. Alexandra observait avec attention les femmes à l'ouvrage, courbées sur des métiers de bois vétustes. Tom se surprenait à regarder Alexandra à la dérobée, superbe de simplicité dans une robe de lin claire qui rehaussait son teint hâlé. Quand ils accrochaient un rayon de soleil, ses cheveux s'illuminaient aussitôt d'un somptueux reflet mordoré qui donnait envie de les toucher. Elle était tout entière plongée dans la magie du lieu et des gens, et sa joie faisait si plaisir à voir que les marchands lui souriaient en retour, et que les enfants lui adressaient de petits signes auxquels elle répondait en souriant plus largement encore.

Ils finirent par revenir vers le souk touristique, croisant à nouveau d'opulents spécimens en shorts et tee-shirts de plus ou moins bon goût qui distribuaient avec une parcimonie condescendante quelques misères de dirhams et prenaient des mines extatiques pour les selfies dont ils se dépêchaient de bombarder leurs contacts et les réseaux sociaux. Alexandra restait hermétique à cette habitude, préférant de loin les échanges de vive voix ou les rencontres en chair et en os avec ses amis, plus rares mais combien plus authentiques.

Aussi loin que portait le regard, on ne devinait qu'un dédale d'allées où s'alignaient les étalages aussi variés que débordants. Chaque carrefour ouvrait sur un nouveau monde, avec ses lumières, ses couleurs, attendant que l'on s'y aventure, jusqu'au prochain croisement.

— J'aime ces endroits où l'on peut se perdre, confia la jeune femme. Il y a dans chaque recoin des centaines de découvertes à faire.

— Pour ma part, je n'aime pas les endroits où l'on peut se perdre, mais celui-là n'en est pas un. Le soleil, un bon sens de l'observation, le minaret aperçu par une ouverture et on s'y retrouve.

Alexandra étouffa un petit rire.

— Vous êtes du genre à faire une boussole avec une capsule de bière ou à chercher la mousse sur les arbres. Un petit côté boy-scout ?

Drake sourit, amusé, mais la jeune femme ne le regardait plus. Les sourcils froncés, elle avait les yeux fixés sur un point quelque part derrière lui. Il pivota sur lui-même.

— Qu'avez-vous vu, vous semblez inquiète ?

— Votre comparse, vous vous souvenez ? Celui que j'ai rêvé. Il est là-bas, il fait semblant de regarder l'étalage de chaudrons.

La ruelle était bondée. Tom scruta rapidement les visages et repéra l'homme dont parlait Alexandra. Il plissa les yeux et l'étudia. De profil, le type était penché en avant. Il n'avait pas l'air de s'intéresser du tout au récipient qu'il tenait à la main.

— Je vous dis que c'est lui, insista-t-elle. J'en suis certaine. Je reconnais sa moustache, il ressemble un peu à Clark Gable. Je l'ai déjà vu à l'hôtel, et il était à Mahajanga…

Drake ne répondit pas. Il fixait l'individu avec attention, détaillant ses traits, son allure. L'homme se releva et se tourna vers eux. Il fut visiblement surpris et décontenancé de se voir observé. Drake n'eut plus aucun doute. Il avait effectivement croisé ce visage, à l'Excelsior. Il se retourna calmement vers Alexandra et lui dit :

— Vous m'attendez là, vous ne bougez pas. Si dans une demi-heure je ne suis pas revenu, vous rentrez aussi vite que possible à l'hôtel et vous ne sortez pas de votre chambre.

— Qu'allez-vous faire ?

Sans prendre le temps de répondre, Drake s'élança en direction de l'homme. Alexandra fut surprise par la puissance de son démarrage et par la rapidité de sa course. L'homme n'attendit pas pour réagir, il pivota et s'enfuit.

Alexandra hésita à se lancer elle aussi dans la poursuite, mais elle se ravisa. Elle suivrait le conseil de Drake. L'homme, bien que plus petit et plus âgé, avait une course vive, mais sans la foule, Drake l'aurait rejoint sans difficulté. Il disparut dans une allée transversale, Drake à sa suite. Les nombreux badauds se demandèrent ce qui se passait, mais la ruelle retrouva rapidement son calme.

Debout dans une tache de lumière, Alexandra soupira et passa d'un pied sur l'autre. Elle ne savait pas si elle serait capable de patienter une demi-heure avant de bouger. Elle regardait tout autour d'elle, aux aguets, mais ne voyait rien d'autre qu'un décor de carte postale empli de touristes nonchalants. Elle n'entendait ni cris, ni tumulte. À l'allure où ils étaient partis tous les deux, ils pouvaient être loin. Et que se passerait-il si Drake tombait sur des complices de Clark Gable ?

Une autre hypothèse s'immisça peu à peu en elle : l'apparition de cet homme repéré aussi facilement n'était-elle pas une ruse pour éloigner Drake et la laisser seule ? Alexandra frissonna. D'un seul coup, tous les passants étaient suspects. Elle décida de pénétrer dans une échoppe et de s'y dissimuler en attendant le retour de Drake.

Elle n'eut pas longtemps à patienter. Elle le vit bientôt passer, essoufflé, la cherchant du regard. Elle sortit de derrière un étalage de sacs de cuir comme un diable de sa boîte.

— Vous l'avez eu ?

— Trop de monde, il avait de l'avance, je l'ai perdu.

— Vous l'avez reconnu ?

— Même si j'avais un doute, sa fuite et l'arme qu'il cachait sous sa veste sont autant de preuves accablantes.

— Vous voyez bien que je ne rêvais pas !

— Vous voyez bien que ce n'était pas mon complice.

— Pourquoi nous suivait-il ?

— Pas la moindre idée. Mais il faut réagir. On va brouiller les pistes qui mènent à vous… Venez, partons d'ici.

Tom passa son bras derrière la jeune femme pour l'inviter à se mettre en route. Ils regagnèrent rapidement l'entrée des souks. Alexandra ne flânait plus, Tom était aux abois.

La lumière de la place Jemaa el-Fna était en vue lorsqu'un vendeur plus entreprenant que les autres tapota le bras d'Alexandra. Il l'invita à venir admirer un étalage de somptueux tissus aux tons chauds. Alexandra, d'abord rétive, se laissa finalement tenter par les magnifiques caftans brodés. Après tout, le danger était écarté, Drake était à ses côtés, et elle était toujours en vacances. Il protesta, mais sans aucun succès.

— Vous avez bien quelqu'un à qui faire plaisir, lui répondit-elle. Votre maman ou un ami...

Drake imaginait mal sa vieille mère ou son colonel dans ces délicieuses tuniques chamarrées... En rechignant, il pénétra dans la petite boutique à la suite de la jeune femme et du vendeur.

Il remarqua immédiatement qu'ils étaient seuls dans l'échoppe. Aucun autre touriste ne flânait, et un silence inhabituel régnait. Il allait empêcher Alexandra d'aller plus au fond lorsqu'il entendit un froissement de tissu. Il fit volte-face : un épais rideau de toile s'abattait derrière eux, obstruant l'entrée. La devanture de l'échoppe venait de se refermer sur eux. Il entendit un cri de surprise et reçut un magistral coup sur la tempe. Avant que tout ne vire au noir, il eut le temps de distinguer trois hommes qui entraînaient Alexandra dans l'arrière-boutique...

19

L'obscurité, des sensations floues, la désorientation, des sons étouffés. Drake reprenait lentement conscience. Soudain, tout lui revint d'un bloc, et en bon professionnel, il resta parfaitement immobile, les paupières closes, l'oreille tendue. Il n'était pas seul. Ouvrir les yeux aurait été risqué. La conversation qu'il entendait sans la comprendre lui indiquait la présence d'au moins trois hommes à proximité. Il était assis, adossé à quelque chose de mou, pile de tissu ou sac de vêtements. L'ambiance sonore était celle de l'échoppe. On entendait le brouhaha étouffé des souks, la rumeur de la foule. Il se trouvait sans doute à l'endroit même où on l'avait assommé. Ses mains reposaient sur ses cuisses, les poignets ligotés par une corde épaisse et nouée serrée. Il ne sentait plus ni son couteau ni son téléphone dans sa poche arrière.

Il lui fallait absolument faire croire qu'il était encore inconscient. Ce répit lui laisserait le temps de concevoir un plan. Les voix ne semblaient pas s'intéresser à lui. Entrouvrant les paupières très légèrement, il distingua les sacs et les pieds de l'étal. Le rideau de l'échoppe était toujours baissé. À quelques mètres devant lui, sur le sol, il aperçut le petit paquet de papier journal contenant le bracelet acheté pour Agnès. Cette vision fit remonter en lui l'image d'Alexandra entraînée de force par ses agresseurs. Une rage teintée d'inquiétude s'empara de lui. Qu'avaient-ils fait de la jeune femme ? Depuis combien de temps était-il inerte ? Il n'avait plus sa montre.

Il fit semblant de gémir dans son sommeil et se laissa basculer sur le côté. Deux des hommes s'approchèrent en riant et le redressèrent. Drake distingua furtivement le revolver que l'un d'eux tenait à la main.

Se jetant en avant de tout son poids, il saisit l'arme de ses deux mains attachées et la détourna de lui tout en balayant le sol d'un ample mouvement des jambes pour faucher ses geôliers. Les deux hommes s'effondrèrent avec un cri rauque mais ne lâchèrent pas prise. Drake était presque parvenu à se relever lorsque le troisième larron le chargea de tout son élan. Emportés par l'impact, les deux hommes roulèrent dans les tuniques. Drake parvint à se dégager en s'enroulant sur lui-même et gratifia son agresseur d'un méchant coup de pied au visage. L'homme s'affala pour de bon. Les deux autres avaient surmonté leur surprise et s'étaient redressés à leur tour. Ils s'apprêtaient à se jeter sur Drake, mais celui-ci pointa sur eux l'arme qu'il tenait toujours.

— Arrêtez ou je tire !

S'ils ne comprirent pas les mots, l'intonation était claire. Ils s'immobilisèrent face au canon pointé sur eux.

— Où est la fille ?

L'homme qui était le plus en arrière projeta son complice devant lui d'une bourrade et prit ses jambes à son cou en direction de l'arrière-boutique. Les menaces de Drake ne l'arrêtèrent pas. Celui qui avait, bien malgré lui, couvert la fuite était tétanisé de peur. Il regardait le lieutenant, les yeux implorants, marmonnant des paroles incompréhensibles. Drake avança vers lui avec prudence et lui fit signe de reculer. L'homme s'exécuta sans se faire prier. Sur une table, près des papiers cadeau, Drake aperçut un couteau. Il réussit à trancher la corde qui lui entaillait les poignets et s'approcha tout près du dernier de ses trois agresseurs.

— Tu ne comprends pas ce que je dis, hein ?

L'homme resta à trembler, ne montrant aucun signe de compréhension. Drake lâcha d'une voix grave :

— Je vais te tuer.

Le pauvre bougre ne réagit pas davantage. Le visage de Drake se barra d'un sourire ironique et froid.

— C'est sûr, tu ne dois pas comprendre un traître mot...

Il lui asséna un violent coup de poing à la mâchoire. L'homme s'écroula, évanoui. Drake se précipita aussitôt dans l'arrière-boutique. Les piles de caisses étaient renversées, les chaises aussi, l'endroit portait des traces d'une lutte violente. Alexandra avait résisté.

La porte de derrière était restée ouverte, mais il n'y avait aucun indice susceptible d'indiquer vers où et par quel moyen les ravisseurs avaient fui. Drake essaya bien d'interroger les artisans voisins, mais les rares qui le comprirent n'avaient rien vu. Il s'appuya contre la porte et soupira, frictionnant machinalement sa tempe endolorie. Il prit une profonde inspiration, puis s'élança en courant dans la ruelle qui piquait sur la place Jemaa el-Fna. Il traversa l'immense esplanade sans s'arrêter, traçant droit au milieu des attroupements de badauds qui s'écartaient sur son passage.

Il fallait faire vite. Cette fois, il ne s'agissait pas d'une plaisanterie.

20

— Je vous demande de me croire, commissaire.

La voix de Drake se faisait implorante.

— Désolé, mais vous devez comprendre que les aventures rocambolesques de Mlle Dickinson nous épuisent et que nous ne souhaitons plus en entendre parler.

— Mais elle est en danger ! s'écria le jeune homme.

— Ah oui, comme la fois où elle risquait la mort si on ne versait pas une énorme rançon ? Rappelez-moi quand c'était... Hier, monsieur, c'était hier.

Chedami ne parvenait à contenir sa colère que parce qu'il voyait la mine dépitée de Drake. Il agrippa le rebord de son bureau, les jointures blanches tant il serrait.

— La police marocaine a été conçue pour protéger tous les habitants et tous les touristes de ce pays, fit-il, le visage fermé, et pas seulement pour protéger Alexandra Dickinson. Depuis deux jours, elle nous donne plus de travail que tous les délinquants de la ville, alors cette fois-ci, c'est non.

— Mais...

— Écoutez-moi bien, monsieur Drake. Vous êtes payé pour la protéger exclusivement. Pas nous. Débrouillez-vous avec elle et si vous souhaitez utiliser les services de la police, le bureau des disparus est au rez-de-chaussée de ce bâtiment. Votre dossier sera traité dès que possible.

Drake n'avait aucune chance, il le voyait bien. Chedami ne donnerait plus aucun moyen pour boucler la ville.

Quelqu'un frappa à la porte du commissaire.

— Entrez ! fit celui-ci d'un ton énervé.

Un policier apparut, tournant anxieusement sa casquette entre ses mains.

— Excusez-moi de vous déranger, commissaire, c'est au sujet d'un appel qui vient de nous parvenir, on ne sait pas quoi en faire... Une scène de ménage dans le quartier sud.

— Je termine avec monsieur et je vois ça après.

L'agent ressortit aussitôt. Chedami enchaîna :

— Voilà notre quotidien : des larcins, des crises d'hystérie... Nous n'avons ni les moyens ni les nerfs de nous occuper de votre cliente. Je regrette.

Chedami se leva pour raccompagner Drake. Arrivé à la porte de son bureau, il lui tendit la main.

— Sans rancune, monsieur Drake, et bonne chance...

Tom lui rendit sa poignée de main et sortit sans un mot. Il descendit l'escalier une marche après l'autre en se tenant à la vieille rampe de bois. Il était comme sonné, incapable de réagir. Il traversa le hall vétuste du commissariat, les yeux baissés, et se retrouva dehors, sur le trottoir écrasé de soleil, face à la ville grouillante, ne sachant plus que faire. Chaque seconde qui passait amenuisait ses chances de la retrouver. Alexandra avait été enlevée depuis deux heures ; devant lui s'étalait une vaste cité étrangère, et il était seul.

Indécis, il restait debout, les mains dans les poches, au milieu du flot des passants qui marchaient en tous sens. Que faire, où aller ? Il avait échoué dans sa mission de protection et n'avait aucun recours. Comment présenter la nouvelle à Richard Dickinson ?

Soudain, comme venu du fond de sa mémoire, il entendit son nom. Une voix l'appelait. Il mit quelques instants à revenir à la réalité et à comprendre qu'il s'agissait de Chedami qui, depuis la fenêtre de son bureau, deux étages au-dessus, hurlait son nom. Sa voix puissante couvrait le tumulte de la rue.

— Drake ! Mais bon sang, écoutez-moi !

Tom se retourna et leva les yeux.

— Dans le quartier sud, ce n'est pas une scène de ménage !

Drake eut une mimique étonnée. Chedami ajouta :

— Nos femmes ne hurlent pas en anglais !

Le sang de Drake ne fit qu'un tour. Il allait se précipiter dans le commissariat quand Chedami lui cria :

— Mon adjoint descend, il va vous conduire.

Drake le remercia d'un geste de la main. Il était prêt.

Le policier conduisait habilement. Il avait choisi de passer par les ruelles, paradoxalement moins encombrées que les grands axes. Le quartier sud était modeste et ancien.

— Deux voisines ont téléphoné, expliqua l'adjoint du commissaire en roulant. Elles ont entendu des cris de colère. Dans une ville où les femmes ont la voix aussi forte, il a fallu que ça hurle vraiment pour qu'elles nous préviennent !

— On est encore loin ? demanda Drake.

— Cinq ou six minutes tout au plus, sauf imprévu. Je vais vous déposer derrière, à quelques maisons de l'adresse. C'est tout ce que je peux faire pour vous.

— C'est déjà beaucoup. J'espère qu'il ne sera pas trop tard.

L'homme ne répondit pas, il restait concentré sur la conduite. Sans sirène, la voiture filait rapidement dans le dédale de ruelles de la médina. Les chiens et les enfants se rangeaient le long des murs ou sautaient sur les parapets à l'approche du véhicule. Aux abords des plus grands carrefours, le policier s'annonçait en klaxonnant. Le sol irrégulier faisait parfois bondir la voiture. Drake regardait les façades défiler autour d'eux. « Mlle Dickinson n'a pas dû simplifier la tâche de ses ravisseurs », songea-t-il avec un léger sourire. Elle avait dû se débattre et se débrouiller pour arriver à donner l'alerte. Cette résistance lui ressemblait bien. Tout en étant presque fier de l'esprit combatif de sa protégée, il savait que ce genre de comportement n'était pas le plus approprié pour un otage. Alexandra risquait de payer son attitude très cher.

Le policier débraya, ralentit l'allure et immobilisa le véhicule le long du trottoir. Il fit signe à Drake de le suivre et sortit. Les deux hommes avancèrent jusqu'au coin de la rue. Là, discrètement dissimulés derrière une citerne, l'homme désigna un immeuble vétuste encadré par deux autres plus hauts.

— D'après les appels, les cris venaient de là.

Drake étudia le bâtiment de trois étages à la façade d'un ocre sale.

— Vous avez un plan ? lui demanda l'adjoint. Vous ne parlez pas la langue, vous n'avez pas d'arme, vous êtes en chemisette...

— Et je n'ai plus ni montre, ni téléphone, ni papiers d'identité.

— Pour la montre, je peux faire quelque chose.

L'homme dégrafa son bracelet et tendit l'objet à Tom.

— Vous me la rendrez quand vous aurez fini.

— Merci. J'espère qu'elle marchera encore, répondit Drake en la prenant.

— Inch Allah, comme on dit chez nous. Cela signifie « Si Dieu le veut »...

Drake remercia le policier à nouveau et le regarda regagner sa voiture. L'homme lui fit un dernier signe de la main et repartit en marche arrière.

Dans ce quartier populaire à l'écart des sites touristiques, Drake ne passait pas inaperçu. Sa peau claire et ses vêtements européens attiraient tous les regards. Quelques enfants hésitèrent, faisant mine de s'approcher, mais leur mère les rappela.

Discrètement, il observa le bâtiment en détail. Tout semblait calme. La façade grossièrement crépie était à l'ombre et bon nombre de fenêtres étaient ouvertes pour capter la fraîcheur. Il n'avait aucune chance de s'approcher sans risquer de se faire repérer. Il examina les immeubles voisins, qui surplombaient la cache présumée.

Un homme sortit soudain du bâtiment. Sa façon de scruter la rue et le renflement de sa veste usée en faisaient un suspect de choix. Il traversa la ruelle et adressa quelques mots au chauffeur d'un petit camion bâché stationné en face, qui lui répondit d'un signe. Il pénétra ensuite dans un garage voisin et en ressortit avec des cageots de légumes qu'il chargea lui-même. Il continua son manège et empila des sacs de semoule, des bonbonnes d'eau ainsi que quelques caissettes en bois sans aucune marque.

Drake était certain que cet homme ne faisait pas partie de ceux qui avaient enlevé Alexandra au souk. Ce grand gaillard au teint mat n'était peut-être qu'un marchand dont la veste contenait uniquement un portefeuille bien rempli...

L'intérêt des enfants pour Drake s'était émoussé et la ruelle avait retrouvé sa paisible torpeur. Son chargement terminé, l'homme rentra dans l'immeuble suspect. Dans le lointain miroir du rétroviseur du camion, Drake distinguait une partie du visage du chauffeur. L'homme fumait, immobile, le regard dans le vague. Drake devait choisir entre l'attente et l'action, entre une tentative d'infiltration et une patiente surveillance.

Les enfants qui jouaient plus loin ne le regardaient plus. Le soleil était haut et rendait tout brûlant. Les quelques femmes qui passaient en portant des ballots, vêtues de leur longue djellaba, ne faisaient plus non plus attention à lui. Elles s'affairaient, indifférentes, le visage à demi dissimulé par leur capuche. Drake faisait maintenant partie du paysage de ce début d'après-midi.

Alors qu'il hésitait sur la suite des opérations, deux femmes sortirent du bâtiment et traversèrent la rue. L'une d'elles était grande, maigre dans sa longue djellaba marron dont la capuche tombait sur son visage. Malade ou âgée, elle marchait courbée, à petits pas hésitants, obligeant sa voisine à la soutenir. L'homme qui avait chargé les vivres apparut derrière elles et fit un signe au chauffeur. Le moteur démarra, crachotant une fumée noire. Les deux femmes se dirigèrent vers l'arrière du véhicule. La plus vieille trébucha une fois de plus et manqua tomber. Lorsqu'elle reprit sa marche, soutenue par l'homme et l'autre femme, elle semblait boiter. Drake devina immédiatement que quelque chose n'allait pas. Tel un fantôme, la vieille femme s'agrippa maladroitement à la ridelle du camion. L'homme la poussa sans manière au milieu des caisses et des cageots pendant que la plus jeune la hissait.

Au pied du camion, dans la poussière, gisait une chaussure. Drake la reconnut immédiatement : le fin mocassin de cuir souple appartenait à Alexandra.

En regardant furtivement autour de lui, l'homme le ramassa et le jeta dans le camion. Il releva la ridelle, déroula la bâche arrière et se dirigea vers la cabine. Celle que Drake avait prise pour une vieille femme était en fait la fille Dickinson, certainement droguée. Elle s'était débattue, avait hurlé, ses kidnappeurs avaient dû lui administrer un tranquillisant pour quitter la ville sans qu'elle pose de nouveaux problèmes. Les barrages établis la veille pour la fausse alerte avaient dû les obliger à redoubler de vigilance. À peine la portière eut-elle claqué que le camion s'ébranla...

Drake n'avait pas le temps de réfléchir. Alexandra se trouvait dans le camion qui accélérait déjà. Il ne pouvait pas la perdre une seconde fois. Il s'élança. En quelques enjambées, il rejoignit le véhicule, agrippa les ferrures du panneau de bois arrière couvert d'inscriptions publicitaires en arabe et bondit, se ramassant tout contre. De l'autre côté, à quelques centimètres à peine, se trouvait Alexandra. Il pria pour que les gamins qui couraient derrière le véhicule en criant de joie n'attirent pas l'attention des ravisseurs.

Il n'avait pas d'idée précise de ce qu'il pourrait faire. Au premier arrêt, il tenterait peut-être de neutraliser les gardes, mais il n'avait pas d'arme et ignorait quand et où ils feraient halte. Peut-être arriverait-il à prévenir Chedami...

Drake se retenait tant bien que mal, désespérément agrippé aux sangles de la ridelle, les pieds calés sur l'étroit pare-chocs. Tout allait trop vite.

Chaque cahot du camion menaçait son équilibre précaire. Il resserra sa prise.

Après une heure de route, le décor n'était plus le même. Les rues étroites avaient d'abord laissé la place à de larges avenues bordées d'habitations de plus en plus précaires, puis, passé les remparts et le grand fossé qui cernent la ville, Drake n'avait plus vu que d'immenses palmeraies et de vastes étendues de terre claire parfois cultivée. Le camion roulait à bonne allure, doublant une quantité impressionnante de cyclistes et d'attelage divers. Tom n'arrivait pas à lire les panneaux routiers. En se référant au soleil, il en avait déduit qu'ils faisaient route vers le sud-est. Il avait la mince satisfaction de savoir que pendant la dernière heure, rien de fâcheux n'était arrivé à Alexandra.

Fatigué par sa très inconfortable position, Drake avait tout le corps endolori. Ses mains crispées et ses genoux continuellement pliés commençaient à le faire souffrir. Il ne tiendrait plus très longtemps dans cette posture. Si un arrêt survenait, si une occasion de libérer Alexandra se présentait, il n'était même pas certain de pouvoir se tenir debout sans tituber sous les crampes… En outre, il était trop visible et particulièrement vulnérable.

En se contorsionnant dans tous les sens, il finit par trouver une alternative : sous le camion, la roue de secours manquait, et son logement de tubes métalliques pouvait offrir un emplacement acceptable.

À la force des bras, il s'élança en espérant que le chauffeur serait trop accaparé par la conduite pour le repérer dans le rétroviseur. Il réussit à atteindre le flanc droit du véhicule. C'est là qu'il avait le plus de chances de passer inaperçu, le chauffeur ne se servant majoritairement que de son rétroviseur gauche. La pointe d'une de ses chaussures traîna sur le sol, soulevant une nuée de gravillons. Mâchoires serrées, il dépassa le réservoir et commença à se glisser sous le châssis, entre les deux roues. Toute chute lui serait fatale : il passerait instantanément sous les pneus.

En se tortillant, Drake parvint enfin à se glisser dans sa cachette. Il tenait à peine dans l'espace conçu pour la roue. Le sol défilait à quelques dizaines de centimètres sous lui. Le train avant projetait parfois des graviers sur son dos. Le moteur, tout proche, faisait un bruit infernal. Même ainsi coincé, couché sur trois barres métalliques et maintenu par deux autres qui lui brisaient la poitrine, il jugea sa situation meilleure. Ses mains étaient libérées et son poids ne reposait plus sur ses genoux. Ainsi calé, il n'avait aucune chance de tomber dans un virage.

Il découvrit néanmoins rapidement que chacun des soubresauts de l'engin occasionnait une autre forme de supplice, le secouant comme la bille d'un grelot.

Le temps passa plus rapidement, Drake n'avait plus peur d'être découvert facilement. Il aurait voulu qu'Alexandra sache qu'il était tout près. Cela l'aurait rassurée. Il était épuisé. Il ne se rendit compte de rien, ne put rien faire. Il sombra dans un demi-sommeil. C'était une erreur.

21

Tom sursauta. Il n'eut pas le temps de contempler le sol, immobile sous lui. Était-ce le claquement de la portière ou le démarrage du moteur qui l'avait réveillé ? Il heurta le châssis de la tête en tentant de se relever par réflexe. Trop tard. Le camion roulait déjà. Le même vacarme du moteur, l'infect nuage de gaz d'échappement. Il avait manqué l'arrêt. La nuit était presque tombée. Rageant contre lui-même pour s'être laissé terrasser par la fatigue, il aperçut au loin, dans la pénombre, des reliefs montagneux.

Avec le crépuscule, le froid arrivait. Il frissonnait de tout son corps déjà engourdi par la position inconfortable. Son esprit était embrumé. Un coup d'œil à sa montre d'emprunt lui apprit qu'il s'était assoupi plus d'une heure. Il ne sentait plus ses jambes, son dos n'était que douleur. Combien de temps allait-il endurer ce voyage au ras du sol ? Ils atteignaient probablement les premiers contreforts de l'Atlas. Le camion peinait sur la route constamment ascendante, les bourrasques de vent chargé de poussière glissaient sous le camion, obligeant le jeune homme à se recroqueviller encore davantage, à tousser pour chasser les minuscules grains de sable de sa gorge sèche.

Drake avait soif, faim et regrettait les ardents rayons du soleil. Son sommeil l'avait peut-être privé de la seule occasion de sauver Alexandra.

La route était en mauvais état, les nids-de-poule étaient aussi nombreux que douloureux, et les gravillons lui mitraillaient le dos dans les virages. Parfois, le camion croisait un autre véhicule dont les phares éclairaient la route d'une lueur jaunâtre. Il pouvait alors distinguer les bords de la route taillée à flanc de montagne.

Le camion prit une allure plus rapide sur la route redevenue plane. Drake crut apercevoir des touffes de palmiers de part et d'autre des roues. Le véhicule traversa des bourgades endormies aux rues à peine éclairées. À la sortie du troisième village, le camion ralentit et s'engagea sur un chemin de terre.

Les quelques kilomètres de piste achevèrent de briser Drake. À plusieurs reprises, des pierres de bonne taille l'atteignirent, lacérant son dos.

Le camion s'immobilisa enfin. Les deux portières de la cabine s'ouvrirent et il entrevit les jambes des deux hommes. D'autres vinrent à leur rencontre en les interpellant. Il aurait donné cher pour les comprendre. Trois d'entre eux se dirigèrent vers l'arrière du camion. Ils firent glisser les sacs de semoule, et une masse plus volumineuse qu'ils traînèrent sur le plancher juste au-dessus de lui. Alexandra.

Entre les roues, Drake apercevait une maison de terre entourée d'arbustes. Les abords étaient éclairés par des projecteurs. Les hommes regagnèrent la maison. L'un d'eux portait sur l'épaule un bien étrange fardeau dont dépassait un pied nu. À la vision de ce corps inerte transporté comme un cadavre, Drake eut des sueurs froides. Il lui fallut toute sa maîtrise pour parvenir à réprimer son angoisse et à reprendre son calme.

Il attendit que les projecteurs s'éteignent. Avec précaution, il s'extirpa de son logement. En grimaçant de douleur, il appuya ses bras sur le sol et se déplia lentement. Il lui semblait encore voir le défilement des graviers sur la piste.

Dans la nuit froide et étoilée, il se retrouva à quatre pattes, fourbu, caché de la maison par le camion. La lune était haute et dans son dernier quartier. Une douce lueur bleutée nimbait le paysage escarpé. Ils se trouvaient bien dans les montagnes.

Drake inspecta soigneusement l'intérieur du camion, à la recherche d'une arme ou d'un poste de radio, mais il ne trouva rien excepté une vieille carte qu'il alla déplier derrière un rocher situé à l'écart et encadré de jeunes palmiers dattiers. Un trait rouge surlignait la route sud-est qui partait de Marrakech en direction de Ouarzazate. Après trois villages des contreforts de l'Atlas, le trait bifurquait vers nulle part, se perdant dans le beige délavé de la carte. Savoir à peu près où il se trouvait était une bonne nouvelle, mais découvrir que la première ville était distante d'au moins cinquante kilomètres l'était beaucoup moins.

La porte de la maison s'ouvrit. Depuis sa cachette, Drake jeta prudemment un œil. Trois hommes se tenaient debout sur le seuil. Un rire fusa. Ils allumèrent leurs cigarettes et restèrent à discuter. Une des fenêtres s'éclaira, répandant une pâle lueur sur la gauche de la maison. Les ravisseurs avaient entreposé les bonbonnes d'eau contre le mur extérieur. Il attendit avec impatience que les trois lascars rentrent et se glissa jusqu'aux bidons. Il ouvrit le premier d'une main tremblante d'envie et goûta. Aussitôt rassuré, il souleva le jerrican au-dessus de lui et l'inclina. Il but avidement, puis le remit en place derrière les autres. Il se risqua plus près de la bâtisse, mais la faible clarté de la lune rendait l'opération périlleuse étant donné la nature accidentée du terrain.

Il se figea soudain. En contrebas, un ronflement de moteur annonçait l'approche d'un véhicule.

Il bondit derrière une crête rocheuse et se faufila parmi les arbustes. La lueur des phares apparut au détour du chemin. Un vieux Range Rover beige poussiéreux fit halte près du camion. Un homme seul en descendit. Avec le clair de lune, Drake le reconnut immédiatement : il s'agissait de celui qu'Alexandra surnommait Clark Gable. D'un pas confiant, sans même jeter un coup d'œil alentour, l'individu se dirigea vers la maison. De sa place, Drake ne voyait pas toute la façade ; il perdit l'homme de vue. Il l'entendit frapper fermement du poing sur la porte.

Drake longea la petite crête qui le dissimulait avec une infinie prudence et se trouva un nouveau recoin. La place était idéale, il voyait toute la façade et le côté droit du bâtiment. S'il n'y avait pas eu ce buisson aux jolies fleurs d'un rose éclatant et aux redoutables épines qui lui lacéraient le dos, il aurait pu s'estimer chanceux d'avoir déniché un tel poste d'observation.

L'homme à la moustache ressortit presque aussitôt. Il s'éloigna de quelques pas et tira un mobile de sa poche. Lorsque son interlocuteur décrocha, le moustachu, à la grande surprise de Drake, s'exprima dans un anglais parfait que n'aurait pas renié un universitaire. le lieutenant n'en perdit pas une bribe.

— Bonsoir, Ben, c'est moi. Le patron est-il disponible ?

Drake n'entendait pas les réponses, il devrait se contenter des seules paroles de celui qui apparaissait de plus en plus comme le responsable de cette opération.

— Bonsoir, monsieur, c'est Salem. Nous sommes bien arrivés. Nous n'avons eu aucun problème. La fille est toujours endormie. Elle est résistante, nous avons été obligés d'augmenter les doses. Elle ne tient plus debout. Je crois que nous ferons la vidéo pour son père lorsque nous arriverons chez vous.

L'homme écouta la réponse, qui fut brève.

— Nous n'avons pas trouvé mieux. Ici au moins, personne ne nous cherchera, et en avançant l'enlèvement de trois jours, nous n'avions pas le temps de dénicher grand-chose d'autre.

Il s'interrompit à nouveau.

— Nous partirons tôt demain matin. Nous devrions être chez vous demain dans l'après-midi.

Il écouta à nouveau avant de répondre avec un ton révérencieux.

— J'aurais bien aimé, mais rouler toute la nuit ne serait pas prudent. La femme est droguée, un trop long voyage pourrait la rendre malade. Vous m'avez demandé d'en prendre soin.

La conversation s'étira sur des détails techniques. Salem, puisqu'il s'appelait ainsi, raccrocha enfin. Il leva un instant les yeux vers les étoiles, inspira puis se dirigea vers la maison.

Drake resta immobile, le regard rivé à la silhouette qui referma la porte derrière elle. La conversation qu'il venait d'entendre repassait en boucle dans sa tête. Il passait au crible toutes les informations qu'il avait pu saisir. Les conclusions n'étaient pas toutes négatives. Il savait désormais qu'aucun mal ne serait fait à Alexandra avant son arrivée chez ce mystérieux commanditaire. Mais les ravisseurs reprendraient la route dans quelques heures, et Tom n'avait aucun moyen de les arrêter ni de prévenir qui que ce soit.

Il devait impérativement découvrir où était enfermée Alexandra. Ses soupçons avaient d'abord porté sur une petite fenêtre munie de barreaux mais en s'approchant, il n'avait découvert qu'une réserve exiguë et vide. Chacune de ses manœuvres prenait du temps – trop de temps. Il devait accomplir chaque geste avec la plus grande précaution, organiser chaque approche sans commettre la moindre erreur.

Il faillit se faire surprendre lorsque Salem, accompagné de deux acolytes, ressortit d'un pas rapide. Les trois hommes montèrent dans le Range Rover et démarrèrent. Le faisceau des phares balaya la façade. Le véhicule fit un demi-tour rapide dans un nuage de poussière et prit le chemin du village.

Pour Drake, c'était maintenant ou jamais.

22

Drake s'était approché de la maison en restant à couvert au maximum derrière les rochers. Il s'avança sur un promontoire légèrement en surplomb et sauta. Il se reçut en douceur à quelques mètres de la bâtisse et longea le mur pour venir se plaquer près d'une fenêtre entrebâillée. Sans un bruit, il escalada l'embrasure et se glissa à l'intérieur. La pièce était plongée dans l'obscurité. L'unique porte, entrouverte, donnait sur une autre salle, éclairée celle-là.

Le lieutenant était sur le qui-vive, tous ses sens de soldat d'élite en alerte. À pas feutrés, il s'approcha de l'embrasure. Dans la pièce contiguë, un homme assis à une table lui tournait le dos. Il alignait des cartes devant lui en se balançant sur les pieds de sa chaise.

Un deuxième homme vint s'asseoir face au joueur de cartes. Ils échangèrent quelques mots, s'esclaffèrent et se distribuèrent les cartes. L'arrivant portait un revolver à sa ceinture. Il fronça les sourcils, se concentrant sur son jeu.

Un gémissement étouffé se fit entendre depuis une pièce voisine. Drake tendit l'oreille. La plainte s'éleva à nouveau. Alexandra. On aurait dit un animal blessé. Que lui avaient-ils fait pour qu'elle geigne ainsi ? Se pouvait-il que cette jeune femme qui sanglotait à présent soit la fille si fougueuse qu'il connaissait, celle qui tenait toujours tête et refusait de s'avouer vaincue ?

L'un des joueurs se leva bruyamment en grommelant et se dirigea vers une porte sur la gauche. L'autre en profita pour regarder subrepticement son jeu avant d'aller le rejoindre. Drake entendit les plaintes se muer en hargne molle. Alexandra sortait probablement de sa torpeur et les invectivait sans énergie dans toutes les langues qu'elle connaissait. L'un des hommes réapparut pour aller chercher une trousse dont il tira une seringue. Il retourna vers la chambre. Alexandra avait certainement compris l'imminence d'une nouvelle injection de calmant car elle cria plus fort. Il l'entendit se débattre. Ses propos étaient incohérents, sa voix faible malgré la rage qu'on y devinait. Drake ne pouvait intervenir même s'il en mourait d'envie. Il aurait pu neutraliser les deux hommes, mais que se passerait-il si Salem rentrait à ce moment-là ? Quelques instants après, il n'y eut plus aucun bruit. Les deux hommes reprirent leur place autour de la table avec des commentaires entrecoupés de ricanements.

Drake avait de nouveau la gorge sèche. Il se passa la langue sur les lèvres. Le trajet l'avait déshydraté, il allait devoir boire encore.

Le ronflement du moteur le ramena à d'autres urgences. Il recula dans la pièce comme un fauve acculé. Il entendit la porte principale s'ouvrir et les pas des trois hommes qui étaient de retour marteler le plancher. Le fracas des caisses qu'ils posèrent sans soin fit tout trembler. Drake réussit à se glisser sous une étagère à demi effondrée, derrière un rideau poussiéreux. Il savait que si une nouvelle chance devait se présenter, elle ne viendrait que beaucoup plus tard, si les hommes s'endormaient… Il se cala entre les débris de bois et les bouteilles vides et se prépara à une longue attente.

Une bonne heure plus tard, les hommes rejoignirent leurs chambres en claquant les portes. Le départ du camion était prévu bien avant le lever du soleil, ce qui ne leur laissait que peu de temps pour dormir.

Drake s'extirpa de sa cachette. Dans la pénombre, il s'étira méthodiquement, réactivant l'un après l'autre ses muscles et faisant jouer ses articulations pour leur faire retrouver leur souplesse.

Il ne restait plus qu'une seule lampe dans la pièce principale, qui dispensait une faible lueur sur la table encore encombrée. Déjà, de puissants ronflements résonnaient.

Drake passa devant une porte fermée d'où s'élevaient des ronflements. Ces deux-là n'avaient pas le sommeil léger… Il se glissa vers la pièce où se trouvait Alexandra. Il posa son oreille contre la porte. Pas un bruit. Avec mille et une précautions, le front perlant de sueur, il tourna la clef puis abaissa la poignée. Avec une infinie lenteur, pour éviter tout grincement, il poussa la porte.

Peu à peu, ses yeux s'habituant à l'obscurité, il repéra un lit sur lequel était étendu un corps. La façon dont la forme était repliée sur elle-même, sa faible corpulence aussi, lui confirmèrent qu'il avait trouvé Alexandra. Il referma derrière lui. Il écarta la couverture et dégagea son visage. Elle semblait épuisée, les traits figés dans une expression de douleur et de colère. Ses cheveux collés par la sueur striaient son front.

Drake songea à ce qu'elle avait dû endurer de peur et de souffrance. Par précaution, il posa sa paume sur ses lèvres afin de l'empêcher de crier si jamais elle se réveillait, mais ils n'avaient pas lésiné sur le sédatif. Elle ne bougea pas. Il passa son bras autour d'elle et la serra contre lui. Il resta quelques instants à contempler cette jeune femme qu'il n'avait pas lâchée, qu'il avait suivie à la trace, sans réfléchir, par instinct.

Il reposa doucement Alexandra sur son oreiller. Elle gémit et se retourna mollement. Il se dirigea vers la fenêtre, l'ouvrit sans bruit et dégagea le vieux panneau de bois disloqué qui servait de volet. L'air frais de la nuit entra dans la pièce comme une bénédiction, lui redonnant courage et force. Il retourna près du lit et tira l'étoffe sale qui faisait office de drap. Alexandra était étendue, fragile, vulnérable. Absente. Tom allait enfin faire ce pour quoi il s'était battu, il allait enfin pouvoir accomplir ce pour quoi il avait tenu : il allait emmener Alexandra loin de tout danger, loin de ces brutes.

Il passa un bras sous ses épaules, l'autre sous ses genoux, et la souleva doucement. Elle était brûlante. Il s'assit sur le rebord de la fenêtre, la jeune femme dans les bras, et pivota vers l'extérieur. Il s'étira au maximum et toucha enfin le sol, sans la lâcher. Ils étaient dehors. Alexandra soupira dans son sommeil. Drake s'éloigna au plus vite de la maison. Dans quelques heures, Salem et ses hommes se réveilleraient, et la traque serait impitoyable.

23

Dans la fraîcheur de la nuit, Drake songeait à ce qui les attendait, lui et sa protégée. Il marchait d'un bon pas, régulier, endurant. À l'entraînement, il avait l'habitude de porter de lourdes charges sur des kilomètres sans broncher, mais se déplacer avec Alexandra dans les bras n'était pas chose facile. Ce corps inerte pesait bien plus qu'il ne l'aurait cru. Par moments, il la sentait frissonner, une ou deux fois elle avait gémi. Il ne pouvait pas s'arrêter, il devait d'abord s'éloigner. Le village apparut soudain en contrebas d'un vaste plateau de terre grossièrement cultivée. Tout était désert. Il n'y avait qu'une dizaine d'habitations vétustes et quelques granges effondrées de part et d'autre de l'unique route goudronnée qui sillonnait la région. Aucun fil, téléphone ou électricité, ne parvenait aux maisons ; aucune antenne ne se dressait sur les toits. Les chances de découvrir un téléphone, un portable ou une radio s'effondraient. Drake encaissa, ne s'arrêta pas. Le long des murs s'étiraient parfois de minuscules potagers aux rares plantations protégées des bêtes par de grossières palissades de palmes séchées.

Pareille à l'étrange fantôme ravisseur d'une princesse endormie, la haute silhouette de Drake semblait flotter sans un bruit entre les maisons de terre. Chaque minute de silence supplémentaire était une victoire, le calme signifiait que leur fuite n'avait pas encore été découverte. Il ne connaissait que trop le bruit que faisait une meute lancée en chasse...

Leurs ombres disparurent dans les premiers bosquets de la palmeraie jouxtant le village. Drake éprouva un vif soulagement lorsqu'il s'aperçut qu'au pied du village, encaissé dans le plat du val, serpentait un étroit cours d'eau. Tout son corps lui disait de s'arrêter pour boire, mais Drake fit un effort supplémentaire de volonté pour s'éloigner d'abord des habitations. Ses pieds accrochaient parfois un caillou sur lequel il manquait de trébucher.

Lorsque, enfin, il fut assez éloigné pour se sentir en sûreté, il décida de faire une pause. Un chien jappa quelque part vers les maisons, mais ils étaient déjà loin.

Dans le clair de lune, il repéra un talus auquel il adossa Alexandra, la déposant avec soin sur le sable frais. Dans son inconscience, la jeune femme s'était agrippée à sa chemise. Il dut se pencher et lui détacher les doigts un à un. Il souffla, fourbu, et jeta un coup d'œil à sa montre. Il lui restait peut-être deux heures avant que Salem ne découvre la chambre vide.

Il descendit vers le ruisseau et mit ses mains en coupe pour boire l'eau tant espérée. Il but avidement. L'eau fraîche lui redonnait vie, éclaircissait ses pensées.

Soudain, un bruit, un gémissement : Alexandra s'agitait, se débattait violemment, et un soubresaut la fit rouler au bas du talus. Drake se précipita et l'arrêta dans ses bras. La jeune femme lui administra un violent coup de coude sous le menton. Sa roulade l'avait à demi réveillée.

— Lâches, vous êtes des lâches, grogna-t-elle.

Tom eut un sourire amusé – sacré caractère cette fille, elle n'avait pas même ouvert les yeux qu'elle reprenait la lutte...

Elle esquissa un coup de pied trop lent pour blesser qui que ce soit. Elle balaya l'air du bras à l'aveuglette et tenta d'atteindre celui qui la maintenait. Maladroitement, avec des gestes imprécis et sans vigueur, elle frappa du poing la poitrine de Drake, qui ne broncha pas.

— Ne me touchez pas, grommela la jeune femme. Laissez-moi. Personne ne paiera un dirham pour moi, personne ne tient à moi. Vous avez fait la plus mauvaise affaire de votre vie.

— Ne vous énervez pas, c'est moi, Drake.

Ses mots firent l'effet d'une douche froide. La jeune femme ouvrit brutalement des yeux écarquillés, dévisageant avec un regard encore embrumé l'homme qui se penchait sur elle.

— Que faites-vous dans ma chambre ? demanda-t-elle d'un ton mi-effrayé, mi-surpris.

— Vous devriez plutôt demander comment j'ai fait pour vous en sortir !

Alexandra se redressa sur un coude, faisant des efforts visibles pour chasser la brume dans laquelle elle flottait. Elle essaya de se relever davantage, mais l'épuisement et les tranquillisants l'en empêchèrent. Essoufflée, elle demanda :

— Comment m'avez-vous retrouvée ? Vous n'aviez pas caché un micro ou un émetteur sur moi, au moins ?

Drake secoua la tête avec un demi-sourire.

— Cela m'aurait simplifié la tâche, mais non.

— Ces types, vous les avez arrêtés ? Qu'est-ce qu'on fabrique dans le noir au milieu des palmiers ?

Drake la saisit par les épaules dans un geste d'une douceur qui surprit la jeune femme.

— Vous devriez vous calmer, la rassura-t-il. Je vais vous expliquer.

Alexandra promenait son regard ahuri du visage du jeune homme mal rasé aux palmes agitées par le vent.

— J'ai été enlevée, hein ?

Drake acquiesça d'un hochement de tête.

— Vous m'avez retrouvée ?

— Je vous ai suivie.

— Vous savez où nous sommes ?

— Quelque part au milieu de l'Atlas. Nous nous trouvons, si mes calculs sont exacts, à un peu plus de trois cents kilomètres de Marrakech.

— Vous n'en savez pas plus ?

Elle paraissait vaguement déçue. Pas de doute : Mlle Dickinson reprenait vite ses esprits.

— Je n'ai eu le temps de prendre ni carte, ni brosse à dents, rétorqua-t-il, pas même mon smoking quand je me suis accroché au camion qui vous emmenait. Je ne voulais pas vous perdre.

La jeune femme ouvrit des yeux incrédules.

— Vous avez fait plus de trois cents kilomètres accroché à un camion ?

— C'est à peu près ça, fit le jeune homme en songeant douloureusement à ses courbatures.

Alexandra demeura quelques instants silencieuse, le regardant avec intensité. Au bout d'un moment, elle détourna le regard et se frotta les yeux. Secouée par un frisson, elle referma ses bras autour de sa poitrine, comme pour se réchauffer. Elle avait du mal à s'éclaircir les idées.

Drake ne pouvait s'empêcher d'éprouver une certaine admiration pour la jeune femme. Là où n'importe qui serait en état de choc, prostré et probablement quelque peu hystérique, Alexandra faisait preuve d'un remarquable sang-froid. Arriver à poser des questions aussi sensées en ayant un comportement presque normal alors qu'elle était encore sous l'effet de puissants calmants relevait de la performance. Tom n'en était pas étonné outre mesure. Elle avait un sacré caractère, mais elle était d'une trempe hors du commun, et cela, il l'appréciait.

— Vous devriez boire un peu, lui conseilla-t-il. Le ruisseau est juste derrière, ne bougez pas, je reviens.

Il se releva et s'éloigna dans la nuit. Il alla s'agenouiller près du flot et prit un peu d'eau dans ses paumes jointes.

Il l'entendit soudain l'appeler. Il revint aussi vite qu'il le put sans tout renverser.

— Qu'y a-t-il ?

— Pouvez-vous me dire où sont mes ravisseurs en ce moment ?

— À environ quatre kilomètres dans la montagne, en train de dormir. Ils comptaient vous emmener avant le lever du soleil vers une autre destination.

La jeune femme opina du chef sans un mot.

— Buvez, fit Drake en lui tendant ses mains en coupe.

Alexandra avala quelques gorgées et s'étrangla.

— Avez-vous prévenu mon père ? Nous attendons de l'aide ?

— Pour être honnête, nous sommes assez loin de cette configuration.

— Arrêtez vos figures de style ! fit la jeune femme. On est au milieu de nulle part en pleine nuit, j'ai encore le bras endolori par leurs saletés de piqûres, alors dites-moi où nous en sommes !

Son ton s'était adouci sur ces derniers mots – elle cherchait davantage à convaincre qu'à ordonner.

— Eh bien pour faire court, nous n'aurons pas d'aide parce qu'il n'y a ni téléphone, ni radio. Votre père ne risque pas de nous chercher parce que la dernière fois que je lui ai parlé, nous avons convenu de nous recontacter vendredi prochain, dans quatre jours. Il ne s'inquiétera pas avant et il aura peu de chances de nous localiser après...

Alexandra accusa le coup. Elle réfléchit quelques instants avant de déclarer d'une voix où perçait la tension :

— Donc nous sommes seuls, vous et moi, au milieu de ces palmiers, à attendre que ceux à qui nous venons d'échapper nous poursuivent, c'est ça ?

— En résumé, oui.

Elle baissa la tête.

— On ne s'en sortira pas. Je me demande si vous n'auriez pas mieux fait de me laisser avec mes ravisseurs, eux au moins avaient un plan !

La jeune femme se reprit aussitôt.

— Je suis désolée, je ne sais plus ce que je dis, ça doit être leur drogue, ou la fatigue.

Drake ferma les yeux et acquiesça. Au moins, elle s'excusait. Il y avait du progrès... Il se frictionna la tête comme il avait l'habitude de le faire quand il était épuisé.

— Vous savez, reprit-il, je ne veux pas vous accabler, mais s'il n'y avait pas eu cette histoire de faux enlèvement, j'aurais pu faire boucler la ville et vous n'auriez jamais atterri ici...

— La police a refusé de vous aider ?

— Comment leur en vouloir ? On a mis Marrakech à feu et à sang pour un caprice, imaginez la tête du commissaire lorsque le lendemain, je lui ai expliqué que ça recommençait et que cette fois, c'était sérieux...

— Aucun secours, aucune aide... murmura Alexandra, désemparée.

— Enfin presque, expliqua Drake en désignant son poignet. Un des adjoints du commissaire m'a prêté sa montre...

La jeune femme ne dit rien. Dans la pénombre, il crut voir des larmes couler sur ses joues.

— Ça va ? s'inquiéta-t-il.

Pour toute réponse, Alexandra éclata en sanglots. Drake avait vu beaucoup de choses au cours de son parcours, il savait se battre, gérer les situations de crise, il était entraîné à protéger les politiques et les puissants, mais rien dans sa formation ne l'avait préparé à agir face à une jeune femme désespérée... Il s'assit à côté d'elle et, après une hésitation, passa son bras autour de ses épaules. Elle se contorsionna pour lui échapper.

— Je n'ai pas besoin de votre pitié, lâcha-t-elle. Mon père n'arrêtait pas de me dire que je courais un risque et je ne l'ai jamais cru. Il avait raison, vous aviez raison, tout est ma faute...

Puis, à bout de forces et de nerfs, Alexandra cessa brusquement de lutter contre ce trop-plein d'émotion. Elle se laissa aller contre son garde du corps, secouée par les sanglots. Drake ne savait plus que faire. Il avait les bras écartés et n'osait pas les refermer autour de la jeune femme qui s'appuyait maintenant contre lui.

Elle continuait de pleurer à chaudes larmes, tout son corps frissonnant de froid et de tension nerveuse. Drake finit par resserrer les bras sur elle. Cette fois, elle se laissa faire. Ils restèrent ainsi, immobiles dans la nuit, l'un contre l'autre.

Alexandra ne savait plus que croire, quoi ressentir. Loin de tout, dans le froid de la nuit nord-africaine, elle avait bien du mal à saisir le tour que prenait son existence. Tout cela semblait si improbable... Elle avait été enlevée, puis délivrée par cet homme qui tenait bon malgré la façon dont elle le traitait. Elle se serrait contre lui alors qu'elle s'était crue capable de le haïr... et n'avait pas le moindre désir que cela cesse. Pour la première fois de sa vie, Alexandra avait envie, au moins pour un moment, de confier les rênes à un autre, de se fier à quelqu'un, de se laisser guider. C'était nouveau pour elle. Elle avait eu peur, peur de ne plus être libre et, elle se l'avouait à présent, peur aussi de ne plus avoir le lieutenant Drake sur les talons...

Lui non plus ne savait que penser. Il avait d'abord détesté cette fille qui se blottissait contre son torse mais à présent, il devait bien admettre qu'elle le fascinait. Derrière sa malice, sa provocation, il y avait une vraie force de caractère, de la volonté et un esprit affûté. Il était séduit par son allure et ce qu'il sentait de généreux en elle, caché derrière cette fierté un peu bravache et provocatrice. Malgré tout le professionnalisme dont il se savait capable, Drake était obligé de reconnaître que ce qu'il avait accompli, il ne l'aurait jamais enduré pour quelqu'un d'autre. Ce qu'il avait supporté, ce qu'il avait tenté de manière inconsidérée, il ne l'aurait jamais osé pour personne. Ce n'était pas au nom de sa mission qu'il avait fait tout cela, mais pour Alexandra. En prendre conscience lui ouvrit les yeux : il éprouvait pour elle bien davantage qu'une simple attirance.

Sous les étoiles de l'Atlas, les deux jeunes gens vivaient un moment hors du temps, fort et rare, et pour la première fois, partagé. Drake savait que ces minutes de bonheur étaient incongrues dans leur situation, mais il ne pouvait se résoudre à les écourter.

Ils auraient dû utiliser leurs forces pour fuir, pour se cacher, conserver leur dérisoire avance. Ce moment d'insouciance face à l'urgence allait leur coûter cher. Très cher.

24

Avec l'aube, le vent était retombé. Alexandra avait dormi quelques heures, recroquevillée dans les bras de Tom. Les ravisseurs ne les avaient toujours pas débusqués. Il y avait bien eu ces bruits de moteur et de dérapages peu avant quatre heures mais plus rien depuis, hormis le ronron régulier des véhicules qui peinaient sur la pente de la grande route traversant le village.

Alexandra ouvrit les yeux. Elle découvrit le ciel déjà clair devant lequel se balançaient lentement les palmiers. Elle s'étira, encore engourdie de sommeil. Drake la regardait, elle lui sourit.

— Que faites-vous torse nu ? demanda-t-elle.

— Vous aviez froid, je vous ai couverte avec le peu que j'avais.

La jeune femme se redressa et libéra Drake de son poids. Il ne put s'empêcher de pousser un soupir de soulagement en retrouvant sa liberté de mouvement.

— Il y a des heures que vous me tenez contre vous, vous auriez dû me laisser m'allonger sur le sol.

— Vous auriez attrapé froid.

Ankylosé, il se mit debout avec difficulté, frictionna ses genoux et fit quelques étirements pour assouplir muscles et articulations et activer la circulation sanguine. En se levant, Alexandra fut prise d'un léger vertige. Drake la rattrapa.

— Appuyez-vous sur moi. Nous devons marcher. Il ne faut pas rester dans le coin.

— Et les ravisseurs ?

— Pas trace pour l'instant.

La jeune femme lui rendit sa chemise.

— Tenez, vous avez dû grelotter. Merci. Je me sens mieux.

— Méfiez-vous quand même, l'organisme met plusieurs jours à évacuer les tranquillisants. Si vous vous sentez fatiguée, il faut le dire.

Elle opina et demanda :

— Quel est votre plan ?

— Nous devons nous éloigner du village, nous allons suivre le cours d'eau vers le nord et nous tenterons notre chance sur la route. Peut-être quelqu'un acceptera-t-il de nous ramener à Marrakech ?

Les deux jeunes gens se mirent en chemin.

Ils avançaient en prenant soin de rester à l'ombre des palmiers qui bordaient les rives. D'autres petits cours d'eau venaient de place en place grossir le flot de ce qui devenait peu à peu une rivière. L'onde était claire. Alexandra et Drake s'y arrêtèrent à plusieurs reprises pour boire ou se rafraîchir. Alexandra ne se plaignait ni de la fatigue, ni de la faim.

S'il n'avait pas été pourchassé, Tom aurait pu se dire qu'il vivait certaines des heures les plus merveilleuses de sa vie. Le soleil n'était pas trop chaud au travers des palmes et l'eau les accompagnait, toujours prête à leur offrir sa fraîcheur.

Alexandra faisait preuve d'une surprenante bonne humeur, à tel point que Drake envisageait qu'il puisse s'agir d'un effet secondaire des produits qui lui avaient été injectés.

— Vous tenez le coup ? demanda-t-il.

— Plutôt bien, répondit d'abord la jeune femme, avant de froncer les sourcils et d'ajouter sur un ton moins enjoué : Enfin, je ne sais pas vraiment. J'ai l'impression de ne pas trop savoir où je suis ni ce que je fais. J'ai le cerveau dans du coton, je flotte. On dirait que j'ai bu.

Drake ne releva pas sa dernière remarque, même si cela correspondait parfaitement à ce qu'il pensait...

— Il va falloir que nous forcions l'allure, expliqua-t-il. J'aimerais éviter de marcher aux heures où le soleil est le plus chaud. Ce n'est pas raisonnable dans votre état.

La jeune femme pouffa de rire. Drake haussa un sourcil et demanda ce qu'il y avait de drôle. Alexandra fit un geste évasif et se mit à rire de plus belle. Devant son air ahuri, elle finit par lui confier :

— Dites plutôt que vous avez peur des coups de soleil ! Je me souviens de vous à Madagascar la première fois que je vous ai vu : vous étiez blanc comme une endive, on aurait dit que vous aviez passé votre vie dans une cave ! D'ailleurs regardez-vous, vous avez la marque du col de la chemise !

Elle tendit la main pour toucher le tissu, effleurant sa joue au passage. Drake eut un large sourire, autant parce que c'était vrai que parce qu'il n'aurait jamais cru voir Miss Alexandra Dickinson dans une pareille euphorie…

La rivière débouchait sur une petite oasis cernée de verdure. Quelques chèvres s'acharnaient sur les plus jeunes pousses. Une partie des berges avait été aménagée à l'aide de blocs de roche brune qui formaient une margelle. Entre deux bouquets de palmiers, on devinait la route qui serpentait plus loin, en surplomb, s'insinuant entre les crêtes rocheuses.

Même si elle ne se plaignait pas, Alexandra donnait des signes de fatigue. Elle ne parlait plus et ne semblait plus aussi insouciante. L'oasis ferait une étape salutaire.

La jeune femme se cala au pied d'un palmier et contempla la vision d'Éden qui s'offrait à elle. Drake s'éloigna pour cueillir quelques fruits. Il revint avec deux bons kilos d'agrumes dans sa chemise nouée en baluchon.

Lorsque les deux jeunes gens se résolurent à abandonner l'ombre accueillante de l'oasis pour continuer leur chemin dans la vallée brûlante, ils n'avaient plus faim et le soleil n'était plus loin de disparaître derrière les crêtes.

— Nous n'avancerons plus aussi vite, pronostiqua Drake, mais nous devons aller le plus loin possible.

— La journée m'a laissé un souvenir étrange, confia Alexandra, j'ai le vague sentiment d'avoir beaucoup ri et peu marché.

— Vous avez pourtant beaucoup marché... et ri pour n'importe quoi pendant plusieurs heures.

Alexandra se tut. Elle se sentait confuse, mais elle ne savait pas quelle était la part des produits là-dedans.

Ils progressèrent encore pendant près d'une heure, sans eau. Alexandra avait noué la chemise de Drake sur sa tête pour se protéger du soleil. C'est avec une réelle joie qu'ils virent disparaître l'astre du jour derrière la montagne. Une ombre apaisante recouvrit bientôt l'étroite vallée.

— Nous allons remonter vers la route. Je ne tiens pas à passer une autre nuit à la belle étoile.

Alexandra ne répondit pas. Elle n'avait d'ailleurs pas dit un mot depuis un certain temps.

— Vous voilà moins loquace que ce matin, fit remarquer Drake.

Au-delà des reflets rouges dus au couchant, il crut voir la jeune femme s'empourprer.

— Ne vous inquiétez pas, s'amusa-t-il, vous êtes restée très convenable.

— Merci de votre gentillesse, mais la mémoire me revient progressivement et j'ai honte.

— Je vous assure qu'il n'y a pas de quoi. Et puis nous avons d'autres problèmes.

La pente se faisait plus abrupte, Alexandra peinait. Elle s'agrippait parfois à la main que lui tendait Drake pour l'entraîner plus haut.

Arrivés sur un petit promontoire, ils marquèrent une pause. Le jeunne homme expira bruyamment et estima la distance qu'il leur restait à parcourir avant d'atteindre la route.

— Nous y serons dans une vingtaine de minutes.

— Je suis épuisée. Je me demande comment vous tenez. Vous devriez être à bout de forces.

— Je ne dis pas que lorsque nous serons rentrés, je ne ferai pas une sieste de plusieurs jours…

La jeune femme éclata de son gracieux rire cristallin et lui fit face.

— Vous savez, Tom, je veux que vous sachiez que je vous suis extrêmement reconnaissante de ce que vous faites pour moi. Je ne sais pas où j'en serais sans vous.

— Vous seriez confortablement assise sur une chaise au frais avec un fusil sous le nez et votre père serait moins riche de quelques millions de dollars.

Alexandra sourit. Il reprit :

— Mais le sort en a décidé autrement. L'avenir est assez incertain. Mais tout n'est pas noir dans ce tableau : votre père est toujours aussi riche.

Drake lui tendit la main, Alexandra la saisit sans hésiter et ils reprirent leur ascension.

La route n'était plus loin – la piste poussiéreuse gravissait péniblement le flanc d'un coteau sablonneux. Prudent, Drake termina de grimper seul, laissa Alexandra en contrebas. Il déboucha dans une courbe assez large. De là, il voyait les voitures approcher de loin, surtout celles qui venaient du sud.

Alexandra l'observait d'en bas. Il semblait tellement grand. Cette histoire lui aurait au moins permis d'apprendre à le connaître. Elle qui le jugeait superficiel et imbu de lui-même l'avait, depuis la nuit dernière, découvert courageux et très prévenant avec elle. Un jour peut-être, s'il n'était plus son garde du corps, ils pourraient devenir amis... Elle chassa aussitôt cette pensée. Une crainte sourde, inattendue, l'étreignit à l'idée qu'un jour Tom ne soit plus constamment avec elle.

Il lui fit signe. Elle répondit d'un petit geste de la main.

— Tout va bien ? demanda-t-il d'une voix qui résonna un peu trop fort dans le silence environnant.

Elle hocha la tête. Elle mourait de soif, de faim, elle se sentait sale et exténuée, mais elle ne voulait pas qu'il s'inquiète pour elle.

Il fallut une bonne demi-heure avant qu'un véhicule ne fasse son apparition. Un camion qui allait vers le sud, mais qui, malgré les grands signes de Drake, ne s'arrêta pas.

Lassée d'attendre à plusieurs mètres alors qu'il n'y avait pas un chat, Alexandra décida de monter le rejoindre. Drake écoutait attentivement, à l'affût d'un bruit de moteur dans le souffle du vent. L'arrivée de la jeune femme le fit sursauter.

— Je vous avais dit d'attendre en bas.

— Vous ne préférez pas que nous attendions ensemble ? Au moins, on peut parler. Qui sait combien de temps on va rester ici...

— S'il se passe quoi que ce soit, je préfère que vous soyez cachée.

Elle le fixa, cette lueur de défi qu'il connaissait bien dans le regard. Drake comprit qu'Alexandra ne redescendrait pas. Mais au fond, il n'était pas mécontent qu'elle reste près de lui.

Quelques voitures passèrent encore, mais aucune ne s'arrêta. Il était tard maintenant, il y aurait de moins en moins de passage. Alors que Drake commençait à se dire qu'ils n'échapperaient pas à une autre nuit dans l'Atlas, il repéra la lueur de phares venant du sud, à bonne allure.

Comme à chaque fois, Alexandra descendit se cacher. De virage en virage, le véhicule apparaissait et disparaissait au gré des reliefs. Drake attendrait qu'il approche pour faire signe. Entre la nuit et les phares aveuglants, il était difficile de dire s'il s'agissait d'un camion ou d'une voiture.

Le véhicule entama la courbe. Drake fit de grands gestes et le chauffeur freina aussitôt. Le véhicule – ce pouvait être un Dodge ou un break – s'immobilisa à quelques mètres. Un homme en descendit, il salua en arabe et s'avança.

Lorsqu'il entra dans le faisceau des phares, Drake sut que ce n'était pas le coup de chance espéré : Salem le tenait en joue.

— Où est la fille ? demanda celui-ci sèchement.

Drake n'avait qu'une issue. Alexandra se trouvait derrière un bosquet en contrebas. Dans leur fuite, ils auraient l'avantage de la connaissance du terrain.

Il plongea brusquement vers Salem. Celui-ci tendit le bras pour tirer, mais le coup de pied circulaire que lui balança le lieutenant envoya voler son arme. Dans le même élan, Drake effectua un bond impressionnant dans la pente pour s'échapper.

Il n'avait pas encore touché le sol quand le coup de feu claqua. Le chauffeur qui avait tiré connaissait son métier : il ne l'avait pas manqué.

25

Tom lui avait dit de fuir si quelque chose se passait, il lui avait fait promettre de ne pas se retourner, de ne pas s'occuper de lui. Elle l'avait vu bondir, s'envoler au-dessus du talus, et elle avait entendu la détonation dans la nuit. Sans hésiter, elle avait désobéi. En voyant son corps retomber dans la pente, glisser comme un pantin désarticulé dans les pierres et les broussailles, elle avait tout oublié. Elle s'était élancée vers lui.

Il fallut plusieurs mètres avant qu'il n'arrête de dévaler. Alexandra criait son nom. Dans l'obscurité, elle chercha fiévreusement son corps. Elle finit par le trouver, gluant de sang, inerte. Des voix venaient de la route. Alexandra se retrouva prise dans les faisceaux de plusieurs lampes torches. La voix goguenarde de Salem s'éleva, faisant taire les deux autres.

— Mademoiselle Dickinson, quelle bonne surprise ! Nous nous faisions du mauvais sang pour vous.

Alexandra se releva, le corps de Drake à ses pieds. Elle était en rage, les poings serrés à s'en faire rentrer les ongles dans la paume.

— Venez m'aider ! cria-t-elle, furieuse et désespérée. On ne peut pas le laisser comme ça !

Salem eut un rire féroce et, d'un signe de la main, envoya un de ses hommes.

— Remontez, mademoiselle Dickinson, nous avons encore de la route à faire. Vous et votre garde du corps nous avez déjà fait perdre assez de temps comme ça.

L'homme de Salem se pencha sur le corps de Drake et le secoua sans ménagement. Dans la lumière de la torche, Tom était couvert de sang. Impossible de savoir où la balle l'avait atteint tant les blessures et les entailles dues à sa longue chute étaient nombreuses. L'homme le poussa du pied. Il n'eut aucune réaction.

Alexandra siffla entre ses dents :

— Espèce de salopard, il est blessé ! Ne le traitez pas comme ça ! Je vous jure que vous me le...

Salem la coupa :

— Ne vous donnez pas la peine de le menacer, mademoiselle. Kamal ne comprend pas votre langue et sans vouloir vous vexer, vous ne faites pas le poids. Les hommes qui font notre métier sont assez peu sensibles aux menaces féminines.

Il ajouta un ordre bref en arabe. L'homme se détourna de Drake et saisit sans douceur Alexandra par le bras pour l'obliger à remonter vers la route. Elle sentait que si elle laissait Drake ici, il ne survivrait pas. Elle regarda vers le haut et ne vit que Salem et le faisceau aveuglant des torches. Elle devait décider vite et ne pas se tromper. Elle savait que ses ravisseurs n'oseraient pas la maltraiter avant que son père ne leur ait donné satisfaction.

Elle fixa l'homme qui la tenait. Celui-ci aboya quelques mots en arabe et serra son bras plus fort, agita sa torche de l'autre main pour lui intimer de monter. À la ceinture, il avait un pistolet...

Faisant mine d'obtempérer, elle s'approcha de Kamal et, sans hésiter, plongea pour attraper l'arme. L'homme crut qu'elle avait glissé et tenta d'abord de la retenir. Lorsqu'il se retrouva face au canon de son propre automatique, il resta sans voix.

Alexandra lui prit la torche des mains et revint devant le corps de Drake. D'un mouvement sec du canon, elle fit signe à l'homme, penaud, de rejoindre ses complices et braqua la lampe vers Salem.

— Je sais que vous ne pouvez pas me faire de mal ! lança-t-elle d'une voix pleine de défi.

Salem ne répondit pas.

— Si j'ai tort, insista-t-elle, provocante, tirez-moi dessus !

Salem et ses hommes restèrent silencieux. La voix de la jeune femme résonna à nouveau dans la nuit.

— Vous allez venir chercher cet homme et le remonter avec autant de précaution que si c'était une caisse de nitroglycérine. Nous l'emmènerons chez un médecin.

— Et que ferez-vous si nous refusons ? Vous ne pourrez pas nous tuer tous les trois.

— Je n'ai pas l'intention de vous tuer.

— Alors posez cette arme et obéissez.

— Si je suis blessée, je suis bien certaine que votre patron vous le fera regretter, et si je meurs, personne ne vous paiera. Vous serez grillés. Définitivement. Et avec un peu de chance, on vous supprimera. Remarquez que ce n'est pas moi qui m'en plaindrai.

— Vous voulez qu'on sauve votre garde du corps, faute de quoi vous attenterez à vos jours, c'est ça votre plan ? demanda Salem d'un ton ironique.

— Si vous l'aidez, je vous obéirai ; si vous refusez, je vous jure que je vais devenir une marchandise sans valeur...

Pour toute réponse, Salem éclata de rire. Sans trop savoir pourquoi, ses deux complices l'imitèrent.

Alexandra savait que le bluff ne tiendrait pas longtemps. Elle était certaine que si elle cédait, Tom mourrait. Hors de question pour elle de le laisser tomber.

Elle retourna l'arme contre elle et, très vite pour ne pas flancher, se tira une balle dans le bras.

26

La détonation claqua dans la vallée comme un coup de tonnerre. La douleur fut fulgurante, comme si un animal gigantesque lui arrachait le bras avec ses crocs. Alexandra s'effondra à genoux dans un hurlement. Les hommes de Salem crièrent eux aussi, de surprise et d'incrédulité.

La jeune femme releva la tête et regarda Salem dans les yeux. Les larmes coulaient, mais elle ne cillait pas. Elle articula d'une voix rauque :

— Je vous demande de remonter Drake à la voiture.

Salem vociféra des ordres à ses hommes, qui s'élancèrent aussitôt dans la pente. Ils s'approchèrent de Drake sans lâcher Alexandra des yeux. Elle recula de quelques pas en se tenant le bras. Les deux hommes, de constitution normale, avaient visiblement de la difficulté à remonter le grand corps de Tom.

Alexandra les suivit à quelques pas, résistant de son mieux à la douleur pour ne pas gémir. Des larmes chaudes roulaient le long de ses joues poussiéreuses. Le seul homme qui aurait pu la tirer de tout cela était peut-être en train de rendre son dernier souffle juste devant elle…

Arrivés sur la route, les deux comparses déposèrent le corps de Drake sur le bas-côté. Salem s'approcha et prit son pouls à la gorge.

— Il est vivant, son cœur bat régulièrement.

Il se releva et fit un pas vers Alexandra. Il était blême de colère.

— Vous êtes folle, mademoiselle Dickinson, complètement folle.

— Vous ne devriez pas parler comme cela à une femme armée.

L'homme jeta un coup d'œil au revolver braqué.

— Nous allons déposer votre garde chez un médecin.

Il fit signe à ses hommes d'installer Drake sur la banquette arrière du Range. Alexandra les observait en serrant son biceps blessé. La douleur l'élançait, la tête lui tournait un peu.

— Où comptez-vous m'emmener ? demanda-t-elle.

Salem réagit vivement.

— Je ne peux pas vous le dire, vous comprenez…

— Je ne vous demande pas d'adresse, dites-moi simplement quel temps de trajet nous avons.

Salem réfléchit quelques instants et répondit :

— Environ six heures.

— Alors, déclara la jeune femme, je veux qu'on emmène Drake. Je veux rester près de lui. Je veux que vous me laissiez le soigner pendant ma détention.

Salem fronça les sourcils, décontenancé.

— C'est impossible, balbutia-t-il, on ne connaît même pas la gravité de sa blessure…

— Vous venez de dire qu'il allait bien et que son pouls était régulier.

— Mais si pendant le trajet, il…

— Nous perdons du temps. En route.

— Mademoiselle, donnez-moi cette arme, vous vous êtes fait assez de mal comme ça. Et laissez-nous examiner votre bras.

La voix était étonnamment douce, implorante. Alexandra comprit que Salem aurait fait n'importe quoi pour reprendre la situation en main. Elle se contenta de pointer la voiture du canon.

— Vous devant, un de vos hommes avec nous sur la banquette arrière.

Salem tenta bien de protester, mais la jeune femme ne le laissa pas faire. Il se résigna à dicter ses conditions à ses hommes, qui le regardaient, stupéfaits. Ils étaient aux ordres de l'otage, maintenant ?

Alexandra prit place à l'arrière du véhicule. Drake était inconfortablement étendu sur la banquette. Elle posa la tête du blessé sur ses cuisses. Il ne bougeait toujours pas. La blessure la plus importante, celle due à la balle, se situait à la cuisse droite. Kamal monta par la portière opposée et tenta de se glisser entre les pieds de Tom et l'accoudoir.

Désignant le chauffeur, Alexandra demanda :

— C'est lui qui a tiré, n'est-ce pas ?

Craignant la réaction de la jeune femme, Salem hésita à répondre.

— C'est lui ou c'est vous ? insista-t-elle en agitant nerveusement son arme.

— C'est lui, confirma-t-il d'une voix basse.

De sa place, Alexandra administra à l'homme une monumentale gifle par-derrière. Celui-ci se retourna, surpris et haineux. Salem lui intima l'ordre de démarrer. Le chauffeur mit de longs instants à obtempérer. Empli d'une rage froide, il fixait Alexandra, qui soutenait son regard sans ciller.

La voiture démarra enfin et fit demi-tour pour repartir vers le sud. Personne ne parlait. Alexandra caressait le front de celui qui était toujours inconscient, à demi allongé sur elle. N'avait-il pas fait de même pour elle la veille ?

La jeune femme ne lâcha son arme que pour essuyer sa blessure. Elle accepta la bande de gaze que lui tendit Salem, mais refusa qu'ils la touchent. Elle la noua elle-même sur son bras. Chaque fois qu'un des hommes faisait mine de la regarder, elle se pointait le canon sous la gorge pour bien leur faire comprendre qu'elle n'avait pas renoncé à sa folle intention. Ce geste suffisait amplement à empêcher tout dialogue.

Plus tard dans la nuit, lorsqu'ils eurent piqué vers le sud-ouest, Salem la convainquit de se laisser bander les yeux. Il lui avait expliqué – avec une certaine compassion d'ailleurs – que si elle connaissait la route menant au commanditaire de son enlèvement, elle diminuait sérieusement ses chances de se voir libérer un jour...

Elle avait donc accepté de porter un foulard sur les yeux et tenait de sa seule main valide l'arme pointée en permanence sous sa mâchoire. Elle n'avait pas la moindre envie de mourir, elle n'était même pas sûre d'avoir le courage de tirer à nouveau, mais les hommes semblaient avoir accepté sa résolution. Ils savaient qu'elle était assez folle – ou assez déterminée – pour agir de façon extrême.

Alexandra aurait bien voulu que Drake se réveille. Elle aurait été rassurée sur son état et se serait sentie moins seule. Mais pour lui, il était préférable de rester assommé, ou endormi. De plus, avoir à le protéger évitait à Alexandra de penser à sa propre situation. En faisant bouclier de sa personne, elle oubliait ce qui l'attendait. Le sauver donnait un sens à sa vie, une force à son combat. Et finalement, même si son compagnon était inconscient, elle n'était plus seule.

27

La voiture roulait plus vite. Même les yeux bandés, Alexandra sentait que le véhicule ne peinait plus dans les pentes. Aux lancinants virages de montagne avait succédé la monotonie d'une conduite rectiligne, à vitesse constante. Les ravisseurs ne parlaient pas, on entendait uniquement le ronflement sonore du moteur. De temps à autre, la voiture faisait une embardée ou un bond sur un nid-de-poule. Alexandra avait maintes fois failli céder au sommeil. Il lui avait fallu explorer les pires recoins de son imagination pour trouver une image suffisamment effrayante pour la maintenir éveillée.

Son bras blessé était tout engourdi. Le sang avait cessé de couler. Elle avait posé sa main ensanglantée sur la tête de Drake. Même si c'était un peu douloureux, elle lui caressait continuellement le crâne. Ses cheveux courts étaient doux lorsqu'ils n'étaient pas collés par le sang. De l'autre main, Alexandra gardait toujours le canon de son automatique contre sa gorge. Elle se consacrait entièrement à ces deux gestes. Il lui fallait une énergie incroyable pour tenir l'arme ainsi pendant des heures, combattant l'épuisement, les crampes et les démangeaisons. Elle se crispait sur la crosse, parcourait le crâne de Tom avec douceur. Cette sensation la rassurait. Elle éprouvait une légère gêne à l'idée de le toucher ainsi pendant qu'il était inconscient, mais ce sentiment n'allait pas jusqu'à l'arrêter. Drake n'aurait sans doute pas permis qu'elle l'approche ainsi, elle n'en aurait d'ailleurs certainement jamais eu l'occasion autrement...

Alexandra sombra ainsi dans une sorte de torpeur, tout entière occupée à recueillir les émotions d'une main et la souffrance de l'autre.

Le Range finit par quitter la route relativement confortable pour s'engager sur un chemin de terre sablonneux, puis sur une piste. Les cahots se succédaient sans cesse, secouant Alexandra en tous sens. Elle avait beaucoup de mal à maintenir son arme en place et fut obligée de laisser la tête de Drake pour se stabiliser avec son bras blessé. Certains sursauts étaient si violents qu'elle était littéralement soulevée de son siège et allait cogner de la tête dans le plafond tôlé.

Plusieurs fois, il lui sembla que le véhicule changeait de direction ; la pente redevenait ascendante avant de redescendre de façon abrupte. Les roues patinaient parfois dans le sable

Enfin, le véhicule s'immobilisa.

— On est arrivés ? demanda Alexandra.

Pas de réponse. Quelqu'un lui arracha son bandeau. Alexandra cligna des yeux plusieurs fois sous l'assaut de la lumière crue des projecteurs. Elle entendit le bruit sourd d'une porte immense qui se refermait derrière le véhicule. Elle se retourna et faillit en lâcher son pistolet de stupeur.

Le Range était maintenant prisonnier d'une enceinte barrée de deux gigantesques portes de bois, hautes de plusieurs mètres. Des hommes s'approchaient de la voiture.

Salem descendit le premier. L'air frais qui envahit soudain l'habitacle acheva de rendre ses esprits à la jeune femme. Salem échangea quelques mots en arabe avec les nouveaux arrivants. Un homme armé d'un pistolet-mitrailleur vint se poster juste devant sa portière. Il la dévisageait étrangement à travers la vitre sale.

Le chauffeur et l'autre acolyte de Salem sortirent à leur tour de la voiture. Alexandra resta seule à l'intérieur avec le corps toujours inerte de Drake. Salem discutait avec animation. Il finit par ouvrir cérémonieusement la portière et l'invita à descendre.

La vaste cour était puissamment éclairée. De nombreux massifs fleuris et une fontaine ornaient la place circulaire autour de laquelle tournait le chemin. La propriété paraissait immense. Hormis le mur d'enceinte et le poste de garde, Alexandra ne distinguait aucun bâtiment.

Dès qu'elle fut sortie du véhicule, elle vit arriver deux hommes avec un brancard. Elle crut naturellement qu'ils venaient pour Tom, mais Salem lui désigna la civière.

— Allongez-vous, vous êtes blessée. Notre médecin va vous examiner. Aucun mal ne vous sera fait, je vous en donne ma parole.

Alexandra observa Salem avec incrédulité.

— Je peux marcher, rétorqua-t-elle, mais votre brancard ne sera pas inutile.

Elle désigna Drake. Salem faillit perdre son sang-froid.

— Nous allons nous occuper de votre garde du corps, mademoiselle Dickinson, grinça-t-il, mais je dois d'abord vous faire examiner par le médecin de Son Excellence...

Salem s'interrompit. À l'évidence, il regrettait beaucoup d'avoir prononcé ces derniers mots. Agacé par l'inflexibilité de la jeune femme, Salem fit transporter Drake comme elle le demandait.

L'équipage se mit en marche à travers les jardins. Le soin apporté à l'entretien des massifs, les allées dallées de marbre coloré, les statues d'inspiration classique qui ornaient régulièrement les chemins, tout dans ce paradis dénotait le pouvoir et la richesse. L'endroit était complètement incongru dans ces régions sauvages.

Au détour d'une haie se profila un bâtiment tout droit sorti d'un conte des *Mille et Une Nuits*. Un palais blanc, haut de quatre étages, coiffé de coupoles d'un bleu profond et somptueusement décoré de motifs arabisants. Les portes à arc en fer à cheval étaient bordées de faïences et les escaliers taillés dans un marbre crème.

Alexandra, qui avait pourtant fréquenté les plus beaux palaces du monde, ne pouvait s'empêcher d'être admirative. Elle gravit une large volée de marches et pénétra derrière Salem dans le grand hall d'accueil. L'endroit était fascinant, impressionnant, somptueux. Les plafonds en voûte richement ornés renvoyaient la douce lumière dorée des lanternes de métal suspendues. Les meubles, les divans bas chargés de coussins tissés et les tapis brodés emplissaient l'espace sans nuire à son immensité. Des escaliers majestueux s'élevaient vers d'autres étages, et autant de couloirs plongeaient vers les profondeurs du bâtiment.

Les complices de Salem posèrent le brancard avec précaution sur le sol parfaitement lustré.

Au centre de ce hall royal se tenait un homme seul. Grand et mince, son attitude avait quelque chose d'impérial. Il pouvait avoir une quarantaine d'années. Les cheveux aussi sombres que le regard, le teint cuivré, l'homme eut un sourire affable qui révéla des dents éclatantes dans sa fine barbe parfaitement entretenue. Impeccablement vêtu d'un complet à l'occidentale même à cette heure de la nuit, il s'avança vers la petite troupe et s'inclina en posant sa main droite sur son cœur.

— Bonsoir, mademoiselle Dickinson, permettez-moi de me présenter et de vous souhaiter la bienvenue. Je suis…

— Son Excellence Ali Ben Medira, s'empressa de compléter Salem.

Même s'il parut surpris d'être interrompu de la sorte, l'homme ne s'en offusqua pas.

— Si étrange que cela puisse vous paraître, reprit-il, je tiens à vous dire combien je suis heureux d'accueillir une invitée de votre qualité… et de votre beauté. Les photos ne vous rendent pas justice.

L'homme se pencha pour baiser la main d'Alexandra, mais celle-ci la lui retira vivement.

— Comment osez-vous ? se cabra-t-elle. Libérez-moi sur-le-champ et invitez-moi de façon plus... conventionnelle. Alors nous nous reverrons peut-être.

L'homme la fixait d'un regard où se lisait du respect pour l'attitude de la jeune fille. Il répondit sereinement :

— Ce n'est pas possible, très chère, pas pour le moment.

Un vieil homme en djellaba et turban sombre fit son apparition. Aussitôt, Salem et les hommes s'écartèrent avec déférence. Ben Medira le désigna d'un geste ouvert.

— Voici Amghar, mon conseiller personnel. Il sait ce que je sais, il peut ce que je peux. Vous le verrez partout au palais.

— Si c'est lui qui vous a conseillé de m'enlever, vous pouvez le renvoyer immédiatement. C'est vraiment une idée idiote !

Ben Medira resta impassible, mais un rire plissa les yeux du vieil homme derrière son chèche. Alexandra ne voyait de lui que son regard clair et perçant qui ne la lâchait pas.

— Vous souhaitez probablement vous reposer, enchaîna Ben Medira. Brahim va vous montrer votre chambre.

Il frappa dans ses mains par deux fois et un jeune homme apparut au sommet de l'escalier principal. Il descendit rapidement les marches et s'inclina devant Alexandra.

— Je crois savoir que vous avez un médecin, déclara fermement Alexandra. Eh bien, qu'il vienne nous soigner, le lieutenant Drake et moi.

Ben Medira se pencha vers son conseiller, à qui il glissa quelques mots à l'oreille. Le vieil homme s'éloigna aussitôt et disparut.

— Prenez du repos, observa Ben Medira, demain sera une longue journée. Et puis-je vous suggérer de lâcher cette arme, elle ne vous sera d'aucune utilité entre ces murs...

Alexandra regarda autour d'elle et serra encore plus fort la crosse qu'elle n'avait pas lâchée une seconde depuis ce qui lui semblait une éternité.

— Nous verrons.

28

La chambre était immense. Un lit à baldaquin d'une époustouflante hauteur en occupait une bonne partie, laissant pendre soieries et tentures dans de chatoyants drapés. Un amoncellement de coussins tombait en cascade de la tête jusqu'au pied du lit. Une coiffeuse ornée d'une fine marqueterie de bois précieux lui faisait face, et, sur le côté, un impressionnant paravent de panneaux de moucharabiehs anciens découpait l'espace de ses élégantes dentelles de bois. Deux grandes fenêtres ouvraient sur le parc. L'air frais de la nuit freiné par les voilages ondulants rafraîchissait la pièce.

Les hommes de Salem déposèrent le brancard au milieu de la chambre, sur des tapis de tons vifs qui recouvraient le sol de marbre. Salem leur ordonna de sortir et se tourna vers la jeune femme.

— Dans les placards, vous trouverez vos vêtements de Marrakech.

Ouvrant les portes dissimulées dans les frises murales, il ajouta :

— Son Excellence vous a également procuré tout ce dont vous pourriez avoir besoin.

Les étagères regorgeaient de coûteuses robes suspendues, de chemisiers, de sandales, d'escarpins et de chapeaux de toutes formes. Le tout portait les griffes les plus prestigieuses.

— Il a choisi lui-même selon vos goûts.

Alexandra fixait Salem, hébétée. Avant qu'elle ait trouvé quoi répondre, Amghar, le conseiller de Ben Medira, fit son entrée dans la chambre, accompagné d'un homme qui portait une sacoche.

— Bonsoir, mademoiselle, fit celui-ci. Je suis le médecin personnel de Son Excellence.

L'homme posa sa sacoche sur un tabouret tout proche. La jeune femme inclina la tête d'un mouvement bref.

— Occupez-vous d'abord de Tom, dit-elle. Il n'a que trop attendu.

Le médecin s'approcha du brancard et s'agenouilla. Le conseiller et Salem s'apprêtèrent à sortir, mais Salem se retourna vers Alexandra.

— Je sais que vous n'écouterez pas mes conseils, mademoiselle, et pourtant celui-ci est avisé. Ici, vous êtes dans un monde qui a ses propres règles, son propre maître. Ne faites pas de bêtise. Ils sont cruels, ne tentez rien contre eux...

Alexandra ne répondit pas un mot. Salem fit demi-tour en secouant la tête et referma la porte derrière lui.

Le docteur dégrafa la chemise déchirée de Drake et commença à l'ausculter.

— Il a subi une chute, d'après ce que j'ai compris ?

— Il a surtout reçu une balle, précisa la jeune femme assez sèchement.

— À la cuisse, j'ai vu, mais c'est sans gravité. Ce sont les chocs à la tête qui sont responsables de son inconscience. Et il a de méchantes entailles. Je vais nettoyer tout cela et nous y verrons plus clair. Il lui faudra quelques points de suture.

Alexandra se pencha sur Tom. Il semblait dormir.

— À votre tour, annonça le médecin en s'approchant d'elle.

La jeune femme eut un mouvement de recul et leva la main.

— Un instant, je veux vérifier quelque chose.

Elle se dirigea vers la haute porte par laquelle étaient sortis Salem et ses hommes, et tourna la poignée. À sa grande surprise, elle n'était pas verrouillée. Elle passa la tête dans le couloir... Personne, ni garde, ni Salem, ni ce conseiller au regard perçant.

— Je sais ce que vous pensez, lança le médecin. Mais n'oubliez jamais que même si, dans ce palais, les portes et les fenêtres sont toujours ouvertes, l'enceinte du domaine est, elle, bien fermée. On ne sort pas sans que Son Excellence l'ait décidé. D'ailleurs, il faudrait être fou, il n'y a rien d'autre que le désert sur plus de cent kilomètres à la ronde...

Alexandra prit soudain conscience qu'elle se trouvait dans une prison. Dorée certes, mais une prison quand même.

Le médecin saisit doucement son bras et découpa ce qui lui restait de manche.

— Peut-être pourriez-vous poser cette arme ? suggéra-t-il.

— Qui me dit que vous n'allez pas me la retirer et perdre ce ton aimable ?

— Je travaille pour Son Excellence, c'est un fait, et je conçois que vous vous méfiiez de moi, mais je suis avant tout médecin. Je déplore le coup de feu tiré sur votre garde autant que la blessure que vous vous êtes infligée.

Alexandra hésita quelques secondes avant de déposer le pistolet sur le lit. Le docteur lui jeta un coup d'œil approbateur et entreprit d'examiner sa plaie. Une fois la gaze dénouée, la blessure de son bras apparut somme toute peu profonde. Il la désinfecta soigneusement et fouilla dans sa sacoche.

— Je vais vous faire une piqûre de...

— Hors de question, trancha la jeune femme. J'ai eu mon compte d'injections pour quelques années.

— Mais vous risquez l'infection !

— C'est toujours moins grave que ce que je risque en vous laissant m'injecter n'importe quoi.

Le docteur n'insista pas. Il pansa la plaie et prit congé en laissant une boîte de calmants sur la coiffeuse.

— Je vous envoie les femmes de chambre pour votre bain, conclut-il en refermant la porte.

Alexandra n'eut pas le temps de répondre, il était déjà parti. La pièce resta silencieuse. Elle se précipita vers Drake. Maintenant qu'ils étaient seuls, elle s'autorisait à avoir peur. Comment allaient-ils sortir de cette forteresse posée en plein désert, comment allaient-ils pouvoir s'évader de ce palais des *Mille et Une Nuits* barricadé ?

Alexandra se sentait prise au piège.

Leur solitude fut de courte durée. Trois femmes à la chevelure voilée d'un hijab firent bientôt leur entrée. Avec leurs robes qui descendaient jusqu'au sol et leurs petits pas, on aurait pu croire qu'elles volaient au ras des tapis. Elles ne parlaient pas la langue d'Alexandra. Elles lui firent comprendre qu'elles venaient pour les aider, Drake et elle, à se laver et à se changer. L'une d'elles sortit d'un placard un magnifique pyjama de soie ambre pendant qu'une autre entraînait la jeune femme vers une petite pièce attenante où celle-ci découvrit une impressionnante baignoire ronde et quatre vasques disposées sur les murs de la pièce. Le marbre sombre qui recouvrait les murs mettait en valeur les miroirs ciselés et les éclairages disséminés.

Alexandra leur fit signe de sortir. Après quelque insistance, elles obtempérèrent. La jeune femme n'était pas d'humeur à céder aux coutumes locales. Elle ne prit qu'une rapide douche et sortit aussi vite que possible pour ne pas laisser Drake seul. Sa blessure saigna un peu. Elle prit quelques essuie-mains et les plaqua dessus, puis l'aspergea du désinfectant que lui avait laissé le médecin.

Elle réapparut dans la chambre enroulée dans sa serviette. Les trois jeunes filles se tenaient près de la porte, parlant entre elles à voix basse. Elles firent silence en apercevant leur invitée, qui alla passer le pyjama derrière le paravent.

Alexandra leur fit signe de l'aider à transporter Drake dans la salle d'eau. À elles quatre, elles eurent quand même quelque difficulté à soulever l'athlétique jeune homme. Lorsque Alexandra vit les trois femmes de chambre commencer à le déshabiller sans complexe, elle préféra les laisser faire. Elle ressortit en prenant soin de tirer la porte derrière elle. Elle entendit les jeunes filles glousser.

Il leur fallut près d'une demi-heure pour le laver. Alexandra allait de la fenêtre à la porte, étudiant les lieux, observant les magnifiques décorations autant que les possibilités pour fuir. Les mots du médecin lui revinrent. Il paraissait si facile de sortir de ses appartements qu'elle aurait pu se croire libre. L'accueil et le luxe de sa captivité contrastaient étrangement avec la rudesse et la violence de son rapt. Elle se demanda ce que Ben Medira avait bien pu vouloir dire en parlant de la journée chargée du lendemain.

Lorsque les jeunes filles ouvrirent à nouveau la porte de la salle de bains et firent signe à Alexandra de les rejoindre, celle-ci ne s'attendait pas à subir un tel choc. En découvrant Drake étendu immobile sur un lit de serviettes, habillé de vêtements neufs et impeccablement rasé, ses cicatrices nettoyées, elle éprouva un sentiment irraisonné de panique : elle eut l'impression de voir un défunt à qui l'on aurait fait sa dernière toilette. Elle se précipita pour palper sa gorge, vérifier les battements de son cœur, sous le regard inquiet des femmes de chambre. Le pouls était régulier comme une horloge. Soulagée, Alexandra lâcha un grand soupir. Elle était de plus en plus pressée de le voir reprendre ses esprits...

Toutes les quatre transportèrent Drake sur le lit en prenant garde à sa cuisse blessée, dont le pansement faisait un léger renflement sous le pantalon de toile beige ; après quoi les jeunes femmes se retirèrent, laissant Alexandra seule avec lui. Dieu qu'elle aurait aimé entendre sa voix, que n'aurait-elle pas donné pour voir ses yeux grands ouverts poser sur elle leur regard bleu si particulier…

Elle s'approcha du lit, s'accouda sur les coussins de velours et se pencha au-dessus de Tom. Elle pouvait sentir son souffle sur sa joue. Elle resta ainsi un long moment, son visage tout proche, l'effleurant presque. Elle se recula ensuite légèrement pour mieux contempler ses traits, apaisés mais marqués d'innombrables petites griffures. Elle hésita à le toucher mais cette fois, en fut incapable. Elle n'osait plus.

Alexandra se redressa pour aller bloquer la porte comme elle le put à l'aide des tabourets et d'un petit guéridon de cuivre. À défaut d'arrêter qui que ce soit, le bruit l'alerterait. Elle ferma les fenêtres à l'espagnolette.

La jeune femme rassembla quelques coussins et alla s'allonger sur le grand sofa à côté de la coiffeuse. Elle glissa son arme sous l'un des coussins et se retourna sur le dos. Elle mit longtemps à trouver le sommeil, trop de questions harcelaient son esprit. Exténuée, blessée, elle perdit finalement le combat contre la fatigue. Une de ses dernières pensées concerna ce magnifique palais. Quelque chose ne tournait pas rond, l'endroit ne pouvait pas être aussi paisible qu'il le paraissait. C'était impossible, quand on songeait à ce dont ses occupants étaient capables…

Elle avait raison. Au moment même où elle sombrait dans le sommeil, deux silhouettes sombres se profilèrent dans l'ombre, surgies de nulle part, prêtes à agir…

29

La fenêtre découpait un vaste rectangle de lumière pâle sur les tapis de la chambre. Les voilages se soulevaient au gré de la brise fraîche du matin. Alors que les dernières brumes du sommeil s'évanouissaient, Alexandra reprit brusquement ses esprits. Elle ouvrit grands les yeux et se tourna vers la porte, sur le qui-vive. Le guéridon et les tabourets n'avaient pas bougé. Rassurée, elle s'étira.

Elle passa la main sous le coussin mais ne put attraper l'arme qu'elle y avait glissée la veille. Elle se redressa et s'assit en tailleur sur le sofa qui lui avait servi de lit. Avec méthode, elle retira les coussins un à un, sans plus de succès. Elle regarda sur le sol, sous le meuble. Rien.

Elle n'était malgré tout pas encore inquiète en se levant pour aller vers le lit – après tout, personne n'était entré dans la chambre…

Elle contourna le baldaquin et mit quelques secondes à comprendre. Le lit était vide. Drake n'était plus là. Il ne restait que l'empreinte de son corps dans les coussins.

Alexandra se sentit vaciller. Elle se raccrocha et cria son nom. Pas de réponse. Elle se précipita dans la salle de bains, mais il ne s'y trouvait pas. Rien non plus derrière le paravent. Elle se laissa tomber sur un tabouret et se prit la tête entre les mains. Se pouvait-il que Tom se soit réveillé dans la nuit et qu'il soit sorti sans bruit ? Impossible, le guéridon aurait été déplacé. Comment un homme inconscient avait-il pu se volatiliser ainsi sans que rien ait bougé dans la pièce ?

La jeune femme courut à la fenêtre et se pencha au-dehors. Personne. Uniquement le magnifique jardin qu'elle avait deviné à son arrivée. Elle fit volte-face et se rua dans le couloir, où elle se mit à hurler de toutes ses forces. Sa voix se déchirait de douleur et d'angoisse en résonnant dans les grands corridors déserts.

Brahim apparut soudain au fond du couloir.

— Que vous arrive-t-il ?

— Où est Drake ? l'apostropha-t-elle violemment.

— Je ne connais personne de ce nom, mademoiselle, répondit le jeune homme sur un ton uni.

— Où est l'homme qui est arrivé inconscient avec moi cette nuit ?

— Ah ! vous voulez parler de votre garde du corps ?

Alexandra, exaspérée par cette naïveté qu'elle jugeait hypocrite, opina nerveusement de la tête.

— Il avait besoin de soins, nous l'avons emmené.

— Je veux le voir.

— C'est impossible, mademoiselle. Le docteur l'interdit.

— Vous mentez, votre médecin l'a ausculté hier soir et il n'avait pas besoin de soins particuliers.

— Je vous promets, mademoiselle…

— Je veux voir Ben Medira. Immédiatement.

— Son Excellence vous attend dans le jardin intérieur pour le petit-déjeuner. Je vais vous y conduire.

— Allons-y.

Brahim hésita.

— Vous comptez y aller vêtue ainsi ? demanda-t-il timidement en désignant son pyjama.

La façon dont Alexandra pointa le couloir de son index tendu valait toutes les réponses…

Le palais s'avérait un véritable labyrinthe, bien plus vaste que ne le laissait supposer sa façade pourtant monumentale. Alexandra fit une entrée remarquée, pieds nus et en pyjama, dans le jardin intérieur.

Reprenant l'architecture traditionnelle du riad, le patio présentait une vaste terrasse centrale agrémentée de bassins où murmuraient des cascades, enserrée par des mezzanines s'élevant sur quatre étages. Au-dessus, le toit s'ouvrait en un puits de lumière. Des palmiers et des plantes de toutes les nuances de vert envahissaient l'espace dans une harmonie luxuriante. Au centre de ce bijou d'oasis, assis à une table dressée pour deux, Ben Medira lisait le journal, encadré d'un inconnu et de son vieux conseiller déjà affairés à scruter la jeune femme.

— Où est Drake ? lança Alexandra sans se soucier du protocole.

Ben Medira baissa son journal et détailla la jeune femme des pieds à la tête avec un brin d'amusement.

— À toutes les qualités que l'on vous prête, on pourrait ajouter la fantaisie, fit-il remarquer. Prenez place. J'espère que vous avez bien dormi, j'avais donné des instructions pour que l'on ne vous dérange pas.

— Où est Drake ? répéta-t-elle, sans montrer la moindre volonté d'obéir.

Amghar, le conseiller, souffla quelques mots à l'oreille de son maître.

— On m'apprend qu'il a été transporté pour subir des soins. J'espère que ce n'est pas cela qui vous met de si mauvaise humeur. Que prenez-vous ? Thé, café, chocolat ? Je vous suggère le thé, très adapté à nos chaleurs.

— Je veux le voir.

La jeune femme se tenait droite, les mains crispées sur le dossier d'un siège qui lui était certainement destiné, dans une attitude de défi qui n'échappa nullement à Ben Medira.

— Asseyez-vous, s'il vous plaît, lui dit-il d'une voix douce.

— Je n'ai pas envie de m'...

— J'exige que vous vous asseyiez immédiatement ! tonna l'homme en frappant du poing sur la table.

Alexandra resta interdite. Il n'y avait rien d'autre à faire qu'obéir. Elle était seule, soumise au bon vouloir de cet énigmatique ravisseur, perdue au milieu du désert dans un palais dont le faste lui apparaissait à cet instant comme un barreau de plus à sa cage.

— Merci, fit Ben Medira sur un ton radouci. Je dois avant toute chose vous donner quelques règles que vous devrez impérativement respecter pour continuer à passer un agréable séjour parmi nous.

Sous la politesse, quelque chose dans le ton semblait la mettre en garde. Alexandra sentit venir les larmes, colère et désespoir mêlés, mais elle ne voulait surtout pas leur offrir ce spectacle.

— Vous pouvez aller où bon vous semble dans l'enceinte du domaine, commença Ben Medira, tant que vous n'essayez pas de franchir les limites ou que mon personnel ne vous défend pas un accès. Les repas sont servis ici, sauf en cas de tempête de sable. Je ne veux plus que vous portiez d'arme avec vous. Il ne sera fait aucun mal à votre garde du corps, à moins que votre conduite ne nous y oblige. Soit dit en passant, vous semblez tenir beaucoup à lui… Et, point final de ce court règlement intérieur, il va de soi que je compte sur votre entière coopération pour mon petit projet…

Alexandra était certaine d'avoir rougi lorsqu'il avait parlé de son attachement à Drake.

— Quand pourrai-je le voir ?

— Dès que vous aurez passé une tenue plus adaptée à ce que je souhaite que vous fassiez dès maintenant.

30

Alexandra n'oublierait pas le reste de la matinée. De sa vie, jamais elle ne s'était sentie aussi humiliée et manipulée. Ben Medira l'avait obligée à réenfiler ses vêtements sales et déchirés sous la surveillance vigilante d'un grand type armé qui la dévorait des yeux. Elle avait été conduite dans une pièce aux murs nus et assise devant une caméra vidéo des plus sophistiquées. Pendant près de deux heures, elle avait dû lire des textes courts, parfois incohérents. Salem avait consenti à lui dire que cela servirait à demander sa rançon à son père, mais Alexandra ne voyait pas comment le fatras de textes disparates pourrait prendre un sens quelconque. Il y avait sans doute un autre but derrière tout ça. Cette ignorance accentuait encore en elle le malaise, la peur et son sentiment profond d'impuissance. À plusieurs reprises, elle avait bien refusé de lire, ou essayé de dire autre chose mais à chaque fois, on l'avait reprise fermement et menacée de ne pas revoir Drake. On lui avait bien fait comprendre qu'elle-même risquait gros. À cet instant, elle avait compris que tous les ors, toute la politesse et l'éducation de Ben Medira n'étaient qu'un décor qui cachait une atroce vérité. Contre sa volonté, elle était le pion d'un complot où ni la courtoisie, ni la pitié n'avaient leur place...

Lorsque enfin, l'homme armé la raccompagna jusqu'à sa chambre, les larmes coulaient sur ses joues. Alexandra sentait que ce qu'elle venait d'être obligée de dire devant cette caméra allait être utilisé d'une façon ou d'une autre pour nuire à son père. Elle détestait cette idée. Elle haïssait ceux qui l'avaient ainsi piégée et manipulée. Confusément, elle savait aussi que si elle avait été seule, si Ben Medira n'avait pas exercé cet odieux chantage avec Drake, elle n'aurait pas cédé. Elle aurait résisté.

Le garde la poussa dans la chambre. Une toute jeune fille finissait d'empiler méthodiquement les coussins sur le lit. Elle s'interrompit en voyant entrer Alexandra et s'inclina en signe de respect dans une attitude craintive. Elle se dirigea ensuite vers la coiffeuse et s'affaira à remettre les bibelots en ordre. Alexandra se laissa tomber sur le lit tout juste refait. Elle se sentait vidée de toute énergie. Elle ne voyait rien, n'entendait rien, comme prostrée après un choc. Elle prenait réellement conscience qu'elle n'était qu'un jouet dans quelque chose qui la dépassait.

La jeune femme de ménage allait d'un recoin de la pièce à l'autre, jetant à la dérobée des regards curieux sur cette étrange invitée au regard baigné de larmes et aux vêtements si sales. Alexandra restait immobile, indifférente au ballet appliqué de l'employée.

La jeune fille époussetait une statuette ancienne lorsque, probablement déconcentrée par un de ses nombreux regards furtifs vers Alexandra, elle la renversa. L'objet de marbre, authentique et sans doute hors de prix, éclata en mille morceaux sur le sol. La jeune fille poussa un cri et porta ses mains à sa bouche.

Alexandra sursauta et se leva d'un bond. Son regard alla du visage terrifié de la jeune fille à la statuette détruite dont les débris d'un blanc opalescent jonchaient le sol sombre. Elle s'approcha. La jeune fille mit ses bras devant son visage comme pour se protéger et s'écria :

— Pardon, pardon, je ne l'ai pas fait exprès !

Alexandra se figea. Cette jeune femme parlait sa langue ? À cet instant, on frappa à la porte de la chambre. Par réflexe, Alexandra empoigna la jeune fille par le bras et la repoussa loin du sinistre.

— Entrez, fit-elle d'un ton dégagé.

Le garde fit son apparition, aussitôt rejoint par Salem, légèrement essoufflé.

— Quel est ce bruit ? Que s'est-il passé, mademoiselle Dickinson ?

— J'ai trébuché et j'ai renversé cette statuette.

— Son Excellence n'aime pas que l'on abîme ses œuvres d'art...

— Elle n'aura qu'à en ajouter le prix à ma rançon, rétorqua Alexandra dans une attitude de défi.

Salem ne releva pas et lança sèchement un ordre bref à la jeune femme de ménage avant de ressortir, l'homme armé sur ses talons.

Quand ils furent partis, Alexandra s'avança vers l'employée. Gênée, celle-ci baissa la tête.

— Je vous remercie, madame, balbutia-t-elle.

Alexandra lui releva doucement le menton.

— Qui es-tu pour parler ma langue ?

— Je m'appelle Shaïa.

— D'où viens-tu ?

La jeune fille ne répondit pas. Elle jetait des regards affolés tout autour d'elle.

— Il ne faut pas me parler, madame. Ils voient tout. Quand ils sauront que c'est moi qui ai cassé la statue, ils me feront fouetter au sang. Si vous me parlez, vous risquez des ennuis…

— Ils ne sauront jamais que c'est toi, je ne le leur dirai pas, je te le promets, la rassura Alexandra.

— Ils le savent peut-être déjà.

La jeune fille s'écarta et, d'un pas rapide, se dirigea vers la porte.

— Attends, ne pars pas, je t'en prie ! la supplia Alexandra.

Shaïa s'arrêta mais ne se retourna pas.

— Je suis prisonnière ici, tu peux sûrement m'aider.

La jeune fille demeura immobile.

— Tu es peut-être ma seule chance…

La voix d'Alexandra se brisa sous l'émotion. Shaïa se retourna et murmura très vite :

— À la tombée de la nuit, demandez à faire une promenade dans les jardins. Soyez seule, je vous attendrai à la grande fontaine.

Elle disparut dans un froissement de tissu empressé.

31

— Chose promise, chose due, lança Ben Medira avec emphase.

Élégamment vêtu d'un gilet anglais, il s'était levé de son fauteuil tel un empereur s'extirpant de son trône. De la main, il indiqua un large couloir à la jeune femme. Alexandra fut obligée de se maîtriser pour ne pas presser le pas. Elle s'efforça d'adopter une attitude aussi détachée que possible.

Ben Medira et Salem la précédaient, le conseiller omniprésent et un grand homme portant un pistolet à la ceinture la suivaient. La jeune femme n'aimait pas les savoir derrière elle. Mais elle avait supporté bien pire dans l'espoir de revoir Tom.

Le petit groupe franchit de hautes portes, enfila des couloirs sans fin à la décoration raffinée, puis déboucha sur des jardins ombragés aux massifs inextricables. Bien que très préoccupée, Alexandra ne put s'empêcher de se demander par quel miracle une telle luxuriance était possible en plein désert.

Comme s'il avait lu dans ses pensées, Ben Medira demanda :

— Ne trouvez-vous pas cet endroit délicieux ?

— En d'autres circonstances, certainement, répliqua la jeune femme.

Elle regarda autour d'elle et ajouta :

— Vos jardins doivent être magnifiques à la tombée de la nuit. M'autoriseriez-vous à m'y promener ?

— Dans l'enceinte du palais, vous êtes libre. Vous pouvez vous y perdre si vous le souhaitez.

Alexandra le gratifia d'un sourire aussi charmant que forcé. Elle jeta un regard sur le bâtiment qu'ils venaient de quitter. Elle ne l'avait jamais vu sous cet angle-là et le découvrit encore plus long que large. À son arrivée, elle n'avait vu que la monumentale façade, mais le bâtiment lui-même s'étendait sur une longueur impressionnante. Il méritait bien le nom de palais. Une sorte de tour, un minaret massif surmonté d'une structure plus élancée, le dominait de toute sa hauteur. La construction semblait plantée au cœur même du palais.

— Vous devez avoir une vue de toute beauté de là-haut, lança-t-elle.

Ben Medira répondit, non sans fierté :

— Le domaine est vaste, et il n'est possible de le voir dans son ensemble que depuis cette tour. Si cela vous fait plaisir, je me ferai un devoir de vous y accompagner.

Le vieux conseiller dépassa Alexandra pour venir se coller à Ben Medira et lui glissa quelques mots discrètement. Ben Medira opina.

Ils arrivèrent bientôt devant une construction basse en partie dissimulée par la végétation. Deux hommes en treillis armés de pistolets-mitrailleurs en barraient l'entrée. Ils ouvrirent la porte et s'écartèrent.

Dans la première pièce, cinq hommes, armés eux aussi, étaient assis et discutaient bruyamment. L'entrée de Ben Medira les fit taire immédiatement. Les cinq gardes se levèrent et prirent une posture rigide qui se voulait sans doute être un garde-à-vous.

« Sept hommes armés pour garder Drake, c'est impressionnant », se dit Alexandra.

L'un d'eux se dirigea vers une porte massive et tira un imposant trousseau de clefs de sa poche pour ouvrir. Il s'effaça pour laisser passer Ben Medira.

— Ma chère, vous allez pouvoir constater par vous-même que votre garde du corps va mieux et que nous prenons soin de lui.

Alexandra, tremblante et la gorge nouée, s'avança sous le regard des hommes. Elle franchit le pas de la porte avec une sourde appréhension. Tom était là, assis sur le lit, à chercher son regard. Il était vêtu d'un bermuda et d'un tee-shirt trop petit. Un large bandage ceignait sa cuisse.

— Bonjour, mademoiselle Dickinson, comment allez-vous ? demanda-t-il d'un ton très froid.

Alexandra ne sut que répondre. Quelque chose n'allait pas, elle le sentait. Drake avait pris une voix glaciale et un phrasé cérémonieux, mais la jeune femme reconnaissait ses yeux ; elle y lisait malgré tout la chaleur, la joie de la voir… et aussi la peur.

Elle s'approcha le plus naturellement possible et vint s'adosser au mur, face à lui.

Ben Medira et son conseiller ne les quittaient pas des yeux : que pouvaient-ils se dire d'autre que des banalités ? Leur présence expliquait certainement aussi le ton de Drake.

— Vous semblez en meilleur état qu'hier, lui dit-elle, entrant dans son jeu.

— Quelques courbatures, une vilaine plaie à la cuisse et des égratignures. Rien de grave.

— Vous serait-il possible de nous laisser seuls quelques instants, s'il vous plaît ? risqua Alexandra à l'intention de Ben Medira.

Celui-ci et son sbire échangèrent un coup d'œil entendu.

— Pas plus de cinq minutes, lui fut-il répondu avec un sourire ironique.

Amghar sortit le dernier, non sans les avoir dévisagés de son regard perçant. Alexandra n'avait vu que les yeux de ce mystérieux conseiller, elle n'avait même jamais entendu sa voix, mais elle haïssait ce personnage qu'elle sentait aussi puissant que perfide. Sans l'avoir jamais vu à visage découvert, elle le trouvait laid.

Il tira la porte derrière lui. Aussitôt, Alexandra s'approcha de Tom dans un élan de joie et de peur mêlées.

— Je suis si heureuse de vous voir ! murmura-t-elle, la voix tremblante d'émotion.

— Moi aussi ! Ils ne vous ont pas fait de mal au moins ?

Il la prit par les épaules, inquiet, cherchant à lire dans ses yeux. Elle baissa les siens, surprise, heureuse de ce contact en dépit des circonstances.

— Rien de grave, juste des textes bizarres à lire devant une caméra pour demander la rançon à mon père. Et vous ?

— Ils ne font pas de sentiment, mais ça va. Ils m'ont amené ici tout à l'heure. Jusqu'à présent, j'étais dans une cellule je ne sais où dans le palais – ils me déplacent toujours les yeux bandés.

— J'ai peur, Tom, j'ai tellement peur de ce qu'ils peuvent nous faire... J'essaie de donner le change, je fais celle qui résiste, mais je suis au bord de craquer...

Elle posa la main sur son bras et s'approcha encore davantage.

— Je n'ai aucune confiance en eux, murmura-t-elle.

— Tant qu'ils n'auront pas touché leur rançon, ils auront besoin de vous. Ils ne vous feront rien.

— Mais vous ?

— C'est un autre problème.

— Ils m'ont promis que si je me conduisais bien, ils ne vous feraient aucun mal.

— Alors j'ai du souci à me faire...

La jeune femme sourit tristement à sa boutade.

— Il va falloir se débrouiller pour sortir, reprit-il. Votre père paiera, j'en suis certain, il ferait n'importe quoi pour vous. Mais ça peut être long et nous ne pouvons pas rester à attendre.

— Tom, je ne veux plus que vous risquiez votre vie pour moi. Si je vous perds, je serai seule au milieu de ces criminels, et là j'aurai vraiment peur. Ne faites rien qui puisse nous éloigner l'un de l'autre...

Drake effleura le pansement au bras d'Alexandra. Sa voix trahissait son émotion quand il murmura :

— Salem m'a dit ce que vous aviez fait pour que je ne crève pas comme un chien dans ce ravin...

Alexandra baissa les yeux.

— Je vous remercie, du fond du cœur. Vous auriez pu vous blesser gravement. Il fallait vous enfuir, je vous l'avais demandé...

— Eh bien, nous dirons que j'ai désobéi une fois de plus ! rétorqua la jeune femme d'un ton plein de malice. Et puis vous, le pro, vous ne saviez pas que faire du stop sur une route déserte peut être dangereux ?

Ils échangèrent un sourire, partageant un instant de complicité et de réel bonheur.

— Merci, murmura-t-il avec douceur.

Il tendit la main pour effleurer sa joue... et la porte s'ouvrit d'un coup sec. Salem sourit ironiquement en les découvrant si proches l'un de l'autre. Drake se détourna vivement et Alexandra rougit.

— Il est temps, mademoiselle. M. Drake a besoin de repos.

Elle se releva lentement. Tom essaya de l'accompagner, mais sa jambe blessée l'obligea à s'appuyer au mur. Au moment de passer la porte, profitant que Salem ne la regardait pas, submergée par la crainte d'être à nouveau séparée de Tom, Alexandra se retourna et lui saisit la main. Elle la serra furtivement en retenant ses larmes.

La voix de Ben Medira résonna dans la salle des gardes.

— Il est temps, je ne veux pas avoir à le redire...

Tom repoussa doucement Alexandra.

— Courage, lui murmura-t-il. Méfiez-vous de Salem et du conseiller, ils ont davantage de pouvoir qu'ils ne le disent...

Un garde s'interposa entre eux et tira la jeune femme hors de la chambre. La porte se referma sur Drake. Alexandra sentit aussitôt le poids de sa solitude et de sa peur s'abattre à nouveau sur ses épaules. Elle aurait donné n'importe quoi pour rester près de Tom. Il n'était qu'à quelques mètres d'elle, mais un monde les séparait déjà. Elle était décidée à tout faire pour échapper à cette forteresse.

Sur le trajet de retour vers le palais, Alexandra garda le silence. Elle ne songeait qu'à une chose : s'évader. Tout son être était désormais tourné vers ce but. Elle n'avait jamais été aussi déterminée. Rien d'autre ne comptait. Elle allait tout mettre en œuvre pour échapper à Ben Medira et ses mercenaires.

Sans même s'en rendre compte, Alexandra ne réfléchissait plus pour elle seule. Pas une seconde elle n'avait envisagé d'abandonner Drake aux mains de ses geôliers. Elle devait s'évader avec lui. Elle n'allait pas s'enfuir, elle allait les sauver...

32

Aussi loin que les hautes murailles permettaient de voir, le ciel était d'un rose vif, griffé de fins nuages mauves. Chaque minute qui passait en modifiait les nuances. Déjà, les premières étoiles apparaissaient.

Alexandra explorait les immenses jardins, épiant chaque bruit, musardant au gré des allées. La splendeur des lieux parvenait à la distraire pour quelques instants fugaces du poids de sa captivité. Comment cette oasis de rêve posée au milieu du désert pouvait-elle être une si terrifiante prison ?

Personne ne la suivait, elle en était certaine. L'infranchissable mur d'enceinte et les hommes d'armes postés aux portes suffisaient à la retenir. Ben Medira pouvait bien la laisser se promener dans la cage…

Avec la fin du jour, l'écrasante chaleur cédait la place à une douce fraîcheur. Les oiseaux reprirent leur chant. Cet îlot de verdure au milieu du désert était pour eux un havre de paix surgi comme par miracle.

À seulement trois reprises, Alexandra aperçut un garde au loin dans les allées, mais aucun d'eux ne sembla lui prêter la moindre attention. Où pouvait se trouver Tom à cet instant ?

Aux allées encadrées d'espaliers croulant sous les grappes fleuries succédaient des tunnels de verdure qui s'enfonçaient sous les voûtes feuillues d'arbres inconnus. L'air était chargé du parfum capiteux de larges fleurs pâles dont Alexandra ignorait le nom. La majestueuse silhouette du palais était visible de partout, écrasante, obsédante, vous épiant de ses centaines de fenêtres mystérieuses comme autant d'yeux.

La silhouette d'un homme se découpait au sommet de la tour. Il semblait regarder au loin à l'aide d'une paire de jumelles, dans la direction opposée, bien au-delà des limites du palais. Il était évident que de son poste, aucun des recoins des jardins ne lui échappait. Si ce guetteur le souhaitait, il pouvait suivre chacun des déplacements d'Alexandra dans le parc, sauf peut-être lorsqu'un feuillage la masquait. C'est aussi probablement par peur de cette étrange vigie que Shaïa lui avait donné rendez-vous à la nuit tombée.

Depuis un moment, Alexandra entendait le doux clapotis de l'eau qui s'écoulait non loin d'elle, sans qu'elle soit capable de dire précisément où. Chaque fois qu'elle s'en approchait, une haie, un impénétrable massif ou un détour de l'allée l'en éloignait de nouveau. Pressant le pas par peur de manquer le rendez-vous avec la servante, la jeune femme parcourut les allées en décrivant de larges cercles, mais elle ne réussissait toujours pas à localiser la fontaine. Elle entendait les oiseaux qui s'ébattaient dans l'eau ruisselante en piaillant. C'était un véritable labyrinthe.

Un bruissement dans les feuillages derrière elle la fit sursauter. Elle fit volte-face, mais ne vit rien dans la pénombre qui gagnait. Étaient-ce les oiseaux ? Alexandra ralentit. Ses pas sur le gravier se firent le plus légers possible. Il lui sembla distinguer une ombre qui glissait furtivement derrière le rideau végétal. Alexandra s'arrêta. Elle avait la chair de poule.

— Avancez et vous arriverez au passage dissimulé dans la haie, chuchota la voix de Shaïa.

Soulagée, Alexandra suivit les instructions. La voix de la jeune fille la guidait, toujours proche mais sans visage, comme mystérieusement sortie de l'insondable végétation.

Alexandra longeait les arbustes impeccablement taillés lorsque Shaïa lui demanda de s'arrêter. Alexandra obéit mais ne vit aucun passage. Elle était déjà passée à cet endroit au moins deux fois et n'avait rien remarqué. Éberluée, elle vit soudain tout un pan de la haie pivoter en silence.

— Venez, lui souffla Shaïa en poussant le mur végétal.

Alexandra déboucha sur une petite place ronde, complètement encerclée d'arbres et de fleurs, dont le centre était occupé par une magnifique fontaine aux vasques successives où s'écoulait une eau cristalline.

Shaïa l'entraîna le long de la haie.

— Ici, nous sommes à l'abri des regards, et le ruissellement de la fontaine nous protège des oreilles indiscrètes. Vous n'avez pas été suivie ?

— Non, j'ai fait attention.

Dans le clair de lune naissant, Alexandra voyait le regard apeuré de la jeune fille.

— Comment se fait-il que tu parles ma langue ? demanda Alexandra.

— Je suis née en liberté, nomade dans le désert avec ma famille. Le vieillard, après avoir construit son palais sur nos terres et confisqué les puits, a fait enlever les enfants pour en faire ses esclaves. Mon frère et moi avons été amenés ici comme des dizaines d'autres, battus pour nous contraindre à obéir. Une vieille cuisinière au service de cet homme, venue de votre pays, s'est prise d'affection pour moi et m'a enseigné ce qu'elle savait, en secret. Elle volait de la nourriture pour nous et la nuit, elle m'apprenait votre langue.

— Où est-elle ?

— Morte.

— Je suis désolée. Et ton frère ?

— Je ne sais pas. Il a tenté de s'évader et je ne l'ai plus jamais revu.

— Il y a longtemps ?

La jeune fille réfléchit un instant avant de répondre.

— Nous avons du mal à garder la notion du temps. Nous n'avons pas le droit de posséder une montre ou un calendrier. Nous sommes coupés du monde. Le vieillard nous traite comme des esclaves. Mais je compte les nuits. Assim, mon frère, a dû essayer de franchir l'enceinte il y a quatre ans.

Alexandra resta interloquée.

— Mais depuis combien de temps es-tu retenue ici ?

— À la fin de l'été, cela fera dix ans.

— Tu n'es jamais sortie, tu n'as jamais revu tes parents ?

— Jamais.

Dans l'esprit d'Alexandra, un gouffre s'ouvrit. Si elle avait eu un doute quelconque sur la terrifiante réalité de ce palais des *Mille et Une Nuits*, Shaïa venait de le balayer.

— Mais qui sont ces gens ? s'écria-t-elle, révoltée. Comment ont-ils pu ?

Elle s'approcha de la jeune fille et lui prit les mains. Shaïa se mit à sangloter doucement. Sa voix était mûre mais ses pleurs disaient qu'elle était encore une enfant. Elle se raidit mais finit par se laisser aller à l'étreinte d'Alexandra, qui la serra dans ses bras.

— Nous allons mettre fin à tout cela, murmura celle-ci.

— Ils sont trop forts. Ils n'hésitent pas à tuer…

La jeune fille s'effondra en lourds sanglots.

— Pardonnez-moi, hoqueta-t-elle. Il y a si longtemps que je n'ai pas parlé de tout cela… Ici, on ne peut faire confiance à personne. Vous êtes en danger, madame. Le vieillard et ses hommes sont capables de tout. La nuit, parfois, on entend des coups de feu et des rafales d'armes. Il est partout. Il y a des caméras, des passages secrets dans presque chaque pièce.

Alexandra comprit soudain comment les hommes de Ben Medira avaient pu enlever Drake dans la chambre sans qu'elle s'en aperçoive.

— Tu connais ces passages ? demanda-t-elle.

— Certains, mais pas tous. La plupart nous sont interdits, on ne sait même pas où ils mènent.

— Sais-tu où est retenu l'homme qui était avec moi ?

— Dans les caves du palais, mais je ne sais pas exactement où, je n'ai pas le droit d'y descendre. C'est là que disparaissent tous les prisonniers.

Shaïa commençait à montrer des signes d'inquiétude. Si elle tardait trop à rentrer, son absence serait remarquée et elle serait interrogée. Alexandra posa une dernière question :

— Existe-t-il un moyen de sortir du domaine autrement que par la porte principale ?

— Il y a une autre porte, beaucoup plus petite et située tout au fond des jardins.

Le regard d'Alexandra brilla.

— Ne croyez pas que ce soit plus facile, ajouta aussitôt Shaïa, elle est fermée en permanence et située juste derrière le bâtiment des gardes… La dernière fois qu'elle a été ouverte, c'était la nuit où mon frère a tenté de s'évader.

Alexandra eut une moue désappointée.

— Je dois y aller, madame, la pressa Shaïa, nous sommes déjà restées trop longtemps.

— Est-il possible de se revoir demain ?

— Je ne sais pas. Je vous le dirai demain matin. Il ne faut courir aucun risque. Si notre entrevue de ce soir n'a pas été découverte, alors nous pourrons peut-être nous reparler, sinon… Il ne faut pas forcer la chance.

— Tu as raison, nous déciderons demain.

Les deux jeunes femmes s'étreignirent une dernière fois et Shaïa se faufila entre les buissons. Alexandra lui laissa quelques minutes d'avance avant de prendre le chemin du retour. Sa tête bourdonnait, elle était sur les nerfs. Elle aurait aimé pouvoir poser tant d'autres questions… Shaïa était une alliée précieuse, et une jeune fille courageuse.

Marchant d'un bon pas, Alexandra jeta un regard vers le palais dont elle n'apercevait que les toits somptueusement illuminés.

Elle ne rencontra personne, ni aux entrées ni dans les couloirs. Une fois revenue dans sa chambre, elle inspecta soigneusement tous les meubles, les parois, à la recherche d'un quelconque mécanisme actionnant une porte dérobée… Rien. Pas la moindre trace, pas une jointure dans les murs.

Elle s'allongea tout habillée, songeant aux révélations de la jeune fille. Elle partageait ses craintes, elle comprenait sa révolte, sa douleur, mais elle ne saisissait pas pourquoi elle avait appelé Ben Medira « le vieillard ». Il lui fallut longtemps pour succomber au sommeil. Si elle avait su ce qui l'attendait le lendemain, elle aurait pris davantage de repos…

33

Ben Medira n'avait pas menti. Du haut de la tour, la vue était saisissante. Alexandra dominait la totalité du vaste domaine, et le regard portait bien au-delà de l'enceinte. Une île de verdure perdue dans un vaste océan de sable et de lumière. Le vent agitait ses cheveux, apportant la chaleur sèche du sable. Elle ressentait un sentiment d'ivresse et ne savait lequel, de l'interminable petit escalier en colimaçon ou de la magnificence du point de vue, en était la cause.

— N'est-ce pas merveilleux ? s'exclama Ben Medira en embrassant le panorama d'un geste théâtral.

— C'est une prison magnifique en effet, répondit Alexandra.

— Allons, mademoiselle Dickinson, ne le prenez pas comme cela. Nous faisons tout pour rendre votre séjour agréable. Dès que votre père aura payé, vous serez libre, et il ne vous restera que le souvenir d'un séjour dans un palais de rêve.

« Palais de cauchemar, oui », pensa Alexandra pour elle-même. Elle ne répondit rien et se tourna vers le paysage, tentant d'en graver les moindres détails dans son esprit – elle n'abandonnait pas l'espoir de s'en échapper, même si le désert alentour rendait les chances plus que minces. Les dunes, les rochers… rien d'autre. Le palais était un bastion de vie au milieu du néant. Au loin se découpaient les crêtes d'un massif montagneux qui semblait tout sauf hospitalier. Sur les premiers reliefs, il lui sembla apercevoir la silhouette d'un cavalier, dressé sur sa monture, immobile, regardant dans leur direction.

Alors qu'elle s'apprêtait à saisir les jumelles accrochées au parapet, Ben Medira s'interposa courtoisement :

— Je regrette, seuls les gardes ont le droit de s'en servir.

— Il m'a semblé voir un homme là-bas et je voulais juste…

— Le désert est source de nombreux mirages, insista Ben Medira, la main sur les jumelles.

— Vous avez sûrement raison, obtempéra la jeune femme dans une moue faussement convaincue.

À leur descente du minaret, Salem attendait, flanqué d'Amghar qui tenait à la main une feuille dactylographiée. Ben Medira s'excusa et alla à leur rencontre. Il revint, la mine assombrie.

— Mademoiselle Dickinson, je n'ai pas de bonnes nouvelles à vous apporter.

Alexandra blêmit. Le rendez-vous secret avec Shaïa avait-il pu être découvert ? Elle faillit se sentir mal lorsqu'elle pensa à Drake.

— Que se passe-t-il ? demanda-t-elle d'une voix blanche.

— Votre père ne veut pas payer tant qu'il n'aura pas la preuve que vous êtes en parfaite santé. Il veut vous parler ce soir.

Alexandra fit de son mieux pour cacher sa joie, mais croisa le regard du conseiller qui, elle en était certaine, avait saisi son soulagement. De là à ce que le vieillard la fasse surveiller d'encore plus près, il n'y avait pas loin.

Alexandra s'immobilisa soudain. En un éclair, elle prit conscience d'une évidence qui lui avait échappé jusque-là. Ben Medira continuait à parler, mais elle ne l'écoutait plus. Elle s'avança d'un pas décidé droit sur son conseiller et, d'un geste brusque, ôta la capuche et le turban qui lui cachaient presque tout le visage. La soudaineté de son acte avait surpris tout le monde. Salem s'interposa, mais il était trop tard...

Le visage découvert, l'homme aux cheveux gris la fixait d'un regard noir. Il fulminait, les traits tordus par la rage.

— Je vous connais ! s'exclama Alexandra, stupéfaite.

Salem et Ben Medira étaient comme pétrifiés. L'homme qui se faisait appeler Amghar était toujours immobile, les yeux exorbités par la colère.

— Ce que vous venez de faire est fort regrettable, cracha-t-il dans un anglais parfait.

— Sir Edward Lawdon ! lâcha la jeune femme, sous le coup de la surprise. Vous m'avez fait croire que Ben Medira était le commanditaire de tout ça pour que je ne puisse pas vous identifier ! Mon père sera heureux d'apprendre que l'homme qui a cherché à le ruiner il y a dix ans s'est reconverti dans le kidnapping... De toute façon, papa a toujours dit que vous étiez une crapule !

— Votre père n'apprendra jamais rien de cette affaire, ma petite, siffla Lawdon entre ses dents.

Alexandra se figea en comprenant ce que ses paroles impliquaient.

— Vous comprenez bien que maintenant, il n'est plus question de vous laisser sortir d'ici. Nous allons prouver à ce bon vieux Richard que sa fille chérie est en pleine forme, nous toucherons la confortable rançon, et puis...

Alexandra tremblait, mais elle ne savait plus si c'était de colère ou de peur. Lawdon s'approcha, la dévisageant avec suffisance. Elle lui cracha sa haine au visage :

— Vous êtes une ordure !

Il ricana.

— Ce n'est une surprise pour personne, ma chère... Je ne souhaite pas être béatifié mais riche, et vous allez m'aider.

Il la fixa avec la froideur d'un serpent.

— Et ne vous avisez pas de jouer au plus malin avec moi. Je vous conseille de bien faire attention à ce que vous direz à votre père ce soir.

Sur un seul de ses claquements de doigts, des gardes apparurent à chaque issue du grand hall.

— Emmenez-la dans sa chambre, surveillez-la en permanence, attachez-la s'il le faut. Je ne veux pas qu'elle se blesse à nouveau avant que j'aie pu parler à son père.

Alexandra fut ceinturée et entraînée vers le couloir. Lawdon leva la main et les gardes s'arrêtèrent.

— Une dernière question, mademoiselle Dickinson : comment avez-vous deviné que Ben Medira n'était pas le véritable maître des lieux ?

Complètement paniquée, Alexandra fut incapable de répondre. Elle jeta des regards désemparés vers Ben Medira et Lawdon, cherchant une explication plausible. Elle ne devait surtout pas parler de Shaïa...

Mettant son silence sur le compte de l'affolement, le vieil homme ne s'offusqua pas de son absence de réponse. Et tira la conclusion qui l'arrangeait.

— Il est vrai, mon cher Medira, que vous n'êtes pas très crédible en patron. Votre amateurisme vous aura trahi.

Ben Medira recula. Il avait perdu toute sa prestance et la peur se lisait sur ses traits.

— Notre contrat était clair : si le subterfuge fonctionnait, vous étiez riche, sinon...

Avant qu'il ait pu faire un pas de plus, Lawdon sortit un revolver de sa poche et fit feu. Touché en plein cœur, Ben Medira s'effondra. Horrifiée, Alexandra assista à ce meurtre de sang-froid sans pouvoir réagir.

— À tout à l'heure, mademoiselle Dickinson ! claironna Lawdon d'un ton d'une légèreté terrifiante.

Puis d'un geste de la main, il fit signe aux gardes d'emmener la jeune femme.

34

La main sur la crosse de son arme, son gardien, debout à quelques mètres, ne la quittait pas du regard. Allongée sur son lit dans une position très inconfortable, les mains liées dans le dos, Alexandra fermait les yeux et essayait de réfléchir, mais la peur l'empêchait d'avoir les idées claires.

Elle avait sangloté longtemps, la tête enfouie dans un coussin de satin, incapable de chasser de son esprit la terrible image de Ben Medira qui s'écroulait, mort.

Lawdon était un monstre, un être abject qui ne reculait devant rien pour obtenir ce qu'il désirait. Dix ans plus tôt, ses pratiques plus que douteuses, dénuées de toute morale et frôlant l'illégalité, l'avaient fait exclure du cercle des affaires, et il avait visiblement orienté sa carrière vers le banditisme. Alexandra n'en était pas surprise outre mesure : il était davantage à sa place dans ce milieu. Ce monstre ne lui avait laissé aucun espoir. Dès que son père aurait payé, elle ne lui serait plus d'aucune utilité et ses heures seraient comptées.

Drake était prisonnier quelque part dans les tréfonds de ce palais labyrinthique, et Shaïa n'avait pas reparu depuis la veille. Entre deux moments de profond désespoir, Alexandra retrouvait malgré tout un peu de sa lucidité. Les chances n'étaient pas en sa faveur. Immobilisée, seule, menacée, elle ne pouvait rien faire.

Peut-être la communication de ce soir avec son père lui offrirait-elle une opportunité ? Pour prouver qu'elle allait bien, il allait forcément falloir qu'il puisse l'entendre ou la voir en direct. Ils allaient sans doute organiser une transmission vidéo via Internet ou quelque chose du même genre.

Alexandra avait un faible espoir que son père puisse la retrouver en remontant la transmission du signal, mais elle ne se faisait pas beaucoup d'illusions, car elle savait que la réalité était bien éloignée de ce qui était monnaie courante dans les séries télé… Et Lawdon était sans doute trop avisé pour offrir une telle faille.

Alors qu'elle échafaudait toutes sortes de plans pour trahir l'identité de son geôlier dans une conversation, Salem entra dans la chambre. Il portait une pile de vêtements soigneusement pliés.

— Vos vêtements propres pour la vidéo de ce soir, annonça-t-il en les posant sur une table basse. Si j'ai un conseil à vous donner, ne tentez rien d'inconsidéré, mademoiselle.

— Sinon je subirai le même sort que Ben Medira ?

Salem ne répondit pas, mais son silence en disait long.

— Et vous, Salem, que vous fera-t-il lorsqu'il n'aura plus besoin de vous ? Il partagera ma rançon ? Il vous paiera en or ou en plomb ?

Un peu gêné, l'homme se tourna vers la jeune femme. Il était pâle.

— Ben Medira n'a eu que ce qu'il méritait.

Son regard fuyant montrait qu'il n'y croyait pas vraiment.

— Je suppose que c'est ce que diront ceux qui vous survivront, ironisa Alexandra.

Salem fut surpris par l'aplomb et la ténacité de la jeune femme. S'il n'avait pas eu si peur de Lawdon, il aurait peut-être éprouvé de l'admiration pour elle, mais dans le palais, on prétendait que même les pensées n'échappaient pas au maître des lieux...

Une fois Salem parti, Alexandra replongea la tête dans ses coussins. Ainsi perdue, isolée et dans une si mauvaise posture, comment trouver la force de tenir ? Comment croire encore à une issue acceptable ? Elle était bien obligée de se l'avouer : sa seule raison de se battre était Drake. Elle voulait s'en sortir, mais pas pour continuer à mener la vie qu'elle menait jusque-là. Elle voulait vivre comme depuis quelques semaines, avec lui, pour lui. Dans la noirceur de ses réflexions, penser à Tom lui ouvrait tous les espoirs, lui redonnait la force d'y croire. Il ne l'avait jamais déçue, il l'avait suivie comme une ombre, sans jamais renoncer. Cet homme lui avait redonné – non, il lui avait *donné* le goût de vivre. Depuis lui, elle n'était plus à la recherche d'elle-même. Elle savait pour qui vivre.

Son destin n'avait jamais été aussi incertain, et c'était pourtant maintenant qu'elle éprouvait cette certitude. Elle en oublia ses peurs pour un instant.

La porte de la chambre s'ouvrit à nouveau et quatre jeunes filles firent leur entrée, tête baissée. Elles étaient envoyées pour aider Alexandra à faire sa toilette et se changer, mais la vérité, c'était que Lawdon ne souhaitait pas la laisser seule, même le temps d'une douche...

Une des jeunes femmes demanda au garde de détacher Alexandra. Non sans hésitation, le colosse monolithique obtempéra avec un grognement. Alexandra se frictionna les poignets et fit jouer ses épaules engourdies puis, encadrée de sa suite, disparut dans la salle de bains. Aussitôt, une des servantes fit couler l'eau tandis qu'une autre entreprenait de lui ôter son chemisier sale.

La jeune femme se laissait faire. La scène lui paraissait irréelle. Les vapeurs de l'eau chaude qui montaient, les parfums raffinés versés dans le flot... Soudain, une des jeunes filles, dont le léger voile dissimulait en grande partie le visage, écarta l'étoffe. En reconnaissant Shaïa, Alexandra poussa un petit cri de surprise.

— Chut, murmura la jeune servante, ne faites aucun bruit, nous avons peu de temps. Même si nous changeons votre pansement et vous faisons belle comme nous l'a ordonné le vieux, ils ne nous laisseront que quelques minutes.

— Tu sais ce qui s'est passé ce matin ?

— Oui, je l'ai appris. Mais j'ai aussi une bonne nouvelle : je sais où est enfermé votre ami.

Alexandra eut une exclamation de joie et jeta un regard suspicieux aux autres jeunes femmes qui s'affairaient dans la salle de bains.

— Ne craignez rien, mademoiselle, la rassura Shaïa. Dans ce palais, il n'y a que deux sortes de gens : les complices du vieux démon et ceux qu'il terrorise… Nous appartenons toutes à la seconde catégorie.

La jeune fille précisa :

— Une des femmes de chambre est la petite amie d'un garde en poste dans les caves. Elle a réussi à savoir dans quelle cellule il se trouve. Elle connaît les passages qui conduisent aux caves…

Alexandra serra les poings, avide d'en savoir davantage. Mais aussitôt, sa mine s'assombrit.

— Comment faire pour nous y rendre ? demanda-t-elle. Je ne suis jamais seule.

— Pour la nuit, ils réduiront la garde, et je connais un passage dérobé qui mène à votre chambre.

Serrant la main d'Alexandra, elle ajouta :

— Maintenant, il faut vous préparer. Ne soyez surtout pas en retard au rendez-vous du vieux, il vous le ferait regretter…

À sa sortie de la salle de bains, Alexandra était métamorphosée. Coiffée avec recherche, soigneusement maquillée, vêtue d'une coûteuse robe de soie du même vert que ses yeux, dont la coupe magnifiait son corps et accentuait encore son charme naturel, elle était à présent pareille à une déesse éternelle et intemporelle, une icône de la féminité et de la sophistication. Le garde n'y resta pas insensible. Sans un mot, les quatre jeunes filles sortirent de la chambre après avoir remis la pièce d'eau en ordre.

Alexandra s'approcha de la fenêtre. Le soleil commençait juste à décliner. Depuis que les hommes de Lawdon lui avaient confisqué sa montre, il ne lui restait que le soleil pour évaluer le moment de la journée. Dehors, le ciel était invariablement bleu, sans le moindre nuage. De sa fenêtre, elle surplombait une roseraie où des milliers de fleurs mêlaient leurs nuances veloutées. Quelle folie mégalomane de vouloir faire éclore des fleurs aussi fragiles au milieu du désert, mais quelle beauté...

Elle n'eut pas le temps de se perdre plus longuement dans ses pensées, Salem vint la chercher. En l'escortant vers l'endroit où devait avoir lieu la communication, il s'approcha et lui souffla :

— Croyez-le ou non, mais ce que je vais vous dire est un conseil d'ami.

— Ça fait chaud au cœur, répliqua Alexandra d'un ton acide.

— Sir Lawdon est fou furieux. Sa colère a déjà coûté la vie à deux autres personnes depuis ce midi. Ne lui résistez pas, faites ce qu'il vous dira.

— Le salaud ! Qui sont ces pauvres types ?

— Moins fort, mademoiselle. Il s'est vengé sur les proches et les amis de Ben Medira.

— Quel homme extraordinaire, grinça-t-elle, acerbe. Quel courage !

Salem baissa les yeux et continua à marcher en silence. Tristement, il savait que ses avertissements ne serviraient à rien. Elle ne l'écouterait pas.

Alexandra n'était jamais allée si profond dans le palais. Même lors du premier enregistrement pour la demande de rançon, elle n'avait pas été conduite dans cette aile. Après une marche interminable dans des couloirs somptueux impossibles à distinguer les uns des autres, elle avait perdu tout repère. Salem fit enfin halte devant une haute porte.

— Bonne chance, murmura-t-il.

Était-ce son regard sincère ou sa mine résignée ? Quand il la fit passer devant lui pour pénétrer dans la pièce, Alexandra eut un frisson. L'angoisse lui étreignit soudain la gorge.

35

Les murs de la vaste pièce vide étaient recouverts de grands rideaux d'un bleu sombre. Au centre se trouvait un unique fauteuil de toile devant lequel on avait placé une caméra vidéo et quatre gros projecteurs allumés. Dans la clarté aveuglante se découpait la silhouette de Lawdon. Loin de l'attitude discrète et effacée qui était la sienne lorsqu'il se faisait passer pour le conseiller de Ben Medira, il carrait les épaules, se grandissant inconsciemment dans une posture théâtrale et dominatrice qui trahissait sa vraie nature.

Salem poussa la jeune femme vers le fauteuil et referma la porte derrière eux. Il tira le rideau et la pièce ne fut plus qu'un étrange théâtre désert, bleu comme les profondeurs insondables d'un océan de ténèbres.

— Veuillez prendre place, fit Lawdon d'un ton faussement affable.

À mesure que ses yeux s'accoutumaient à la lumière crue, Alexandra repérait des gardes postés aux angles de la salle, bras croisés mais prêts à répondre au moindre signe de leur chef.

— Nous allons d'abord répéter votre texte, dit celui-ci, puis nous l'enregistrerons. Je le ferai ensuite parvenir à votre père. Je préfère éviter tout contact direct entre vous et lui, cela vous épargnera la tentation de trop parler.

Il ajouta, sarcastique :

— Nous verrons plus tard si j'accepte que votre bien-aimé papa puisse vous voir en chair, en os et en direct. Allez.

La voix résonnait curieusement dans l'espace vide, un son métallique qui s'étouffait dans les tentures et annihilait tout espoir qu'avait la jeune fille de communiquer avec son père. Le coup était rude.

Alexandra se laissa tomber sur le fauteuil de toile et prit la feuille que Salem lui tendait. Elle commença à lire le texte. À chaque nouvelle ligne, ses yeux s'écarquillaient davantage.

— Il est hors de question que je lise ça, grommela-t-elle, se reprenant. Vous voulez que je cautionne votre demande, que je dise à mon père que j'approuve ce que vous faites et qu'il s'agit d'une cause juste ? Vous êtes fou ?

— Admettons que je n'aie rien entendu, grinça Lawdon.

Alexandra acheva la lecture du texte. Elle sentait une rage irrépressible monter en elle. Elle se connaissait bien, elle savait qu'elle ne serait pas capable de se taire, qu'elle allait lui balancer la feuille et hurler ce qu'elle en pensait, quelles qu'en puissent être les conséquences. Dans ces moments-là, la révolte et l'indignation prenaient toujours le pas sur la raison et la sécurité...

Dans l'éblouissante lumière des projecteurs, elle chercha l'ombre de Lawdon. Sa main serrait la feuille si fort qu'elle en avait les phalanges blanches, froissant les mots qu'elle refusait de toute son âme.

— Lawdon, explosa-t-elle, vous êtes répugnant ! Jamais je ne lirai ces ignominies. D'ailleurs mon père ne les croirait pas. Essayer de maquiller votre acte criminel en croisade que je cautionnerais vous ressemble bien : c'est stupide et voué à l'échec. Que vous me tuiez avant ou après ne fait aucune différence. Vous pouvez faire ce que vous voulez, ça m'est égal, je ne lirai pas un mot de votre immonde chantage.

Elle se renfonça dans le siège de toile et croisa les bras. Prenant son temps, Lawdon s'approcha. Son attitude évoquait un reptile qui ne détesterait pas s'amuser un peu avec sa proie avant de la dévorer... un reptile en colère. Il passa entre les projecteurs, frôla la caméra et vint se planter juste devant la jeune femme. Il la toisa et lentement, se pencha pour venir appuyer ses mains sur les accoudoirs du fauteuil.

Elle soutenait son regard. Ses yeux avaient un éclat glacial. Un instant, elle crut qu'elle allait être obligée de se détourner, mais pour rien au monde elle ne lui aurait offert cette satisfaction.

— Que vous mouriez avant ou après ne fait aucune différence pour vous ? lui dit-il doucement. Pour moi, la différence est de 200 millions de dollars en stock-options. Donc, ce sera après.

Alexandra cligna des yeux. La froide détermination de Lawdon la terrifiait. L'image du reptile s'imposa à nouveau à l'esprit de la jeune femme.

— Je peux vous certifier, ma chère, que vous allez lire ce texte, et en chantant si je vous le demande.

Il se releva et frappa deux fois dans ses mains. Lentement, les rideaux du fond s'écartèrent pour laisser passer la lumière du soleil. Lawdon s'approcha d'un des projecteurs, qu'il saisit par la poignée et fit pivoter vers les rideaux en mouvement. À quoi cela rimait-il ?

Soudain, elle sut. Là, sur le balcon, Drake était écartelé, bras et jambes en croix. La tête tombant en avant sur son torse nu, couvert de marques et d'ecchymoses, son corps était affalé sur lui-même, uniquement retenu par les cordes liant ses membres.

Alexandra porta ses mains à sa bouche et étouffa un cri d'horreur. Elle s'affaissa dans son siège, incapable de se lever pour courir vers lui.

Lawdon jubilait. Il contourna la jeune femme et vint se placer juste derrière elle. Alexandra contemplait l'atroce spectacle de l'homme qu'elle savait désormais aimer, torturé et exposé sur ce balcon dans le soleil de la fin d'après-midi par un esprit cruel et pervers. Elle ne savait plus que ressentir, l'accablement avait balayé la colère.

— Vous l'avez tué, gémit-elle, le visage noyé de larmes, sous le choc.

— Non, pas encore, lui murmura-t-il à l'oreille. Il est vivant... Et c'est pour qu'il le reste que vous allez faire ce que je vous ordonne.

Dans un geste de rage mal contenue, il ajouta :

— Vous m'avez posé assez de problèmes aujourd'hui !

Sur son signe, un des gardes jeta un seau d'eau au visage de Drake, qui hoqueta et releva la tête en grimaçant.

— Tom, cria Alexandra d'une voix implorante, je suis là !

Drake n'eut ni la force de soulever ses paupières tuméfiées, ni celle de répondre. La jeune femme ne savait même pas s'il l'avait entendue.

Lawdon sortit un couteau de combat de sa veste et le fit tournoyer sous le regard horrifié d'Alexandra. La lame accrocha la lumière des projecteurs. Lawdon s'approcha sans hâte de Tom et passa avec une certaine satisfaction l'acier sur une des rares zones de sa poitrine qui n'était pas encore blessée. Le sang perla aussitôt et le jeune homme grogna de douleur.

— J'attends que vous lisiez, fit remarquer nonchalamment Lawdon.

— C'est bon, je vais le faire ! lança avec empressement Alexandra.

Elle ramassa la feuille, la défroissa et se redressa sur son siège. Aussitôt le témoin rouge de la caméra allumé, elle commença la lecture. Elle avait les yeux rougis de larmes, la diction hachée, parfois entrecoupée de sanglots. Ce qu'elle lisait importait peu. Elle ne songeait qu'à une chose : non seulement elle allait s'en sortir et sauver Drake, mais elle ferait payer chaque goutte de sang et chaque larme à ce salopard...

36

La chambre était plongée dans la pénombre et le silence. Alexandra savait que devant sa porte, deux hommes armés montaient la garde et qu'au moindre bruit ils feraient irruption.

Recroquevillée comme une enfant, la jeune femme tremblait sur son lit. Elle n'avait pas touché au plateau de victuailles que Salem lui avait apporté. Elle avait la gorge nouée ; par moments, elle claquait des dents. La peur, l'horreur et la colère avaient atteint en elle des sommets insoupçonnés. Le désespoir aussi. Drake avait dû être jeté dans sa cellule sans le moindre soin et l'ignoble demande de rançon avait certainement été transmise via les liaisons cryptées du département sécurité de Dickinson Industries… Elle imaginait sans peine l'état de son père, mais elle s'inquiétait encore davantage pour Tom.

Elle frissonna et tira machinalement la fine couverture sur elle. Tout était calme. Qui aurait pu imaginer l'atrocité de ce qui s'était déroulé quelques heures plus tôt ? Sans même qu'elle s'en rende compte, les larmes se mirent à couler – une fois de plus.

Au moment où elle allait se retourner, une main se plaqua sur sa bouche et une voix murmura à son oreille :

— C'est moi, Shaïa. Ne faites aucun bruit et suivez-moi.

Le cœur battant à tout rompre sous l'effet de la surprise, Alexandra se laissa glisser hors du lit. L'ombre de la jeune servante s'éloignait déjà vers l'angle de la pièce. Plissant les yeux pour mieux y voir, elle la suivit en prenant soin d'éviter une colonne ornementale sur laquelle trônait une statue semblable à celle qui leur avait valu de faire connaissance. De l'extérieur, la conversation des gardes leur parvenait étouffée.

Shaïa s'immobilisa devant un des panneaux de bois finement sculptés qui recouvraient les murs. Elle passa sa main sous une moulure, posa son autre paume sur un motif décoratif et poussa. Dans un imperceptible cliquetis, le panneau pivota pour laisser apparaître l'entrée d'un couloir obscur.

La jeune servante attrapa la main d'Alexandra et l'entraîna à l'intérieur. Le panneau reprit sa place, se refermant sur les deux femmes.

— Il n'y a pas de lumière ? s'enquit Alexandra au bout de quelques mètres dans le noir.

Shaïa lui posa un doigt sur les lèvres pour lui intimer le silence et dit à voix basse :

— Nous sommes encore trop près, nous parlerons plus tard...

Toutes deux avançaient à tâtons dans l'obscurité la plus complète. Leurs mains longeaient les parois régulières. Par moments, elles percevaient des sons ou des paroles inintelligibles en provenance des pièces que longeait le couloir secret.

Arrivée à une intersection, Shaïa sortit enfin une lampe de sa poche et l'alluma. Elle se retourna vers Alexandra et sourit timidement.

— Nous n'avons pas le choix, mademoiselle Dickinson, c'est ce soir ou jamais…

— J'ai peur pour Tom.

— Vous avez vu de quoi est capable ce monstre, vous pouvez aussi avoir peur pour vous…

— Je ne sais même pas s'il pourra marcher.

— Nous l'aiderons. Nous ne sommes plus seules.

Devant l'étonnement d'Alexandra, Shaïa expliqua aussitôt :

— À l'heure qu'il est, le garde affecté à sa surveillance doit être profondément endormi. La petite amie de son collègue, celle qui m'a renseignée, a mis un somnifère dans sa boisson…

— Mais ce garde n'est certainement pas le seul…

Shaïa pivota et éclaira un tas de vêtements pliés sur le sol.

— Vous allez enfiler ceci, vous serez habillée comme les autres esclaves, ce qui permettra de ne pas attirer l'attention. Il faudra baisser les yeux devant les hommes si nous en rencontrons. Votre regard fier et sa couleur rare chez nous autres nous trahiraient…

— Comment ferons-nous pour sortir de l'enceinte du palais ?

— Par la porte du fond, celle qu'avait tenté d'emprunter mon frère… Elle ne sert jamais, personne ne remarquera la disparition de la clef. Il faudra se glisser entre deux des rondes du gardien qui surveille cette partie-ci du jardin...

— Et une fois dehors ?

— On marchera jusqu'au premier campement de nomades, ils nous aideront.

— Ton plan a l'air si simple...

— Je suis contente que vous pensiez cela, ça me rassure un peu parce que je suis morte de peur...

Alexandra enfila une djellaba semblable à celle des jeunes filles qui étaient venues un peu plus tôt dans sa chambre et rentra ses longs cheveux dans la capuche. Shaïa l'aida à mettre en place son hijab. Alexandra en utilisa les plis pour dissimuler au maximum ses traits. Désormais, dans les passages secrets du palais, on pouvait voir passer la silhouette de deux servantes aux bras chargés de linge...

Les deux jeunes femmes ne croisèrent que très peu de monde, surtout dans les étages bas. Personne ne leur prêta attention. Alexandra, qui prenait bien soin de se tasser sur elle-même aussi humblement que possible en baissant le visage au moindre bruit, commençait à se prendre au jeu. Elle était fascinée de découvrir la vie grouillante que cet impressionnant palais recelait dans ses murs. Aucun des serviteurs ou des gardes n'empruntait les couloirs d'apparat. Tout le personnel se déplaçait par ce réseau dissimulé qui desservait la totalité du bâtiment. Elle comprenait à présent pourquoi il n'y avait jamais personne dans les couloirs du palais-prison.

Une femme plus âgée déboucha d'un couloir venant d'une autre aile. Alexandra se raidit. La femme fit un signe amical à Shaïa et s'adressa à elle en arabe.

— N'ayez pas peur, dit Shaïa, Atima va nous conduire à la cellule de M. Drake.

Soulagée, Alexandra demanda à sa guide de la remercier chaleureusement. Avant même la traduction de Shaïa, Atima s'inclina légèrement en posant sa main sur son cœur.

Le trio se remit en route et arriva bientôt devant une sorte de poste de garde situé à côté d'un escalier menant aux étages souterrains.

Atima lança quelques mots aux deux hommes en faction, qui lui répondirent en riant. Les trois femmes s'engagèrent dans l'escalier. Elles n'étaient pas à la moitié des marches qu'un des gardes les interpella. Glacée d'horreur, Alexandra se figea sans oser se retourner. Atima remonta de quelques marches et répondit. Sous les phrases aussi incompréhensibles que courroucées d'Atima, ils les laissèrent tranquilles.

— Ils ont demandé si vous étiez nouvelle, glissa Shaïa. Ici, tout le monde connaît tout le monde, et une nouvelle venue est toujours très prisée chez les gardes...

Tout l'étage souterrain était éclairé de néons. Plus les trois femmes s'enfonçaient dans les entrailles du gigantesque repaire de Lawdon, et moins elles croisaient de monde...

Atima leur fit bientôt signe de s'arrêter. Elle se présenta, seule, devant une grille qui barrait l'accès à un couloir sur leur gauche. Elle appela d'une voix douce un prénom masculin. Elle insista. Pas de réponse. Elle jeta un coup d'œil complice à

Alexandra et à Shaïa, qui surveillait le couloir désert.

Atima sortit une clef de sa robe et ouvrit la grille en prenant garde de ne pas faire trop de bruit. Elle s'avança dans le couloir et disparut au premier virage.

Elle revint au bout de quelques secondes seulement, mais l'attente avait semblé interminable aux deux jeunes femmes. Atima leur fit signe de la suivre. Alexandra repoussa la grille derrière elles.

Elles se trouvaient dans le quartier des cellules. Le couloir, un peu plus large désormais, comportait une vingtaine de portes. Au fond, face à elles, un homme était profondément assoupi, la tête entre les bras, sur une table couverte de vieilles revues automobiles anglo-saxonnes. Shaïa gloussa devant le corps inanimé du gardien, terrassé par l'« assaisonnement » de son dîner. Atima se dirigea vers une porte et entrouvrit le judas pour laisser Alexandra regarder à l'intérieur de la cellule.

Drake n'était pas sur son lit. Alexandra poussa une exclamation de surprise angoissée. En hâte, Shaïa décrocha les clefs du ceinturon du garde affalé et les essaya l'une après l'autre. Bientôt le verrou glissa, et les trois femmes ouvrirent le battant métallique avec anxiété.

Il était là, sur le sol, inerte. Il avait dû rester allongé à l'endroit même où ses geôliers l'avaient laissé tomber en le ramenant. Alexandra s'agenouilla près de Drake et murmura son nom.

Devant l'absence de réaction, elle releva son visage blême vers ses amies.

— Secouez-le, dit Shaïa, il faut le réveiller. Nous avons peu de temps. Si quelqu'un venait...

Alexandra posa sa main sur l'épaule endolorie de Tom et le remua avec précaution. Il grogna. De près, ses blessures paraissaient encore plus impressionnantes. Son visage était boursouflé, marqué de grandes marbrures violacées et d'estafilades, ses yeux fermés et creusés de cernes noirs. La gorge de la jeune femme se serra.

— Thomas, c'est moi. Il faut vous réveiller.

Le jeune homme remua, soupira, comme émergeant d'une profonde torpeur.

— Nous devons nous enfuir, Tom, mais je ne peux pas vous porter, il faut que vous m'aidiez. Vous devez marcher.

Drake tourna le visage vers la voix et ouvrit péniblement un œil gonflé.

— Sauvez-vous, laissez-moi, souffla-t-il.

— Hors de question, je reste avec vous. Si vous ne venez pas, on arrête tout et on reste à la merci de ces criminels.

Il tendit le bras et lui saisit la main.

— Alexandra, vous ne m'avez jamais écouté. Pour une fois, faites-moi plaisir, obéissez. Je ne peux pas vous protéger.

— Levez-vous, insista la jeune femme. Appuyez-vous sur moi.

Elle l'empoigna sous les aisselles et le redressa. Shaïa vint lui prêter main-forte. Drake grimaça de douleur et eut un réflexe de recul.

— Écoutez, fit Alexandra, si on ne s'enfuit pas cette nuit, on ne sortira jamais d'ici... J'ai identifié le vieux, je connais son nom. C'est pour ça qu'il s'est acharné sur vous. Dès que mon père aura payé, il nous tuera. Shaïa connaît un moyen pour nous faire sortir du palais. Nous ne pouvons pas attendre, c'est maintenant ou jamais.

La jeune femme marqua une pause avant d'ajouter, du ton décidé que Tom lui connaissait bien :

— Et c'est avec vous, ou pas du tout.

Tant bien que mal, Drake mobilisa ses forces et parvint presque à se mettre debout. Il s'appuya contre le mur et s'ébroua comme un chien.

— Qui sont ces femmes avec vous ? demanda-t-il.

— Des amies. Sans elles, je n'aurais jamais réussi à vous trouver.

— Que devons-nous faire ?

— On vous l'expliquera en chemin, coupa Shaïa. En attendant, enfilez ça.

Les djellabas des servantes, même les plus grandes, n'avaient pas été conçues pour des personnes de la stature de Drake. Ses larges épaules en faisaient une esclave assez carrée. Le voile que lui avait mis Shaïa cachait sa barbe de trois jours, mais pas ses yeux sombres ni ses sourcils, plus fournis que ceux d'une femme.

— Je suis content que votre père ne me voie pas dans cet accoutrement, glissa-t-il à Alexandra en franchissant le seuil de sa cellule.

En découvrant le garde inanimé, il marqua un temps d'arrêt, puis se pencha sur lui pour récupérer son arme dans son étui.

— Ça pourra être utile... dit-il en vérifiant le chargeur.

Tom retrouvait ses réflexes. Alexandra sourit. Tout se passerait bien... Il le fallait.

Les quatre « servantes » refermèrent la grille à clef et prirent le chemin de la sortie. Tom avait du mal à suivre ; il devait s'appuyer sur Alexandra, qui faisait de son mieux pour le soutenir. Atima ouvrait la marche, prête à répondre aux questions gênantes. Shaïa suivait, de plus en plus inquiète par la tournure que prenait l'opération. Sans avoir la moindre notion de l'heure, elle sentait que tout allait trop lentement.

La tension nerveuse et la marche épuisaient Tom ; ses forces déclinaient rapidement. Au pied de l'escalier qui menait au rez-de-chaussée, il manqua tomber. Alexandra le récupéra avec beaucoup de difficulté tant il était lourd.

— Je n'y arriverai pas, murmura-t-il, exténué.

— Vous n'avez pas le choix, répliqua-t-elle. Rappelez-vous les exercices dans votre camp de boy-scouts. Ils vous ont sûrement appris qu'il ne faut jamais lâcher. Et puis taisez-vous, on pourrait nous entendre, vous êtes une servante trop bavarde...

Drake grimaça un sourire et reprit l'ascension des marches. Atima avait pris un peu d'avance pour être certaine d'arriver à distraire les cerbères qui les avaient arrêtées à l'aller. Elle s'était lancée dans une grande tirade avec force minauderies, riant à leurs plaisanteries, lissant leur col avec des gestes doux, réajustant leur veste. Sans protester, les deux molosses se laissaient faire en riant bêtement. C'est à peine s'ils remarquèrent les trois jeunes femmes qui débouchèrent des sous-sols…

Le petit groupe allait franchir une porte de service qui menait aux jardins lorsque l'alerte fut donnée.

37

— Je paierais cher pour savoir après qui ils cavalent, maugréa Drake.

— Que voulez-vous dire ? demanda Alexandra.

— Ont-ils découvert que vous aviez disparu de votre chambre, ou bien que ma cellule était vide ?

En quelques instants, les abords de la sortie de service avaient été envahis du personnel affolé qui courait en tous sens en s'interpellant, ignorant la raison de l'alerte. Dans les couloirs, des sirènes stridentes retentissaient à intervalles réguliers. Au milieu du tumulte, le petit groupe passa la porte qui menait aux jardins juste à temps. À peine avaient-ils fait quelques pas dehors que les verrous électriques commandés à distance bloquaient toutes les issues du palais.

Terrifiée, Atima marmonna quelques mots incompréhensibles d'un ton plaintif. Sans ralentir, Shaïa murmura :

— La dernière fois que j'ai vu ces systèmes de sécurité fonctionner, c'était la nuit où mon frère a essayé de s'enfuir…

Paradoxalement, les jardins étaient très calmes. De puissants projecteurs jusqu'alors invisibles les inondaient d'une lumière blanche et crue, mais les quatre « servantes » parvinrent à gagner le cœur du parc sans encombre. Au loin, on entendait crier des ordres et le hurlement étouffé des sirènes. L'alerte avait eu sur Drake l'effet d'une douche glacée. Il avait désormais le regard vif et, malgré une mobilité encore ralentie par ses blessures, le danger avait réveillé la plupart de ses facultés.

En entendant des pas dans les allées gravillonnées, il poussa les trois jeunes femmes dans un bosquet où ils se dissimulèrent. Accroupis derrière les longues branches aux feuilles épaisses, ils virent passer une dizaine d'hommes armés en direction de l'entrée principale du palais.

— C'est toujours ça de moins pour garder la porte de derrière, grommela Alexandra.

— Nous devons y aller, dit Shaïa. Ils ne seront pas longs à fouiller le palais de fond en comble et à découvrir que nous sommes quelques-uns à manquer à l'appel. Ils en déduiront que nous sommes dehors. Nous aurons tout le monde à nos trousses...

Alexandra regarda Drake, préoccupée.

— Ça va aller ?

— Je n'aurais pas précisément choisi ce soir, mais puisque nous y sommes...

Le jeune homme rajusta maladroitement le tissu qui dissimulait son visage et s'extirpa du feuillage le premier. Il s'assura que le pistolet dérobé au garde était toujours à sa ceinture. L'allée était déserte. Il fit signe à ses complices.

— Nous devons rejoindre l'enceinte arrière, expliqua Shaïa en désignant le sud. Il y a encore du chemin.

Le petit groupe passa ainsi de la roseraie à la palmeraie, puis s'engagea dans les allées d'un parterre de plantes fleuries trop basses pour les cacher. La silhouette du palais s'étirait sur leur gauche, imposante. Beaucoup des fenêtres étaient éclairées. L'aveuglante lumière des projecteurs empêchait de distinguer de quel côté regardait la vigie au sommet de son minaret.

Toute la difficulté de leur progression reposait sur le bon rythme de leur marche. Trop rapide, ils risquaient d'attirer l'attention et de se rendre suspects au premier coup d'œil. Trop lent, ils perdaient de précieuses secondes. Le visage rentré au fond de sa capuche, Alexandra marchait, les yeux rivés sur les épaules de Tom. Si paradoxal que cela paraisse, elle n'avait pas peur. Shaïa semblait plus déterminée que jamais. Seule Atima paraissait avoir des difficultés à respirer ; elle marchait d'un pas raide, les poings serrés ramenés sur sa poitrine en regardant tout autour d'elle. Alexandra posa sa main sur son épaule, espérant lui dire son soutien par ce geste. La jeune femme sursauta comme un animal acculé ; elle tremblait, les larmes aux yeux. Le geste amical d'Alexandra lui arracha un pauvre sourire mais sembla lui redonner quelques forces. Elle allongea le pas.

À l'extrémité des allées fleuries, des bosquets se profilaient déjà, annonçant une sécurité toute relative. L'étrange procession glissait sans bruit, quatre ombres fantomatiques. Shaïa désigna une allée étroite à Drake, qui s'y engagea. La taille des arbustes y était moins soignée et le sol couvert de petites herbes sauvages indiquait qu'elle était peu fréquentée.

Au cœur de la végétation un peu plus dense régnait une tranquillité illusoire ; le chant des quelques oiseaux réveillés par la lumière des projecteurs couvrait presque le lointain tintamarre de l'alerte. Drake savait que leur petite avance était une chance inespérée. Qu'aurait-il pu faire, seul contre une armée avec trois jeunes femmes à protéger ? Puis il se ravisa : il devait bien admettre que c'était plutôt l'inverse. Jusqu'à présent, c'étaient les « demoiselles en danger » qui l'avaient délivré, guidé et, sans elles, il serait certainement déjà mort…

La sente déboucha sur une allée plus large. Drake s'y aventura, non sans avoir vérifié qu'elle était déserte. Par-dessus les haies, on distinguait nettement le haut mur d'enceinte.

— Nous ne sommes plus loin, souffla Shaïa.

Drake reprenait la tête de leur petit groupe à ses côtés quand une voix les figea sur place.

Atima se retourna la première. Un garde les tenait en joue de son pistolet-mitrailleur. Il leur parla d'un ton agressif, par phrases courtes, interrogatives. Atima restait muette, tremblant de terreur. Le garde s'approcha. Méfiant, il décrocha de sa ceinture une lampe torche qu'il braqua sur leur visage. Atima cligna des yeux, Alexandra se dissimula de son mieux au fond de sa capuche. Shaïa fit un pas en avant, répondant d'un ton aussi peu amène que l'homme.

Ses premières reparties semblèrent rassurer le garde. Il releva la tête, et sa posture se détendit légèrement, mais il les gardait toujours en ligne de mire. Attiré par leurs échanges, un autre garde le rejoignit. Lui aussi braqua son arme sur les quatre « servantes ».

Shaïa continua à tenter de justifier leur présence dans cette partie peu utilisée du domaine au beau milieu d'une alerte. Mais l'allée ne conduisait pas à grand-chose et les gardes semblaient de plus en plus dubitatifs. Deux fois, Drake évita le faisceau de la lampe, mais le garde insista et contourna le groupe pour s'approcher de lui, soupçonneux. L'homme avait le doigt sur la détente. Alexandra ne savait que faire. Dans un mouvement imperceptible, Drake empoigna doucement la crosse de son pistolet sous sa robe et dirigea l'arme vers le garde à travers le tissu.

Soudain, Atima s'effondra en sanglots. Surpris, le garde se détourna de Drake pour s'approcher d'elle et la dévisager. Shaïa en profita pour reprendre l'offensive, leur criant dessus : elle les rendait responsables des pleurs de la malheureuse fille. Leur chef ne serait pas content, ils avaient sûrement autre chose à faire que terroriser d'innocentes et dévouées servantes...

Devant la vindicte de la jeune fille, les gardes battirent en retraite en balbutiant. Soupirant de soulagement, Tom et Alexandra félicitèrent Shaïa pour son cran et son aplomb. La situation s'était renversée... au prix de précieuses minutes.

Le petit groupe s'était déjà retourné pour s'éloigner, débarrassé des gardes, lorsqu'une nouvelle voix les interpella en anglais. Par réflexe, Shaïa se retourna et répondit d'un ton énervé dans la même langue...

Aussitôt consciente de s'être trahie, elle porta la main à sa bouche comme pour rattraper ses paroles, mais il était trop tard. L'homme les fixait froidement en souriant. Les deux gardes vinrent se placer à ses côtés, armes en main.

Drake n'avait plus le choix : s'il ne réagissait pas, tout était perdu, ils seraient repris. Il fit feu trois fois. Un des tirs passa entre Shaïa et Atima. Deux des hommes furent tués sur le coup, mais le troisième s'effondra à genoux. Dans un ultime sursaut, il saisit son arme et tira devant lui en balayant au hasard. Drake projeta littéralement les trois jeunes femmes au sol et fit feu une dernière fois.

Sans perdre une seconde, alors que les trois femmes ne s'étaient pas encore relevées, Drake traîna les corps en boitillant et les dissimula grossièrement dans la végétation. Tout le domaine avait dû entendre les rafales. Du pied, il effaça les traces de sang dans la poussière, puis il arracha sa robe devenue inutile.

Alexandra aida Atima à se relever. Tous étaient indemnes, mais pour combien de temps ? Instinctivement, Shaïa se mit à courir, aussitôt imitée par ses compagnons. Leur fuite silencieuse prenait à présent des allures de course-poursuite.

Drake traînait la jambe, mais il lui restait suffisamment de puissance pour compenser. Alexandra sentait son cœur battre à grands coups dans sa poitrine. Maintenant, elle avait peur.

Le mur était encore à quelques mètres, mais la végétation trop dense empêchait d'en voir la base. Shaïa fouilla l'épais rideau végétal des yeux, scrutant le feuillage à la recherche de l'entrée depuis longtemps oubliée.

Quelques pas plus loin, elle s'immobilisa. Dans la haute muraille, à demi dissimulée par une plante grimpante aux étroites feuilles d'un vert brillant, une porte métallique arrondie se dressait... barrée d'une lourde herse.

— Ils ont dû rajouter la herse après..., gémit Shaïa, essoufflée et désemparée.

Son regard se brouilla. Trop de souvenirs lui revenaient dans ce tragique endroit. La végétation avait poussé, les plantes avaient habillé le mur, mais les impacts de balles étaient encore visibles dans les pierres.

— Vous avez la clef ? demanda Drake.

Tirée de sa tristesse, Shaïa fit un signe à Atima qui, de ses mains tremblantes, extirpa de sa robe une imposante clef d'acier rouillé.

Drake empoigna la herse par le barreau du bas. Il fallait la relever avant de pouvoir accéder à la porte dont Atima tenait la clef... en espérant que la serrure fonctionne encore.

— Alexandra, lança-t-il, trouvez-nous une branche ou un poteau, gros comme le bras et le plus long possible.

Aussitôt la jeune femme se mit en quête de ce qu'il demandait, fouillant dans les buissons au pied des arbres. Tom s'arc-bouta et essaya de toutes ses forces de déplacer la grille, mais elle était bien trop lourde. Shaïa et Atima vinrent lui prêter main-forte. En unissant leurs efforts, ils parvinrent à l'ébranler.

Alexandra revint bientôt avec une barre de bois arrachée à un espalier. Elle se joignit à eux. Les cris des hommes et les aboiements des chiens devenaient de plus en plus clairs.

— Ils ne vont plus tarder, dit Shaïa. Ils ont sûrement deviné où nous étions...

Ils redoublèrent d'efforts. Atima jetait souvent des regards affolés derrière elle. Bandant tous ses muscles, le quatuor parvint peu à peu à élever la herse, calant chaque centimètre gagné avec le poteau de bois. Drake était en sueur. Lorsque le passage sous les barreaux en pointe fut assez haut pour que le battant puisse passer, ils bloquèrent définitivement la herse grâce au madrier. Drake prit la clef d'Atima et introduisit la longue tige dans la serrure. Bloquée.

— Dépêchez-vous, Tom ! le pressa Alexandra.

Les bruits de course devenaient distincts, les voix se rapprochaient. Des exclamations retentirent. Ils avaient dû trouver les corps des gardes. Leurs poursuivants seraient là d'une seconde à l'autre.

— La serrure doit être rouillée, pesta Tom. J'ai besoin d'une pierre.

Il en ramassa une assez grosse et frappa le carter de la serrure de toutes ses forces. De petits éclats de rouille en tombèrent. Le bruit des chocs allait encore précipiter l'arrivée des gardes. Lâchant la pierre, Drake essaya à nouveau de faire fonctionner le mécanisme. Un demi-tour, c'est tout ce que concéda la serrure. La porte restait close.

Les gardes n'étaient plus loin. Le craquement sec des branches brisées dans leur traque les situait à quelques dizaines de mètres.

— Donnez-moi votre arme, dit Alexandra à Tom.

Elle empoigna le revolver, plaça ses mains fermement autour de la crosse et le pointa vers les fourrés. Il hésita une fraction de seconde à la laisser faire, mais la jeune femme lui avait déjà montré ce dont elle était capable. Il était son garde du corps, mais cela ne voulait pas dire qu'elle était incapable de se défendre… Cette femme avait plus de cran que bien des soldats. Il se concentra sur la serrure et frappa à nouveau avec violence. Atima tremblait comme une feuille, au bord de l'hystérie. Shaïa faisait de son mieux pour la calmer et priait à voix basse pour qu'un dieu les délivre enfin de cet enfer. Par un terrible coup du sort, elle allait peut-être disparaître au même endroit que son frère…

La clef fit trois quarts de tour. Drake la serra si fort que des éclats de rouille pénétrèrent sous sa peau. En serrant les dents, il parvint à la tourner complètement. Le pêne glissa de moitié en frottant. Il reprit sa respiration et, dans un ultime effort, réussit à faire faire à la clef un second tour. La serrure s'ouvrit complètement.

— Ça y est ! hurla-t-il.

En guise de réponse, une première rafale vint balafrer le mur au-dessus d'eux. Alexandra riposta à l'aveuglette, mais son chargeur fut vide en quelques coups. Drake secoua la porte de toutes ses forces pour l'ouvrir. Le lourd battant grinça sur ses gonds massifs et enfin, pivota par à-coups.

Le passage était presque assez large pour s'y glisser. Shaïa attrapa Atima par le bras et tenta de l'entraîner vers l'ouverture. La jeune femme était effondrée sur elle-même, paralysée par la terreur. Elle ânonnait des paroles sans suite entrecoupées de violents sanglots.

Alexandra savait que les gardes étaient tapis de l'autre côté de l'allée, dans l'épaisse végétation. Elle brandissait son arme dans leur direction comme si elle avait encore des balles.

— N'avancez pas, hurla-t-elle. Je n'hésiterai pas à faire feu !

Une autre rafale déchira le sol à ses pieds. La jeune femme eut un instant de panique mais reprit aussitôt ses esprits. Ils ne la tueraient pas, elle le savait. Du moins pas tout de suite...

Une nouvelle volée de balles vint frapper le mur d'enceinte autour de la porte. Instinctivement, Drake rentra la tête dans les épaules et tira encore sur le battant. Shaïa traînait de toutes ses forces Atima qui s'était complètement laissée tomber sur le sol.

— Venez, Alexandra ! cria Drake.

La jeune femme fit un pas en arrière. Une rafale vint cribler le mur d'enceinte un peu plus bas que la précédente. Alexandra pointa son arme d'un geste menaçant. Depuis un autre fourré, une série de tirs éclata. Certaines balles vinrent frapper le fer de la herse, d'autres se fichèrent dans le poteau qui la soutenait. Drake reconnut immédiatement le tir d'une arme de précision.

— Alexandra, ils essaient de fermer la herse !

Elle jeta un coup d'œil rapide vers lui et continua à reculer. De nouvelles rafales vinrent marteler le mur et la porte. Le madrier fut touché à plusieurs reprises. Le bois commença par craquer puis, sous l'impact de nouveaux tirs plus nourris, se sectionna dans un bruit sec, cédant sous le poids de la herse et le mitraillage conjugués. Drake empoigna Shaïa et la souleva littéralement de terre. Les pointes acérées de la grille frôlèrent la jeune fille avant d'aller se ficher profondément dans le sol.

En entendant le choc sourd, Alexandra se retourna. Elle vit Drake et Shaïa par la porte entrebâillée, de l'autre côté des barreaux, dehors. Dans un élan désespéré, elle s'élança vers eux, mais elle trébucha et tomba dans la poussière près d'Atima.

Elle entendit le bruit des bottes qui martelaient le sol en s'approchant d'elle. Elle savait que dans quelques secondes, elle redeviendrait la prisonnière de Lawdon, mais elle n'arrivait pas à détacher son regard de celui de Tom.

Sa vue se brouilla, elle ne distinguait plus la herse, elle eut l'impression de voir le mur d'enceinte chavirer. Elle sentit qu'elle allait perdre conscience. À travers la porte de sa liberté perdue, elle distingua une chose, une seule, avant de sombrer : la haute silhouette d'un homme qui s'était glissé derrière Tom et lui plaquait un poignard contre la gorge...

38

Combien de temps était-elle restée inconsciente ? Ce fut la première question que se posa Alexandra, allongée sur un sol froid et dur. Elle ouvrit les yeux, se contentant d'abord de regarder ce qui se trouvait juste devant elle : un sol de béton maculé de traces de pas terreuses. Plus loin, elle distingua une forme floue, un corps replié sur lui-même. Elle se redressa avec peine, écarta les mèches de cheveux qui lui pendaient devant les yeux et rampa dans sa direction. C'était Atima, endormie, la respiration régulière et profonde, les traits encore crispés dans son sommeil.

Alexandra savait où elle était : sa compagne et elle avaient été jetées dans une des geôles souterraines du palais, celles dont Shaïa disait que l'on ne revenait pas. La jeune femme poussa un gémissement, douleur et angoisse mêlées. Elle s'approcha encore d'Atima et la secoua doucement. La servante s'éveilla brusquement, dans un sursaut, comme pendant un cauchemar. Elle regarda autour d'elle, hébétée, reconnut Alexandra et reprit son expression consternée, au bord des larmes.

Alexandra lui parla, bien que sachant qu'elle ne comprenait pas ses paroles. Elle espérait que le ton de sa voix l'apaiserait. Atima se calma en effet et dit quelque chose en désignant la porte.

Sans doute la conversation avait-elle attiré l'attention des gardes, car le judas s'ouvrit. Alexandra ne vit qu'une paire d'yeux sombres et menaçants. Le volet se referma aussi sèchement qu'il avait été ouvert.

Qu'allait-il advenir d'elles ? Quel sort pouvaient espérer une esclave qui avait trahi et une otage capable d'identifier son ravisseur ?

Une interminable attente commença pour les deux femmes. Les minutes semblèrent des heures ; à chaque instant qui passait, cent nouvelles questions angoissantes assaillaient l'esprit d'Alexandra.

Quelle heure pouvait-il être ? Était-elle restée évanouie des minutes, des heures, des jours peut-être ? Dans cette prison enfouie sous le palais, impossible de savoir. Où était Tom ? Que lui était-il arrivé ? Était-il seulement encore en vie ?

Alexandra avait perdu toute notion du temps lorsque les verrous de la porte s'ouvrirent, claquant les uns après les autres. Un garde entrebâilla prudemment le battant en pointant son arme, ce qui eut pour effet immédiat de replonger la malheureuse Atima dans une crise de larmes. Alexandra l'aida à s'asseoir sur la paillasse et l'entoura de son bras.

Salem entra, l'air résigné.

— Son Excellence veut vous voir. Immédiatement.

La jeune femme prit son courage à deux mains et lui répondit :

— Votre patron est un monstre de la pire espèce, vous le savez. Il n'a d'Excellence que le nom. Aidez-nous, Salem. Je vous en conjure. Vous savez mieux que nous ce que ce démon projette. Je sens que vous ne l'approuvez pas.

L'homme détourna le regard et se contenta de répéter :

— Il veut vous voir, il n'aime pas attendre.

— En refusant de nous aider, vous devenez complice de ses crimes. Il va tous nous tuer.

— Mademoiselle Dickinson, coupa Salem, je ne peux rien pour vous. Suivez-moi.

La jeune femme se redressa et, d'un ton plein de défi, rétorqua :

— Je n'irai pas. Qu'il vienne, s'il tient tant que ça à me voir !

— La dernière fois que je vous ai donné un conseil, vous ne l'avez pas suivi. Je vais pourtant recommencer : ne faites plus d'histoires, ne le mettez plus en colère…

Alexandra croisa les bras et se détourna, gardant un silence qui valait toutes les réponses. Salem leva les bras en signe d'impuissance et fit signe au garde de refermer la porte.

Atima ne comprenait rien à ce qui se passait, elle se cramponnait comme une enfant au bras de sa compagne d'infortune.

La porte de la cellule ne resta pas fermée bien longtemps, et à en juger par l'air inquiet du garde, il ne pouvait s'agir cette fois que du maître des lieux.

Lawdon entra telle une bourrasque. Il s'immobilisa face aux jeunes femmes, les mains croisées dans le dos, bien campé sur ses jambes. Il était hors de lui.

— Voilà des années que je ne suis pas venu dans ces caves, fulminait-il. Je n'aime pas vos caprices, jeune fille, et je brûle d'impatience d'atteindre la minute où je pourrai vous les faire payer. Mais, pour l'heure, vous allez m'aider à convaincre votre père qu'il doit payer, et vite.

— Jamais.

— Je m'attendais à quelque chose de ce genre.

Avec un air satisfait, il ramena son bras droit devant lui. Il tenait une arme qu'il pointa aussitôt sur Atima.

— Attendez ! s'écria Alexandra.

Lawdon ne lui prêta aucune attention et, sous le regard horrifié de la jeune femme, tira sans la moindre hésitation dans la jambe de la servante. Les pleurs paniqués de cette dernière se muèrent en hurlements de douleur.

Alexandra se leva d'un bond pour se jeter sur Lawdon, mais un garde s'interposa. L'homme en fut quitte pour une belle balafre au visage. En voyant le sang perler, et le mal qu'il avait à ceinturer la jeune femme, un second gardien vint lui prêter main-forte.

— Cette personne va nous suivre partout, fit Lawdon en désignant Atima. Chacun de vos refus lui vaudra une balle de plus, à chaque fois un peu plus haut.

Alexandra hurla sa rage et eut un sursaut de colère qui faillit déséquilibrer les deux molosses.

— Selon mes estimations, précisa cyniquement Lawdon, vous avez encore le droit à trois caprices avant qu'une balle n'atteigne le cœur...

— Pauvre malade ! cracha Alexandra.

Le sourire de Lawdon lui fit froid dans le dos. Il fit signe aux gardes, qui repoussèrent la jeune femme brutalement vers sa compagne ensanglantée, et la porte se referma sur elles.

39

Lawdon ouvrit lui-même les portes magnifiquement sculptées de son bureau. Alexandra, poignets attachés et jambes entravées par une corde, entra à petits pas, maintenue par les deux hommes. Salem marchait derrière, à côté du brancard de fortune sur lequel Atima gémissait sourdement. Son mollet avait été bandé à la va-vite par un des gardes, mais le tissu était déjà rouge de sang.

— Bienvenue dans mon antre, ma chère, déclama Lawdon avec grandiloquence.

Sous de hauts plafonds, l'immense salle était ornementée et dorée jusque dans les moindres recoins. Toiles, sculptures, gravures s'accumulaient sans goût ni ordonnancement, placées côte à côte avec certainement pour unique but de satisfaire l'ego de leur propriétaire. D'épais tapis couvraient le sol que l'on devinait de marbre blanc. Les moulures de bois, les appliques de cuivre et le mobilier du plus grand luxe ne parvenaient pas à donner de chaleur à la pièce surchargée.

Dans la partie supérieure courait une étroite galerie aux murs tapissés de livres. Il devait y en avoir des milliers, peut-être des millions. Au centre de la pièce trônait un grand bureau de bois précieux, couvert de documents, de bibelots, d'une lampe au pied antique et de trois téléphones.

— Peu de mes visiteurs ont eu le privilège de pénétrer en ces lieux, fit Lawdon, visiblement satisfait de lui-même. C'est le cœur de mon palais. D'ici, je contrôle tout. C'est aussi la pièce la plus sûre, la mieux protégée.

Il avança vers Alexandra et, gonflé d'un orgueil puéril, ajouta sur le ton de la confidence :

— Je suis certain que même votre père serait jaloux de mon bureau, n'est-ce pas ?

À présent, Alexandra n'avait plus aucun doute : Lawdon était un détraqué, un fou dangereux et sanguinaire. Détournant les yeux pour ne plus le voir, elle repéra la caméra vidéo et les projecteurs face à la chaise.

Elle chercha aussitôt où Lawdon avait pu cacher les morbides outils de sa prochaine mise en scène ayant Drake pour victime. Lawdon ne l'avait sans doute pas tué, mais gardé en vie pour faire pression sur elle. À quel moment allait-il user de ce chantage ? Frissonnant, Alexandra pria pour que ce moment n'arrive jamais.

— Figurez-vous que votre père ne croit pas à votre enlèvement. Il dit qu'on lui a déjà fait la blague trop récemment et que ça commence à bien faire. Il a même terminé en précisant : « Embrassez-la pour moi »...

Alexandra se mordit la lèvre en se maudissant.

— Il faut donc très rapidement lui faire comprendre que ce n'est pas une plaisanterie. Je pense qu'un doigt portant la jolie bague qu'il reconnaîtra sans doute sera un bon début. S'il a encore un doute, il pourra toujours faire un test ADN avec son propre sang...

Alexandra écarquilla les yeux.

— Mais afin de lui épargner le coût exorbitant de ces analyses, sans parler du délai qui retarderait d'autant le versement de la rançon, je vais lui envoyer la vidéo qui montrera sans le moindre doute possible que c'est à vous qu'appartenait ce doigt...

Alexandra crut défaillir. Il n'y avait plus de colère en elle, juste la peur, une peur panique. Sans la poigne des gardes, elle se serait effondrée comme une poupée de chiffon.

Lawdon désigna la chaise d'un geste emprunté.

— Prenez place, et dites-vous que ni votre doigt, ni votre bague ne sortiront de votre famille !

Il éclata d'un rire sec et saisit un sabre, qu'il tendit à Salem.

À ce moment, Alexandra entendit au loin une déflagration, étouffée mais puissante. Si elle n'avait pas été en état de choc, elle aurait même pu croire que le sol avait légèrement tremblé.

— Alors, Salem, qu'attendez-vous ? aboya Lawdon.

L'homme de main semblait peu sûr de lui. Les épaules basses, il s'avança à contrecœur pour prendre l'arme que lui tendait son maître.

Les gardes poussèrent Alexandra dans sa chaise. Elle s'y écroula plus qu'elle ne s'assit. Lawdon s'approcha et dit d'un ton ironique en désignant Salem du menton :

— Je crois que le pauvre bougre n'a pas l'habitude de la chirurgie au sabre. S'il vous coupe quelques doigts en trop, ne lui en veuillez pas !

Alexandra n'avait même plus la force de réagir aux provocations de son ravisseur. Les yeux rivés sur la lame brillant d'un éclat argenté, elle haletait, la bouche entrouverte, comme un animal acculé. Salem s'avança lentement. Alexandra chercha son regard, mais l'homme faisait tout pour l'éviter.

— Ayez au moins le courage de me regarder en face, dit-elle faiblement.

Lawdon mit la caméra en marche. Il prit une voix nasillarde de dessin animé et en faisant le clap de tournage avec ses mains, hurla :

— Ça tourne ! Titre de la scène : « Cet enlèvement n'est pas une plaisanterie » ! Première !

Décontenancé par l'attitude de son patron, Salem semblait figé, incapable d'obéir. Alexandra regarda la caméra et s'écria :

— C'est Lawdon, papa, c'est Edward Lawdon !

L'intéressé arrêta aussitôt la caméra et, sans un mot, dégaina son revolver. Le tir frôla un garde et atteignit Atima à la cuisse. La pauvre fille avait déjà perdu connaissance. Alexandra poussa un cri d'effroi.

— Ne vous avisez plus de gâcher la prise, ma jolie. Ce genre de chose nous obligera à la refaire et vous n'avez que deux mains…

Au moment où Lawdon retournait derrière la caméra, un homme fit irruption sans frapper.

— Votre Excellence !

Dans un geste de rage qui envoya valser un projecteur, Lawdon s'écria :

— J'avais demandé à ne pas être dérangé ! Que faut-il donc faire pour être obéi ? La mort ne vous effraie pas suffisamment ?

L'importun se figea sur place, tétanisé, regardant son maître agiter son arme nerveusement.

— Vous devriez voir vous-même, Votre Excellence, dit-il d'une voix étranglée. Cette fois, c'est sérieux...

Lawdon sembla un instant oublier sa folie pour revenir à la réalité. Il se dirigea rapidement vers son bureau, appuya sur un bouton dissimulé qui fit apparaître un clavier. Il frappa quelques touches et aussitôt, les boiseries du mur de droite s'écartèrent pour laisser apparaître une vingtaine d'écrans vidéo géants.

Tous les points stratégiques du palais étaient ainsi surveillés. La panique semblait régner dans la plupart des secteurs. La porte principale avait été barricadée par des véhicules garés contre elle en hâte.

— Ils n'ont jamais été si nombreux, précisa le garde, inquiet. Ils ont des explosifs. Les hommes ont peur. Il faudrait leur parler, les rassurer.

Lawdon le fit taire d'un geste brusque sans quitter les écrans des yeux.

— Ces vermines ont décidé de bouffer du lion. Vous avez de la chance, mademoiselle Dickinson, nous sommes obligés de remettre notre petite séance à plus tard. Décidément, la terre entière se ligue pour m'empêcher de faire fortune !

Alexandra ignorait toujours ce qui se passait vraiment, mais elle ne put s'empêcher d'espérer que Drake était mêlé à tout cela.

— Salem, descendez et organisez la contre-offensive.

L'homme lâcha son sabre et partit en courant.

— Je vais leur montrer que le lion a encore de la ressource avant d'être inquiété...

Une nouvelle explosion retentit. Cette fois, il ne pouvait pas y avoir de doute, le sol avait tremblé. Lawdon martela son clavier pour orienter ses caméras. Sur les écrans, les scènes de panique défilèrent en panoramique. Le palais subissait une attaque en règle. Lawdon s'arrêta soudain sur un pan de muraille masqué par un épais nuage de poussière. La fumée se dissipa, laissant apparaître une brèche de plusieurs mètres de large. Lawdon jura.

Il appuya sur un autre bouton et du plateau de son bureau émergea un micro. Il se racla la gorge avant de l'activer. D'une voix aussi calme que possible, il déclara :

— Ne paniquez pas, repoussez-les comme nous l'avons toujours fait. Ils ont ouvert une brèche sur le flanc ouest, postez-vous en embuscade et abattez-les dès qu'ils entreront.

La voix, relayée par de puissants haut-parleurs, résonnait à travers la totalité du palais et des jardins. Le micro rentra dans son logement et Lawdon se remit aussitôt à pianoter avec un sourire carnassier.

— Et maintenant, activons les champs de mines...

Les gardes avaient les yeux rivés sur les écrans, contemplant leurs frères désorganisés qui couraient en tous sens. L'appel de Lawdon n'avait pas ramené le calme.

Profitant de leur inattention, Alexandra se leva de sa chaise et, sans quitter les gardes ni Lawdon des yeux, s'approcha à pas prudents du sabre abandonné sur le tapis à quelques mètres d'elle. Elle se baissa vivement, le ramassa et trancha la corde qui liait ses poignets, puis celle qui reliait ses chevilles. Elle était à nouveau libre de ses mouvements.

La clameur qu'elle entendit soudain monter ne venait pas de l'intérieur du palais : sur les écrans de contrôle, une véritable marée humaine était en train de s'engouffrer par la brèche.

« Ils vont se faire tirer comme des lapins ou exploser sur les mines », pensa Alexandra. Elle se rua sur Lawdon qui lui tournait toujours le dos et lui frappa violemment le bras du plat de son sabre. L'homme recula avec un cri de douleur et lâcha son arme. Alexandra ramassa le pistolet et le mit en joue.

— Si quelqu'un bouge, il est mort ! lança-t-elle à la cantonade.

Elle appuya au hasard sur les quelques boutons dissimulés sur l'angle du bureau jusqu'à ce que le micro apparaisse. Elle l'activa aussitôt en gardant un œil sur les gardes.

— N'avancez pas ! cria-t-elle. Le terrain est miné et les hommes de Lawdon vous attendent !

Sa voix résonna dans les couloirs et les jardins. Soudain, Lawdon lui sauta dessus en feulant de rage. Elle se laissa tomber à terre et roula pour lui échapper, sans lâcher ni le revolver ni le sabre. Elle se releva, menaçant son agresseur de ses armes.

— Reculez, Lawdon ! Je n'hésiterai pas ! fit-elle, déterminée.

— Je vous crois, fit-il en levant les bras pour l'apaiser.

L'un des gardes avança à son tour. Alexandra tira en l'air, au-dessus de sa tête. Il se figea sur place.

— Et de six, grommela Lawdon. Vous n'avez plus de balles...

Elle le mit en joue et pressa la détente à plusieurs reprises. Seul le clic du chien sur le chargeur vide répondit.

— Bien joué, mais perdu, siffla Lawdon en s'élançant sur elle.

Dans un réflexe, la jeune femme balaya l'espace de son sabre et entailla l'autre bras de Lawdon. Il hurla et recula, les yeux noirs de rage et la mâchoire crispée.

— Vous allez me payer ça au-delà de ce que vous pouvez imaginer !

Sur les écrans de contrôle, les gardes du palais refluaient. Ils fuyaient devant les hordes envahissant le domaine.

— Visiblement, vos mines ne sont pas très efficaces, commenta Alexandra.

— Ne vous inquiétez pas pour moi, j'ai d'autres tours.

À peine avait-il dit ces mots qu'un groupe d'hommes entrait en courant.

— Votre Excellence, les jardins sont envahis ! Les portes du palais ne résisteront pas longtemps. Il faut fuir !

— C'est hors de question ! hurla Lawdon.

Sur un des écrans, un visage apparut en gros plan. Alexandra le reconnut immédiatement et son cœur fit un bond dans sa poitrine. La joie, le soulagement l'envahirent. Elle était certaine qu'il faisait cela pour elle, pour lui dire « Tiens bon, j'arrive ! ». Elle sourit. Tom avait survécu, il était libre. Bientôt, il serait là.

Lawdon pesta et serra les poings.

— Aidez-moi à attraper cette fille, ordonna-t-il à ses hommes, et bloquez ces portes !

Le vacarme était maintenant tout proche. Il ne venait plus seulement des écrans de contrôle, mais de l'intérieur du palais. Les combats avaient lieu jusque dans les couloirs. Coups de feu, hurlements, ordres, le chaos qui régnait dans le bâtiment était indescriptible.

Les écrans montraient plusieurs débuts d'incendie. À présent, les gardes cernaient Alexandra. Elle recula autant qu'elle le pouvait, se protégeant à grands coups de sabre, mais même en se battant comme une tigresse, le nombre eut raison d'elle. Elle blessa plusieurs de ses assaillants mais se retrouva finalement immobilisée sur le sol. Elle fut promptement ligotée et traînée sans ménagement comme un vulgaire sac par un Lawdon au comble de la rage.

La tenant fermement, il se dirigea vers l'un des murs et actionna un mécanisme secret dissimulé dans les moulures. Une grande toile représentant une bataille napoléonienne s'effaça pour laisser apparaître un panneau métallique. Lawdon composa un code.

— Personne ne vous retrouvera jamais, ma petite, personne ne pourra vous suivre là où nous allons...

Le panneau glissa, ouvrant un passage obscur.

— Tout est votre faute, maugréa-t-il, vous n'obéissez jamais. Finalement, je plains votre père...

Il avait à peine prononcé ces mots qu'une silhouette surgit de la pénombre du passage secret. Drake décocha un coup de poing magistral à Lawdon, qui bascula en arrière sous l'impact.

— C'est ce que je passe mon temps à lui dire, fit-il en souriant à Alexandra, qui n'en croyait pas ses yeux. Vous n'obéissez jamais.

Il mitrailla l'autre extrémité de la pièce, obligeant les gardes à s'enfuir.

— Je vous ai cru mort, dit Alexandra, la voix tremblante.

— Ça devient une habitude !

Il se pencha et caressa le visage de la jeune femme. De sa voix grave, il ajouta avec douceur :

— Pas question de mourir avant de te savoir en parfaite sécurité.

— Comment as-tu fait ? Qui sont tous ces gens ?

Drake se décala, laissant apparaître Shaïa. La jeune fille était émue aux larmes.

— Mon frère avait réussi à s'enfuir, expliqua-t-elle. Il a essayé plusieurs fois de venir nous délivrer – d'où les coups de feu que nous entendions parfois la nuit. Tous les nomades de la région haïssent le vieux, il a pris leurs enfants et leurs puits...

— Au fil des années, c'est une véritable petite armée de nomades qui s'est constituée, continua Tom. Ils n'attendaient que la bonne occasion. Ils ont même des explosifs...

Alexandra se tortilla et fit une moue faussement réprobatrice.

— Je vous écouterais bien des heures, mais si vous pouviez me détacher...

— Bien sûr ! s'exclama Tom en tirant un canif de sa poche.

Il s'agenouilla, posa son arme et coupa une à une les cordes. Il avait presque terminé lorsqu'il vit le regard d'Alexandra. Elle regardait fixement par-dessus son épaule.

— Leçon numéro un, siffla Lawdon, ne jamais lâcher son arme. Les mains en l'air !

Drake obtempéra.

— Vous ne m'avez pas loupé, lui dit Lawdon en se frictionnant la mâchoire. Vous êtes décidément un couple infernal.

Il passa un bras autour de la gorge d'Alexandra, lui plaquant son automatique sur la tempe. Il repoussa Shaïa et Drake dans le passage secret et composa le code.

— Dites adieu à votre jolie protégée, vous ne la reverrez jamais...

Le panneau métallique se referma sur eux. Alexandra savait que Lawdon, acculé, n'hésiterait désormais plus à la tuer. Il l'entraîna en arrière. Une nouvelle fois, elle se trouvait séparée de l'homme qui avait voulu la sauver.

Lawdon gagna son bureau sans lâcher sa proie. Alexandra suffoquait sous son étreinte. Il pianota sur son clavier, actionnant plusieurs systèmes d'urgence. Il aboya quelques ordres dans son micro, tentant sans succès de reprendre le contrôle des événements. Il fixait ses écrans qui montraient un chaos absolu. Partout dans le palais, des hommes portant la tenue des hommes du désert, chèche bleu ou blanc et long vêtement ample, poursuivaient des gardes, armés de sabres, de pistolets, ou même de haches ou de pieux.

Alexandra fut la première à entrevoir Drake. Il se tenait debout sur la galerie supérieure de la pièce, à quelques mètres au-dessus d'eux. D'un geste, il lui intima de ne pas broncher. La jeune femme sentit l'air pénétrer à nouveau dans ses poumons – elle eut l'impression de respirer pour la première fois depuis qu'elle s'était retrouvée seule, à la merci de Lawdon. Elle devina que Shaïa avait dû guider le jeune homme dans les passages secrets jusqu'à la galerie. Il lui fit signe d'attirer Lawdon sous la balustrade. Alexandra fit mine de glisser, ce qui déséquilibra Lawdon. Celui-ci resserra sa prise, mais dut se déplacer de quelques pas. Il se trouvait presque à l'aplomb. Quatre mètres devaient séparer la coursive du sol. Tom enjamba le garde-corps et se jeta sur Lawdon de tout son poids.

Le vieux roula sous le choc mais ne lâcha pas Alexandra immédiatement. Il tira une rafale au hasard. Drake lui asséna un violent coup à la nuque. Il s'effondra, terrassé.

— C'est un gruyère, ce palais ! fit le garde du corps, essoufflé, pendant que la jeune femme frictionnait sa gorge endolorie.

— Quel salopard ! Je me suis vue morte, fit-elle d'une voix d'outre-tombe.

— Tout à l'heure c'était moi, maintenant c'est toi... Chacun son tour, alors ?

Sans ménagement, il empoigna Lawdon et le ficela si serré que les cordes marquèrent ses membres. Drake n'eut pas la moindre envie de les desserrer.

La porte du bureau vola en éclats sous la pression d'une troupe qui, aussitôt, envahit la salle. Apeurée par ces combattants à l'air féroce, Alexandra se réfugia dans les bras de Tom.

— Ne crains rien, ce sont eux qui m'ont aidé à entrer.

Un homme de grande taille, vêtu du traditionnel costume sombre des cavaliers berbères, s'avança au-devant des autres. Ses yeux brillaient. Alexandra devina tout de suite qu'il s'agissait d'Assim, le frère de Shaïa.

— Le palais est à nous ! dit-il en levant le bras en signe de victoire.

Toute l'assemblée poussa un cri de joie. Shaïa, qui était revenue dans le sillage de son frère, se précipita au chevet d'Atima. Elle fit un geste rassurant : les blessures n'étaient pas très profondes, il n'était pas trop tard pour elle.

Tom traîna Lawdon, toujours inconscient, vers l'assemblée.

— Tenez, fit-il. Faites-en ce que vous voudrez.

Deux hommes s'avancèrent pour saisir le fardeau et l'emmenèrent, le bousculant en poussant des clameurs de victoire. Lawdon avait du souci à se faire.

Alexandra s'approcha de Tom. L'entourant de ses bras, elle leva son visage vers lui et dit d'une voix chargée d'émotion :

— Merci, lieutenant Drake.

— Je n'ai fait que mon travail, mademoiselle Dickinson, répondit celui-ci, avec dans les yeux une étincelle qui démentait son ton modeste.

— Je veux te suivre partout, murmura la jeune femme.

— Normalement, c'est plutôt mon job. Comme une ombre.

Il la serra contre lui et l'embrassa pour la première fois. Elle ferma les yeux.

— Ne me quitte plus jamais, fit Tom doucement.

— Juste pour ça, je veux bien t'obéir...

Ils ne prêtèrent pas la moindre attention aux cris d'allégresse qui jaillirent autour d'eux.

FIN

Et pour finir…

« Mange le dessert d'abord »

Voilà quelques années, j'ai eu l'occasion d'écrire une nouvelle qui fut publiée au profit des Restos du Cœur. Elle a longtemps été indisponible mais parce que j'y tiens beaucoup et que j'ai voulu rester fidèle à l'esprit bénévole qui a motivé sa création, j'ai eu envie de vous l'offrir, à vous qui me suivez, pour conclure ce livre.

Je vais donc vous raconter une autre histoire, et même deux, tant qu'à faire. Certes, c'est un peu mon métier, mais là c'est différent, parce que ces histoires sont vraies. Elles prennent naissance autour d'un besoin impérieux…

Avez-vous remarqué qu'à part nous aucune autre espèce sur cette planète ne donne autant d'importance à cette nécessité vitale, se nourrir ? De tout temps, sous toutes les latitudes, nous avons élaboré des recettes, des mises en scène et des codes autour de ces moments qui rythment nos vies. Quelle que soit la civilisation ou l'époque, le rituel social et affectif nous fait presque oublier leur fonction première.

Pas d'événement majeur sans festin, pas de festin sans convives... Chacun de nous sait que même les plats les plus raffinés ont moins de saveur si on les déguste seul.

Je vais vous avouer quelque chose. Au début de ma carrière dans le cinéma, lors de mes déplacements entre les tournages, il m'arrivait souvent de me retrouver seul au restaurant, un peu partout dans le monde. Je n'ai jamais aimé manger en solitaire, et la fréquentation des cantines des plateaux m'a appris que l'on peut toujours trouver quelques mots à partager avec de parfaits inconnus. Alors j'osais faire ce qui rendait ma mère folle : j'allais vers d'autres personnes seules, et je leur proposais simplement de déjeuner ou de dîner avec moi. Rien de plus, rien de moins.

Je l'ai surtout fait avec des hommes, parce que après m'être ridiculisé deux fois, je me suis rendu compte que ma démarche était perçue par les femmes – à tort – comme une grossière tentative de drague. Dommage. Sur la route entre Reno et Salt Lake City, dans le *diner* routier de Battle Mountain, une tablée d'ouvriers m'a même glissé, avec des clins d'œil appuyés, que la serveuse était beaucoup moins farouche que la jeune femme qui venait de m'éconduire... C'est ce jour-là que j'ai décidé de m'adresser exclusivement à des hommes, en espérant qu'il n'y aurait pas d'ambiguïté !

J'ai dû le faire une bonne quinzaine de fois et je n'ai essuyé qu'un seul refus, poli. Dans tous les autres cas, ce fut magique.

Vous vous asseyez face à quelqu'un dont vous ne savez rien et qu'un hasard géographique a placé sur votre chemin. En commençant par évoquer la situation et la façon dont elle est vécue, vous vous placez immédiatement sur un plan aussi personnel qu'universel. Ces tête-à-tête impromptus m'ont appris que la solitude n'est pas forcément une malédiction, parce qu'elle constitue le meilleur premier pas vers la découverte de l'autre.

Je n'ai jamais su pour qui votaient ces compagnons de gamelle, j'ignore combien ils gagnaient. Par contre, je sais ce qu'ils ressentaient loin des leurs, ce qu'ils éprouvaient dans leur vie, suivant leur âge, dans des métiers aussi surprenants que variés – VRP bien sûr, mais aussi grutier, militaire, enseignant, pasteur, contrôleur administratif... Grâce à eux, j'ai eu la chance de vivre des rencontres exceptionnelles. Sans doute parce que nous n'allions jamais nous revoir, parce que nos repas partagés ne représentaient aucun enjeu autre que celui de vivre le moment présent, nous nous sommes parlé simplement, sincèrement, librement. Nous avons vraiment discuté de tout, de nos rêves de gosses, de bagnoles, des parents, des doutes que l'on traverse tous, des regrets, des cadeaux que l'on offre. Impossible de résumer. Tout cela autour d'un hamburger souvent trop cuit dans des restaurants paumés. La vie est partout.

On pourrait évoquer les grands festins qui émaillent l'histoire, du *Banquet* de Platon à la Cène, mais je crois que nos dîners d'amoureux, barbecues entre copains, repas de mariage, de fêtes carillonnées, et au fond chaque célébration familiale, comptent beaucoup plus. Si vous y réfléchissez, je suis certain que dans votre vie, bon nombre de vos souvenirs les plus chaleureux sont associés à une table et à ceux qui étaient réunis autour. Nous partageons alors bien plus que ce qui se mange et se boit.

Je trouve magnifique que les Restos du Cœur aient été créés sans autre but que d'aider les autres, sous l'impulsion d'un homme exceptionnel qui pratiquait l'humour parce qu'il connaissait le poids des douleurs. Je trouve fantastique que son élan perdure grâce à ces innombrables volontés, ces multiples solidarités. Il serait sans doute préférable que les Restos aient disparu parce que devenus inutiles, mais ils sont plus que jamais une nécessité.

L'esprit des Restos ne vous est sans doute pas étranger. Par respect pour la mission de ces gens dont nous avons tous besoin, face à la réalité qu'ils affrontent, je ne me suis pas senti capable d'écrire quelque chose qui ne serait qu'une fiction. Alors je vous propose autre chose : avec vous, j'ai envie de partager deux souvenirs très personnels qui, autour de repas, ont contribué à façonner la vision que j'ai de la vie. J'espère qu'ils trouveront un écho en vous.

Le premier nous renvoie en janvier 1996. Je viens d'avoir trente ans. Tout est en train de basculer professionnellement et comme souvent, quand ça commence, tout y passe. La dernière semaine de janvier arrive et je ne le sais pas encore, mais elle va peser lourd et changer ma vie à jamais.

Le lundi, des partenaires avec qui j'ai longtemps travaillé aux États-Unis me menacent et tentent de m'intimider. C'est une rupture violente. La fin d'une époque fondatrice pour moi.

Le mardi, j'apprends que mon premier roman va enfin être publié après des années de vaines tentatives. Je vais peut-être avoir la chance de vous rencontrer à travers mes histoires.

Le mercredi, ma femme, Pascale, et moi recevons le permis de construire pour la maison que nous habitons toujours aujourd'hui.

Le jeudi, elle m'annonce qu'elle est enceinte de notre premier enfant. À ce stade, je ne sais même plus si je dois rire, pleurer, ou pousser des hurlements au fond des bois.

Le vendredi soir, nous nous retrouvons chez mes parents pour fêter les plans désormais autorisés de notre future maison. Maman a préparé ce qu'elle pouvait nous offrir de mieux à la dernière minute. Elle déteste les repas bricolés à la va-vite. Ce n'est pas « convenable ».

À quel moment partager la nouvelle de la grossesse ? Nous décidons de différer l'annonce de quelques jours, pour profiter pleinement de ce qu'il y a déjà à célébrer ce soir-là.

Comme pour chaque jour en dehors des dimanches, ma mère a mis la table dans la cuisine et comme d'habitude, joyeusement, mon père fait valser tout son programme. Nous nous installons tous les deux dans la salle à manger, les croquis étalés sur la grande table. Il est heureux que son gamin fasse bâtir son propre logement et devienne un peu plus un homme ; il se réjouit aussi car nous n'habiterons pas loin. Je ne réalise pas encore dans quelle galère je m'engage avec ce projet ! J'écoute ses conseils ; il me parle de prises de courant, de plancher béton, du sens d'ouverture des fenêtres, de l'étanchéité de la cave, du diamètre des tuyaux... Je prends des notes. Les dames dînent seules dans la cuisine, maman râle... Le moment est particulier. La semaine a été lourde. Je n'ai pas voulu parler de mes problèmes professionnels pour ne pas inquiéter mes parents. Je me sens un peu en décalage face à la joie de mon père. Tout ce qui arrive par ailleurs et qu'il ignore me conduit à éprouver des sentiments contradictoires.

Nous mangeons debout, concentrés sur les plans. Il est en train de me transmettre tout ce que ses différents métiers lui ont appris et qui va m'être très utile. Mon père a passé sa vie à construire des machines, des demeures et des hommes. Je suis l'une de ses réalisations et ce soir-là, comme souvent, si une partie de mon cerveau est avec lui, l'autre nous observe. Papa me parle, m'explique. De tout son être, il cherche à m'aider. Je suis ému de vivre cela à ses côtés, tout autant qu'à la perspective d'avoir bientôt ma propre maison. Il s'affaire autour de la table et de ses gestes précis, me désigne des détails importants. Il m'invite à me rapprocher pour mieux voir. De temps en temps, nous reprenons une bouchée. Chaque fois qu'il fait tomber une miette sur les documents, il la ramasse consciencieusement, en bon ingénieur qui ne supporte pas de souiller ses outils de travail. Parfois, Pascale vient nous voir et, constatant que nous sommes lancés dans des sujets très techniques, repart vers la cuisine en riant, pendant que maman se lamente toujours parce que nous ne sommes pas à table dans les formes.

J'ai adoré ce moment, car il était fort et que j'ai toujours été sensible à ce qui rend la vie plus dense. J'en ai goûté chaque instant, et je me souviens des moindres détails. J'ai aimé voir mon père me conseiller, me pousser, m'avertir, m'épauler. Je ne le savais pas, mais c'était la dernière fois que nous dînions ensemble.

Nous étions vendredi, et une crise cardiaque l'a terrassé le dimanche. J'en veux encore à Dieu. Mon père me manque, chaque jour. Il n'a pas vu la maison que j'ai bâtie grâce à lui. Il n'a jamais rencontré ses petits-enfants. Il n'a pas pu franchir le seuil de ce foyer qui doit tant à ses conseils. Ce repas-là est un magnifique souvenir qui m'a appris à profiter avec une intensité particulière de tous ceux qui ont suivi. Faites attention à ceux avec qui vous mangez.

Le second repas dont je souhaite vous parler s'est déroulé alors que j'avais à peine vingt ans. Pyrotechnicien à l'époque, je passe mon temps à faire brûler ou exploser les choses les plus diverses pour des films. Lors d'un tournage aux studios de Pinewood en Angleterre, un accident s'est produit et un père de famille y a laissé la vie. Le sens social des entreprises est encore développé alors, et la direction prend soin de ceux qui souffrent au-delà du cadre légal. Je ne connais pas la victime et ne participe pas au tournage sur lequel s'est déroulé le drame. Je n'ai vu qu'une photo et une fiche administrative interne : 38 ans, marié, trois enfants dont deux en bas âge. Clinique. Tout l'inverse de ce que je suis.

Je suis désigné avec mon collègue Andrew pour représenter la société aux obsèques. Bien que nous trouvions évidemment la situation tragique, il s'agit d'abord pour nous d'une journée loin des plateaux. Pardonnez-moi d'être honnête mais, en prenant la route, nous vivons un peu cela comme une escapade forcée qui va ensuite nous obliger à bosser jour et nuit le reste de la semaine.

Nous voilà donc partis sur les routes de l'ouest de l'Angleterre, à travers la campagne, sous un ciel conforme à l'idée que l'on se fait de la météo britannique. Je connais bien Andrew, nous avons effectué notre cursus ensemble bien que dans des spécialités différentes. N'ayant pas l'habitude de porter des costumes-cravates, nous sommes comme deux gamins endimanchés qui auraient emprunté la grosse voiture de leur père. Dès le départ, ce périple a quelque chose de surréaliste.

Et c'est ainsi que nous nous retrouvons un beau matin, dans le joli cimetière d'un adorable village anglais, pour assister à une cérémonie à laquelle nous sommes complètement étrangers. Mais vous ne savez jamais quelles émotions la vie vous réserve.

Le chagrin des proches, particulièrement celui de la veuve, me bouleverse. Seul l'aîné des trois enfants assiste à l'enterrement de son père. Sa mère et lui se cramponnent l'un à l'autre. Nous observons la célébration avec un recul étonnant – personne n'est jamais présent dans des moments aussi intimes en tant que simple visiteur. Nous ne connaissons aucun de ces gens qui pleurent une injustice du destin, et même si la compassion est là, nous sommes en décalage par rapport à eux. Nous essayons d'adopter une attitude digne, « officielle », en nous tenant bien droits. Andrew a croisé ses mains devant lui, moi dans mon dos.

Devant la fosse ouverte au fond de laquelle le cercueil a été placé, les membres de la famille défilent les uns après les autres. Chacun se recueille une dernière fois en jetant un peu de terre ou des pétales de fleurs. À chaque fois, une douleur perceptible s'exprime, une histoire personnelle dont nous ne savons rien se scelle. Je suis loin d'y être insensible.

Arrive le tour d'une petite dame assez âgée, coiffée d'un minuscule chapeau et d'une voilette d'un autre temps qui dissimule en partie son visage. Elle pourrait être la grand-mère du disparu, ou sa vieille tante. Très émue, elle s'avance, sa petite main crispée sur des pétales colorés. Au moment de les jeter, inexplicablement, elle n'ouvre pas la main et se laisse emporter par son propre mouvement.

La petite dame bascule en poussant un cri. Sa chute soulève aussitôt une exclamation d'effroi dans l'assistance. Le bruit du choc de son corps contre le cercueil est épouvantable. J'imagine déjà le pire. Deux enterrements pour le prix d'un. L'horreur.

Comme toujours dans ce genre de circonstances, le temps se trouve brutalement suspendu et c'est un silence absolu qui succède à la surprise.

Même les oiseaux se taisent, seul un vent léger agite les feuilles des arbres alentour. Cette respiration retenue ne dure pas longtemps, mais elle semble infinie. Avec Andrew, nous nous tenons en retrait et bénéficions d'une vision d'ensemble. Personne n'ose regarder dans la fosse. Soudain, dans le calme total de ce cimetière verdoyant, un râle monte. Puis, du fond de la cavité, c'est une petite main boueuse qui apparaît.

Vous avez vu *E.T.* ? Vous vous souvenez du moment où ce gentil extraterrestre tend son doigt lumineux en gémissant ? Eh bien, c'est exactement pareil, la petite lumière en moins... La famille se précipite pour porter secours à la malheureuse, et la terreur fait place au soulagement. J'ai moi-même eu tellement peur et la situation est tellement improbable que je sens le fou rire monter. Alors que nous avons quitté les studios le matin même, on pourrait se croire sur une scène de film. Mais seule la vie peut se permettre des extravagances de ce genre. Un scénariste se verrait reprocher de ne pas être assez réaliste. Et pourtant...

Je me tourne vers mon camarade, mais il n'est plus là. Je le cherche du regard et l'aperçois tout à coup qui court au loin, s'enfuyant dans l'allée latérale du cimetière. Qu'est-ce qu'il fabrique ? Je reste seul et je vais prêter main-forte. La petite dame n'a que quelques bleus et des égratignures. Son chapeau ridicule est en biais. On la nettoie, on la soutient, on la redresse autant que possible.

Lorsque Andrew réapparaît, il a noué son élégante gabardine Burberry sur ses hanches, comme les enfants qui ne savent pas quoi faire de leur blouson.

— Qu'est-ce qui t'a pris ? Pourquoi es-tu parti précipitamment ?

— Il le fallait.

— Et c'est quoi cette tenue ?

Il écarte sa gabardine et me montre son entrejambe.

— Tu préfères que j'aille présenter mes condoléances comme ça ?

Andrew s'est pissé dessus. Son pantalon est trempé et ça se voit. Il oscille d'ailleurs toujours entre le fou rire incontrôlable et la gêne. D'un geste de la main, il mime le plongeon de la vieille dame et le rire nous submerge de nouveau. Pourtant, on ne peut pas. Pas le droit, pas question. Alors on se contient, et du coup, on a encore plus envie de se marrer. Il suffit que l'un des deux murmure : « Et hop ! » ou « À trois, je saute… » et nous repartons de plus belle.

Pour nous, le début des ennuis, donc. La cérémonie a repris. Le moment que nous redoutions déjà avant l'incident approche inéluctablement. Maintenant, il nous terrifie. Nous allons devoir passer devant les principaux membres de la famille et présenter nos « sincères condoléances » officielles. Il nous faut trouver les mots, affronter les regards. Le pire, c'est que la petite dame qui est tombée dans le trou fait partie de ceux que nous devons saluer. Nous essayons de reprendre notre calme, mais ni Andrew ni moi n'y parvenons. Au mieux, un sourire stupide nous barre le visage, au pire, on s'étouffe de rire. C'est atroce. Je vais avoir beaucoup de mal à tenir. Je connais mes limites. J'ai beau retourner le problème dans tous les sens, je ne vois pas comment je vais pouvoir m'en sortir sans frôler l'incident diplomatique. Je me vois déjà, alors que je suis en mission officielle protocolaire, exploser devant elle parce que jamais je ne pourrai oublier ni le cri ridicule qu'elle a poussé en basculant, ni ses petites jambes qui gigotent en plein vol plané. J'ai honte, mais je n'y peux rien. Je suis le jouet des circonstances, et elles n'ont pas fini de s'amuser avec moi…

Comme des condamnés qui attendent leur tour, nous assistons au défilé de ceux qui présentent leurs respects à la famille. C'est un compte à rebours épouvantable. On va y passer. Plus rien ne pourra nous sauver. Nous allons être mignons, Andrew avec son froc mouillé et moi au bord de l'asphyxie. Mon complice pourra difficilement dire que ce sont les larmes de chagrin qui l'ont trempé à cet endroit-là. Personne ne pleure à ce point sur sa braguette. Pour ma part, il me faut en plus affronter un handicap de taille : je ne maîtrise pas bien mon texte. Je me répète en boucle les mots que je dois prononcer en travaillant mon vilain accent français, mais rien n'y fait. De toute façon, je n'ai plus le temps de m'entraîner. Pression supplémentaire : comme nous passons les derniers, tous les autres auront le loisir de nous voir à l'œuvre. Pour vous donner une idée de l'état dans lequel je suis à cet instant-là, je le comparerais à ce que l'on éprouve juste avant de sauter à l'élastique. On se demande ce qu'on fait là et on espère que tout va tenir parce que sinon, on ne s'en sortira pas.

Avant d'arriver devant la petite dame, je dois d'abord parler à trois personnes. Je la surveille du coin de l'œil. Malgré son accident, elle fait preuve d'une dignité exemplaire. Je dis quelques mots à une première femme, puis j'avance d'un cran. Je me présente à une autre proche devant qui je bafouille. Je progresse encore d'un cran. J'arrive devant un monsieur qui a les yeux aussi rouges qu'un lapin myxomatosé parce qu'il a beaucoup pleuré. Le sort est contre moi. Je sens bien que je me fissure à l'intérieur… Je ne sais même pas ce que je lui dis.

Et soudain, me voici à l'instant tant redouté : je me retrouve devant *E.T.* C'est pire que tout ce que j'avais imaginé. En plus, personne n'a osé lui redresser son petit chapeau. Elle porte encore des traces de terre sur son doux visage. Son regard me touche. Je ne vais pas avoir la force de me contenir – trop d'émotions. Face à elle, je vais éclater de rire en pleurant. Ça monte, ça vient, c'est là. Alors foutu pour foutu, je la prends dans mes bras, et j'éclate de rire dans son cou. Elle doit penser que je sanglote et m'étreint à son tour. C'est effroyable. Elle qui souffre tant trouve encore le moyen de faire preuve de chaleur envers moi. C'est sans doute l'une des sensations les plus puissantes qu'il m'ait été donné de ressentir. Un mélange d'extrême compassion et une pulsion de rire absolue face à la situation.

On finit par se séparer. Elle a été touchée par mon élan. Point positif : après cette épreuve, parler à la veuve s'avère bien plus simple et nous remplissons finalement notre mission sans trop démériter.

Beaucoup de gens regardent quand même étrangement la gabardine nouée autour des hanches d'Andrew…

La cérémonie est suivie d'un repas. Seuls les proches sont restés pour entourer la veuve. Parce que nous venons de loin et parce que ces gens adorables sont sensibles à notre présence, ils ont insisté pour que nous restions. Nous n'avons même pas été relégués en bout de table, mais placés presque au centre.

Je n'oublierai jamais ce repas. Sans doute à cause de la puissance des émotions vécues et partagées dans la matinée, il m'a marqué comme peu d'autres. Il m'a changé. Nous nous sommes retrouvés plongés au cœur d'une famille, dans l'un des temps forts de son histoire.

Je ne connais personne. Je les observe. J'évite de croiser le regard d'Andrew parce que lui et moi savons que nous risquons de repartir dans un fou rire. La petite dame est assise quasiment en face de moi… Très vite, la solennité et la tristesse font place à une chaleur certaine. On finit par ne voir que des humains qui s'aiment, rassemblés autour d'une table. Ma situation au sein du groupe me donne assez de détachement pour étudier et apprendre. Je ne connais ni leurs degrés de parenté, ni même leurs prénoms. Ils sont seulement des humanités réunies par la peine.

Ils parlent du défunt, évoquent ses traits de caractère, des souvenirs, mais sans regrets. On pourrait même croire qu'il s'est absenté quelques instants et qu'il va revenir. Le temps d'un repas, ils en oublient presque leur chagrin, parce qu'ils

Il a alors appelé le serveur et lui a demandé d'apporter le dessert de la petite en y ajoutant sa propre part afin qu'elle en ait davantage. L'enfant était à la fois surprise et heureuse de ne manger que ce qu'elle aimait.

Le vieil homme s'est alors penché vers elle et lui a glissé :

— On ne sait jamais ce que la vie nous réserve. Ne perds pas de temps. Si c'est ce que tu préfères, mange le dessert d'abord.

Vous savez ce qu'il vous reste à faire.

Je vous souhaite le meilleur.

Chaleureusement,

www.gilles-legardinier.com

Gilles Legardinier
BP 70007
95122 Ermont Cedex
France

sont ensemble. Chacun s'appuie sur les autres pour surmonter l'épreuve. Pendant cette parenthèse, ils y parviennent. La peine et la douleur reviendront plus tard, mais pour le moment, elles ne sont pas conviées au déjeuner. La famille n'est pas bien grande mais certains ne se sont pas vus depuis longtemps. J'aperçois les gestes, les regards. Les mains qui s'effleurent, les bras qui enlacent, l'affection, ceux qui se penchent pour parler à celui d'en face avec une bienveillance complice. Beaucoup de sourires, quelques rires. Ne connaissant personne, j'observe tous ces signes, ces gestes, de façon quasi ethnologique. J'ai le temps de les analyser, de les apprécier. Je trouve ces gens touchants. Ils me rappellent ma famille. Celui qui n'est plus là serait heureux de les voir réunis ainsi en son nom. Même si l'esprit de notre espèce s'est manifesté ici de façon plus aiguë en raison des circonstances, j'ai appris ce jour-là à l'appréhender dans tous les repas, si anodins soient-ils. Mais existe-t-il des repas anodins ? Ceux qui ont faim savent que non. Le déjeuner n'a duré qu'une petite heure mais il m'a donné à ressentir pour des années. Aujourd'hui encore, plus de trente ans après, j'y pense régulièrement.

Une phrase m'a particulièrement marqué. Le père du disparu était assis un peu plus loin à ma droite, et face à lui se trouvait une petite fille qui se plaignait de ne pas aimer le plat principal. Il lui a demandé :

— Qu'est-ce que tu aimes ?

Sans hésiter, elle a répondu :

— Les desserts !

12591

Composition
NORD COMPO

Achevé d'imprimer en Espagne
par BLACKPRINT
le 4 février 2020.

Dépôt légal février 2020.
EAN 9782290209189
OTP L21EPLN002351N001

ÉDITIONS J'AI LU
87, quai Panhard-et-Levassor, 75013 Paris

Diffusion France et étranger : Flammarion